Jean

내가
본 영화

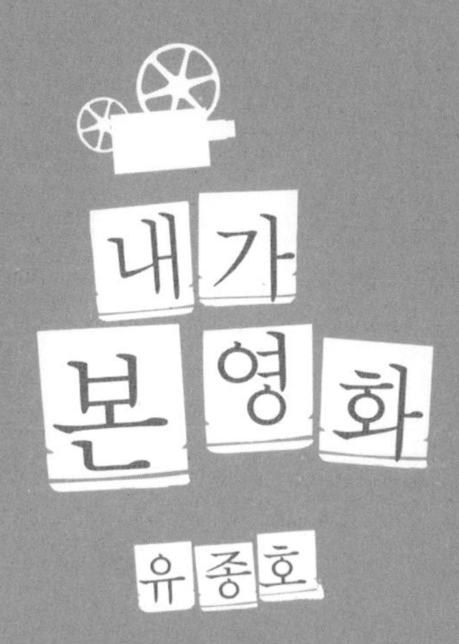

민음사

차례

젊은 날에 본 영화

외국 도시에서 본 일본 영화

샌디에이고에서 본 케이블 영화

디브이디 시대에 들어서서 본 영화

젊은 날에 본 영화

1953 ~ 1962

환도하던 1953년엔 여름 방학이 근 석 달이나 되었다. 7월 초순에 학기에 한 번 치렀던 시험이 끝나고 곧이어 휴전 소식이 전해졌다. 환도 준비 관계로 10월 1일이 개강일이었다. 이렇다 하게 할 일도 없었지만 긴 방학이 그 자체로 마음을 설레게 했다. 올라와 본 서울은 여기저기가 뻥 뚫려 있었고 서울역에서 온전한 모습의 명동성당이 훤히 보였다. 그 사이의 곳이 폐허가 되었기 때문이다.

지금의 세종회관과 옛 중앙청 사이로는 거대한 구덩이가 몇 개 패어 있고 물도 고여 있었다. 얼마 후 그 옆으로 퀀셋 건물이 들어서 그중에 어떤 것은 '중앙교육연구소'란 간판을 달기도 했다. 종로1가에서 2가에 이르는 구역이 모두 파괴되었고 효자동에서 서울역에 이르는 전찻길이 그나마 무사한 것은 다행한 일이었다. 무교동 한가운데 다 찌그러져 가는 초가집이 한 채가 있어서 호떡을 팔던 것이 묘하게 기억에 남아 있다. 그러나 그 집에서 호떡을 사 먹은 적은 없다.

난방이 되지 않던 교실은 11월이 되자 벌써 썰렁하고 으슬으슬하기조차 했다. 등사물의 오자 수정이 반이 넘는 강독 시간은 무미건조하기 짝이 없었다. 당시엔 군사학이란 이름의 교련이 필수 과목이어서 신입생은 모두 소령 계급장을 단 배속 장교한테 제식 훈련을 받았다. 많은 학생들이 염색한 군복 바지를 입고 있었다.

이렇게 시작된 서울 생활은 이듬해가 되자 훨씬 안정된 모습을 띠어 갔다. 돌아온 서울 인구가 눈에 뜨이게 불어났다. 고서점이 군데군데 생겨나 책 구경을 하는 것이 낙이었다. 청계천에 기둥을 박은 판잣집 고서점이 즐비하게 늘어져 해방 이전에 나온 일본 서적이나 미군 부대에서 흘러나온 포켓 판 소설들을 볼 수 있었다.

산업체도 없었고 모든 것이 영세하기만 했던 당시에 가장 큰 신문 광고는 영화 및 약품 광고였다. 일간지의 지면은 겨우 사 면에 지나지 않았다. 일 면이 정치면, 이 면이 국제 정치, 삼 면이 사회면, 사 면이 문화면이었는데 문화면은 거의 문학이 차지하고 있었다. 어쩌다 보이는 영화 코너는 기사 분량이 요즘보다 훨씬 적었다.

고서점과 함께 가난한 우리들에게 문화의 창구가 되어 준 것은 극장이란 이름을 붙인 영화관이었다. 개봉관으로 수도극장과 단성사의 광고가 가장 눈에 잘 띄었고 을지로의 중앙극장과 국도(國都)극장이 뒤를 따랐다. 돈암동의 동도(東都), 을지로6가의 계림(鷄林), 종로4가와 5가 사이의 평화, 용산 쪽의 성남(城南) 등 변두리 극장은 가난한 학생들이 흔히 찾던 곳이다.

휴전이 됐다고는 하나 언제 터질지 모르는 거대한 불발탄 곁에서 살고 있다는 불안감에서 헤어나지 못했다. 거리에서는 수시로 병역 기피자 단속이 있어 젊은이들을 주눅들게 하였고 염색하지 않은 군복 단속도 무시로 있었다. 내복

인 미군용 터틀넥을 염색하지 않은 채 입었다고 연행해 가는 바람에 골목으로 도망친 적도 있었다. 사사오입 개헌 직전이어서 정국도 어수선하기만 했다. 학생들은 대체로 가난했고 어쩌다 냄비 우동을 먹게 되면 진수성찬이라 여겼다. 부잣집에 얹혀사는 한 친구가 그 집 아저씨는 날계란 두 개를 밥에 비벼 먹는 것이 고정된 아침 식사라고 하자 하루에 계란을 두 개나 처먹는 도둑놈이 어디 있느냐고 누군가 열을 내었고 모두들 동조하였다. 이를 기준으로 삼는다면 지금 한국은 온통 큰 도둑의 소굴이라고 해야 마땅하다. 돌이켜 보면 오염되지 않은 공기가 유일한 구원이었다.

그 곤곤한 시절에 캄캄한 암실 속에 들어가 머나먼 이국에서 벌어지는 선남선녀의 슬프고 아름다운 얘기를 구경한다는 것은 매혹적인 현실 도피였다. 물리칠 길 없는 환상적 도취였다. 극장이란 어둠의 사회 공간에서 비현실은 현실보다 더 현실적이었다. 그것은 우리에게 열려 있던 몇 안 되는 외국 문화의 창이요 광선이었다.

여수 **September Affair**
(윌리엄 디터리, 1950)

기막힌
우연의
행복과 작별

첫 경험은 특유의 후광을 가지고 있다. 첫 번째 기차 여행에서 처녀 강연에 이르기까지 첫 경험은 쉽게 잊히지 않는다. 내가 처음으로 본 그럴듯한 외국 영화는 「여수(旅愁)」이다. 환도하던 해 12월에 호화찬란하게도 개봉 극장인 수도극장에서 구경하였다. 그때까지 영화 구경을 못했다는 얘기를 듣고 이를 한편으로는 기특하게 또 한편으로는 딱하게 여긴 먼 친척뻘 되는 분이 표 값을 내 준 것이다. 모든 것이 기억에 또렷하지만 액수만은 도무지 생각나지 않는다. 이재(理財)에 어두운 내 결함과 연관되는 사안이라고 생각한다.

로마에서 프랑스로 가는 비행기 속에서 미국인 기사와 미모의 여류 피아니스트가 얘기를 나누다가 친해진다. 그러나 비행기는 고장으로 나폴리에 착륙하게 된다. 잘됐다 싶은 심정이 된 두 사람은 시내 구경을 나가고 점심을 먹고 공항으로 돌아오니 비행기는 이미 이륙한 뒤였다. 두 사람은 카프리 섬으로 여행을 떠났는데 비행기가 그 후 추락해서 탑승자 전원이 사망했다는 것을 알게 된다. 승객 명단에 이름이 올라 있던 두 사람도 사망자로 발표되었다. 안도의 한숨과 함께 하늘이 내린 인연이라고 생각한 두 사람은 서로를 생명의 은인이라 여기며 동거 생활로 들어간다. 그러나 시간이 지남에 따라 남자 주인공은 가정과 하던 일을 그리워하게 된다.

그러던 차 탑승자 사후 수습 과정에서 아무래도 석연치 못하다는 감을 잡은 가족들이 사정을 확인하기 위해 미국에서 찾아온다. 남자는 큰 충격을 받는다. 한편 피아니스트 쪽에서도 훔쳐 낸 행복은 오래가지 못한다고 피아노 스승이 충고해서 두 사람은 부자연스러운 사랑의 방식을 청산하고 헤어지게 된다는 얘기다.

개연성이 작은 줄거리이지만 기막힌 우연이 안겨 주는 필연성이 영화의 구성으로서는 그럴듯하다. 남자 주인공이 어두컴컴한 카페에서 아들인가 동생인가를 만나는데 이때 「돌아오라 소렌토로」가 흘러나오던 것이 기억에 생생하다. 여류 피아니스트도 종결부에서 연주회가 대성공으로 끝나 양쪽 모두 큰 상흔 없이 사단 이전의 정상으로 복귀한다. 기막힌 우연이 마련해 준 짤막한 사랑은 멜로드라마에 흔한 감미로운 추억으로 남게 되겠는데 영화의 분위기는 그래서 시종 애틋하면서도 훈훈하다.

이 영화가 내게 특별한 것은 첫 영화라는 것 말고도 주연인 성격 배우 조지프 코튼과의 만남 때문일 것이다. 첫눈에 혹해서 미적지근하기는 하나 지속적인 그의 팬이 되었다. 훤칠한 키에 멋있는 옷차림, 지적인 용모에 깃든 떨떠름한 우수의 표정에 매혹되었다. 그래서 그가 출연하는 영화라면 빼놓지 않고 구경했다. 「제3의 사나이」는 물론이고 「나이아가라」, 「백주의 결투」, 「가스등」도 놓치지 않았다. 「제니의 초상」으로 베니스 영화제에서 최우수 남우상을 받기도 한 그는 1960년대 이후 급속히 잊힌 배우가 되어 안타까운 느낌이 들었다. 그의 몰락과 미국 영화의 취향 타락 사이에는 밀접한 연관이 있다는 것이 나의 느낌이다.

영국계로서 일본 도쿄에서 출생한 조앤 폰테인이 여주인공으로 나온다. 오선 웰스와 함께 「제인 에어」에 출연하기도 했으나 젊은 세대에게는 생소한 이름일 것이다. 나 자신도 그 후 그녀의 영화를 별로 보지 못한 것 같다. 「여수」의 끝자락에서 그녀가 피아노 연주를 하는 장면이 나오는데 서양 예술 음악에 대해 귀가 트이기 이전이어서 무슨 곡인지 전혀 모르겠다. 영화의 분위기로 보아서 라흐마니노프의 피아노 협주곡 정도가 아니었나 하고 추측할 따름이다.

1951년에 제작되었고 원제가 '9월의 정사(September Affair)'인 「여수」에는 「9월 노래」란 팝송이 주제가로 채택되어 1950년대 초에 크게 유행했다. 시골 다방에서도 그 음반을 틀었을 정도다. 어쨌건 「여수」 관람은 내게 서양 영화로의 입사식(入社式)이 되어 주었다. 그 세계에 매료되어 이십 대의 한동안 점심은 굶을 망정 변두리 극장의 캄캄한 공간을 찾게끔 되었으니까.

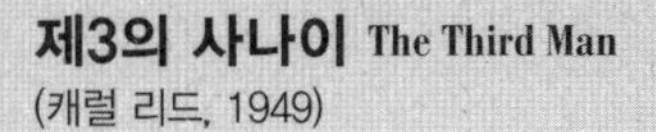

제3의 사나이 The Third Man
(캐럴 리드, 1949)

불멸의
라스트 신

제목에도 끌렸지만 「제3의 사나이」를 구경한 것은 「여수」에 나왔던 조지프 코튼이 보고 싶어서였다. 지금의 위치와는 사뭇 다른 옛 성북구청 옆에 있었던 동도극장에서 중학 동기생과 함께 보았다. 끝났음을 알리는 벨이 울렸는데도 우리는 그대로 눌러 있었고 그 자리에서 다시 한 번 구경했다. 영화 초년생이라 잘 따라가지 못한 구석도 있었지만 그보다도 묘지의 가로수 길을 걸어오는 알리다 발리의 모습이 담긴 라스트 신을 다시 보고 싶어서였다. 앉은자리에서 다시 구경하는 것은 변두리 극장에서 허용되는 초라한 특권이었다. 환도 이듬해인 1954년, 빛 좋은 개살구 같은 내 스무 살 때 일이다.

2차 대전 직후 연합국의 공동 점령하에 있던 오스트리아 수도 빈을 무대로 한 이 영화는 텔레비전으로도 자주 방영되어 우리 모두에게 친숙하다. 스릴과 서스펜스 넘치는 줄거리, 호화 배역, 도발적인 대사, 쉬 잊히지 않는 가지가지 영상미, 수상함과 애틋함을 함께 풍기는 치터(zither) 음악 등 어디 하나 빈구석이 없다. 완전히 관객을 압도하는 박력을 가지고 있다.

미국의 대중 작가로 나오는 조지프 코튼이 문학 강연장이나 친구를 만나는 유원지 관람차 안에서 짓는 떨떠름하고 곤혹스러운 표정은 지금 생각해도 일품이다. 그러나 당시의 나에게 새로운 발견으로 다가온 것은 말할 것도 없이 오선 웰스이다. 후반부에서 모습을 드러내지만 가령 산타클로스 할아버지로 위장했다가 장식을 벗어 버리고 정체를 드러내는 장면은 한마디로 전율적이었다. 관람차 안에서 그가 냉소적으로 토로하는 대사도 충격적이었다. 악마의 제자나 털어놓음직한 대사였고 그의 인물됨을 여실하게 드러냈다.

"이탈리아에서는 삼십 년 동안이나 전쟁과 테러, 유혈극이 이어졌지만 거기서 미켈란젤로, 다빈치, 그리고 문예 부흥이 생겨났어. 그러나 오백 년 동안이나 민주주의와 평화가 계속된 스위스가 만들어 낸 것이 뭔지 아나? 뻐꾸기시계뿐일세." 그냥 시계나 만들어 냈다고 했다면 별 효과가 없었을 것이다. 뻐꾸기시계라고 하니까 생생한 이미지가 호소력을 발휘하는 것이다. 오랫동안 뇌리에서 사라지지 않았다. 사반세기 후 내가 알프스의 산간 매점에서 뿔피리와 함께 뻐꾸기시계를 산 것이 오선 웰스의 대사 때문이었다는 것을 매점 주인은 꿈에도 생각하지 못했을 것이다. 부상당한 그가 지하 수도의 뚜껑을 열어 보려 할 때와 그 직후의 절망적인 표정 역시 일품이었다. 지하 도시를 연상케 하는 지하 수도의 웅장함에도 놀랐다. 곳곳이 폐허가 된 당시의 서울과 은연중 대비가 되었기 때문일 것이다.

그 무렵 오선 웰스가 출연하는 「오셀로」와 「내일은 영원히」를 보았다. 그의 셰익스피어 영화는 널리 알려져 있지만 「내일은 영원히」를 기억하는 사람은 별로 없다. 신혼 후 얼마 안 되어 군에 간 남편이 부상으로 성불구가 된다. 종전 후 귀환한 그는 전사한 것으로 위장하고 아내를 찾지 않는다. 남편이 전사한 것으로 알고 있는 부인은 재혼하는데 그 부인의 행복을 멀리서 빈다는 순정 영화이다. 차를 타고 가는 아내를 숨어서 바라보는 비 오는 거리의 장면이 잊히지 않는다.

「제3의 사나이」에서 또 하나의 압권은 단연코 알리다 발리이다. 친구를 죽음으로 몰아넣었으나 자기에게 애정을 시사하는 미국인 작가를 거들떠보지도 않고 홀로 가로수 길을 걸어오는 라스트 신에 무감한 사람은 없을 것이다. 문학 작품 속의 불멸

© John Springer Collection

의 시행(詩行)과 같은 불멸의 장면이다. 그 차가움과 의연함에 누구나 혹해서 학생들 사이에서는 한동안 "알리다 발리처럼 생겼다."라는 말이 여성에 대한 최고의 찬사로 통했다. 그러나 그녀를 다시 은막에서 만나 본 것은 단 한 번 프랑스와 이탈리아 합작인 「다시없는 기적」에서였다. 같은 의과 대학생으로서 장 마레와 뜨거운 사이가 되지만 전쟁이 두 사람을 갈라놓는다. 우여곡절 끝에 전후 두 사람은 재회를 하나 예전의 열정은 살아나지 않는다. 그래서 원제는 '기적은 한 번밖에 일어나지 않는다'였다. 이 이탈리아 할머니는 근자에 여든이 넘어서도 출연했다는 얘기를 들었는데 보나마나 '다시없는 기적'이었으리라. 여담이지만 그때 영화를 함께 보았던 중학 동기생은 벌써 오래전에 고인이 되었다.

인생 유전 **Les Enfants du Paradis**
(마르셀 카르네, 1945)

대하소설 흐름의 파노라마

그리스 고전 비극의 상연 시간은 대충 두 시간이다. 고전적 흑백 영화의 길이도 두 시간이다. 중국이나 우리 쪽의 시간 단위도 두 시간이다. 두 시간은 인체 리듬과 밀접히 연관된 것이 아닌가 생각된다. 두 시간이 넘는 영화는 다소 지루해진다. 「인생 유전(人生流轉)」이나 「전쟁과 평화」는 그 점에서 예외적이다. 작고한 시인 김수영이 「인생 유전」을 혹평하는 글을 남겨 놓고 있다.

> 「인생 유전」은 시시한 영화다. 그 제목부터가 고색창연하였고 내용도 구태의연하다. 나는 이 종류의 불란서적 리얼리즘을 극도로 싫어한다. 결국 「인생 유전」은 불란서적 영화 협잡이다. 그것을 모르고 아직도 불란서 영화라면 모두가 예술 영화이며 일류 영화라고 생각하는 무리들이 나의 주변에 있다는 사실은 나를 질식시킨다.

애증과 호오(好惡)가 분명한 그의 성격이 잘 드러나 있어 흥미롭기는 하나 수긍은 가지 않는다. 이 영화의 원제는 무대에서 제일 먼 위층의 '싸구려 입석 관람석의 사람들(Les Enfants du Paradis)'이다. 이 관람석의 서구어가 낙원을 뜻하는 'paradise'와 같기 때문에 오해하는 경우가 많다. 대개 일본 번역의 제목을 그대로 따다 쓴 1950년대에, 이 제목만큼은 우리 쪽에서 독자적으로 정한 것이다. 그 신파 같은 제목이 우선 김수영에게는 아주 거슬렸던 모양이다. 그러나 도대체 어떤 영화를 잣대로 해서 그런 혹평이 나왔는지 모르겠다. 해방에서 휴전에 이르는 난리 통에 우리 모두 '인생 유전'이란 말을 실감하고는 했는데 김수영은 아무래도 그 제목에 과잉 반응한 것 같다. 경박하다며 싫어한 박인환이 가

끔 영화평 같은 것을 써서 그랬는지 김수영은 영화 얘기를 쓴 것이 없고 위의 인용문도 일기에 나오는 대목이다.

여주인공을 놓고 무언극 배우, 보통 배우, 실패한 극작가, 귀족이 다각(多角) 관계를 벌이는데 장루이 바로와 마리아 카자레스 이외엔 이름이 생각나지 않는다. 소매치기로 몰리어 곤경에 처한 터에 장루이 바로가 무언극으로 여주인공의 애매함을 군중들에게 알려 주어 여주인공은 감사의 표시로 붉은 꽃을 던져 준다. 장루이 바로는 그녀에게 매혹되지만 순정파인 그는 여주인공을 배우에게 빼앗겼고 그녀는 결국 귀족의 차지가 된다. 몇 해 후 귀족은 살해되고 장루이 바로는 마침내 여주인공의 호응을 얻게 된다. 그러나 그는 극단 좌장의 딸과 결혼한 처지요, 여주인공은 자식을 데리고 찾아온 아내를 접하고 자취를 감추어 버린다. 사육제 잔치로 거리를 가뜩 메운 인파를 헤치고 장루이 바로가 미친 듯이 여주인공을 찾아 헤매는 것으로 영화는 끝난다.

영화가 시작될 때 무대에서처럼 막이 오르고 마지막에 막이 내린다. 삶과 연극이 중첩되어 있는 셈이다. 상연 시간은 세 시간이나 되지만 지루한 줄을 몰랐다. 장루이 바로가 무언극 솜씨로 영화를 압도하고 있으나 그것은 영화의 서사적 흐름 가운데서 일부분에 지나지 않는다. 실패한 극작가인 바람둥이가 나중에 귀족을 살해하는데 1950년대 당시의 영화 광고가 그를 '범죄의 시인'이라 부른 것이 잊히지 않는다. 신선하고 그럴듯한 호칭이라 생각되었다. 헌신적으로 장루이 바로를 사랑하는 아내가 어린 자식을 데리고 여주인공을 찾아가 그녀의 마음을 돌리게 하는 장면도 일품이다. 아내는 자식을 보여 줄 뿐 긴말을 하지 않았다. 거리에 앉아서 돈을 구걸하던 맹인이 볼일을 끝낸 후 멀쩡하게 눈을 뜨고 사라지는 장면도 기억에 남아 있다. 요약이 불가능한 대하 소설 흐름의 영화다.

이 영화는 나치 점령기 비시 정권 때 제작된 것으로도 유명하다. 그 시기에 이러한 대작을 제작한 프랑스는 역시 예술의 나라다. 많은 독자를 가진 시인 자크 프레베르가 각본을 썼다. 장루이 바로는 그 후 영화에서 보지 못했다. 그의 아내로 나오는 마리아 카자레스는 「파르마의 수도원」에서 삼십 대 후반에 세상을 뜬 매혹적인 미소의 제라르 필리프와 공연했기 때문에 잊지 않고 있다. 스페인 태생으로 내전 때 자원해서 간호사로 복무했으나 프랑코의 승리 후에 프랑스로 망명하였고 작가 카뮈의 애인으로도 유명하다. 조조할인으로 중앙극장에서 본 후 텔레비전에서도 접할 기회가 없었는데 다시 한 번 보고 싶다. 그렇게 되면 김수영의 망언, 혹은 모더니스트로서의 방언(放言)에 대해 보다 결정적인 발언을 할 수 있을 것 같다.

나의 청춘 마리안느 Marianne de ma Jeunesse
(쥘리앵 뒤비비에, 1955)

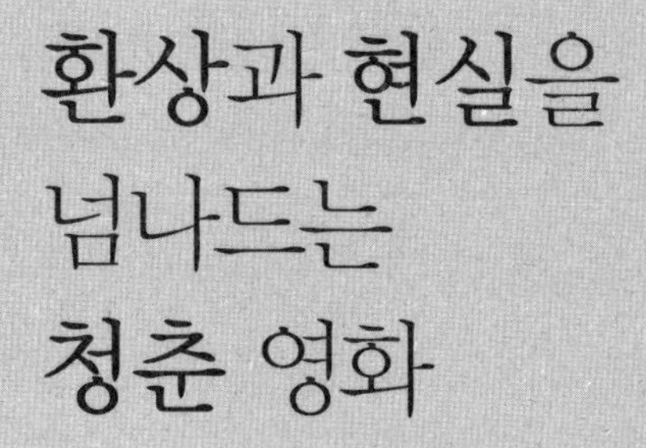

환상과 현실을 넘나드는 청춘 영화

쥘리앵 뒤비비에는 우리 세대에겐 전설적인 거장 감독이었다. 그의 '시적 리얼리즘'은 영화 애호가들 사이에서 하나의 상식이었다. 그러나 나는 아직도 저 유명한 「망향(Pepe le moko)」을 구경하지 못했다. 기회가 없었던 것이다. 비비안 리가 주연하는 「안나 카레니나」, 1956년에 우리나라에서 재상연된 「무도회의 수첩」을 보았을 정도다.

그래서 그 무렵에 본 「나의 청춘 마리안느」가 내가 본 첫 번째 뒤비비에 영화가 된다. 정치 주먹의 두목 임화수가 주인이었다는 평화극장에서 동급생으로 나중 서울신문 사장이 된 신우식(申禹植) 군과 함께 보았다. 너무 매료되어 두 사람 모두 이심전심으로 앉은자리에서 거푸 보았다. 실토하지만 시간이 굼벵이처럼 더디 간다는 젊은 시절에도 연거푸 두 차례 본 영화는 두 편뿐이다. 「나의 청춘 마리안느」와 캐럴 리드의 「제3의 사나이」가 그것이다. '내 청춘의 마리안느'가 원제에 충실한 번역이지만 영화상이 번역한 제목도 그런 대로 괜찮은 편이다.

하일리겐슈타트 교외 호반에 위치한 기숙 학교에 아르헨티나에서 뱅상이 전학해 온다. 붙임성 없고 내향적인 그는 학생들과 잘 어울리지 못하고 두고 온 어머니를 그리워한다. 학교에서 사육하는 사슴을 돌보는 것이 그의 낙이고 그것을 안 학생 하나가 친구가 되어 준다. 호수 건너편에 고성(古城)이 있다고 해서 뱅상은 호기심을 갖고 물어보지만 동료 학생들은 시큰둥할 뿐이다. 어느 날 읍내로 간 뱅상은 고성에서 왔다는 노인과 함께 있는 검은 옷의 소녀를 보게 된다. 소녀에게 끌린 그는 어느 날 보트를 저어 고성을 찾아간다. 안으로 들어가 층계를 올라가 보니 저편에서 촛불을 든 소녀가 마주 걸어오면서 기다리고 있었다고 말하는 것이 아닌가!

마리안느라는 그 소녀는 노인과의 강요된 결혼 때문에 갇혀 있는 자기를 구해 달라고 호소한다. 얼마 후 노인이 나타나 첫날 밤에 신랑을 잃게 된 마리안느가 정상이 아니라며 떼어 놓으려 하고, 반항하는 뱅상은 하인들에게 쫓겨 나온다. 다음번에 다시 고성에 들른 뱅상을 고릴라처럼 생긴 수문장이 내동댕이친다. 부활절 때 거리에 나간 뱅상은 흑색 승용차에 앉아 있는 소녀를 발견하고 접근하나 차창은 커튼으로 가려진다. 그 후 동료 학생들과 고성을 찾으니 문이 활짝 열려 있고 마리안느를 만났던 곳 벽면에는 소녀의 초상화만이 남아 있을 뿐이었다. 상심한 뱅상은 이내 아르헨티나로 떠나 버린다.

강렬한 인상을 받았지만 오십 년 전에 본 것이라 줄거리 요약이 정확한 것인지는 자신이 없다. 다만 기억에 남아 있는 장면을 연결시켜 내 나름대로 구성해 보면 그렇게 된다는 것일 뿐이다. 주연 배우들의 이름도 모르겠는데 그 뒤 다른 영화에서 보지 못한 때문일 것이다. 하일리겐슈타트를 기억하는 것은 베토벤의 '하일리겐슈타트의 유서'가 연상됐기 때문이다.

낭만주의 색조가 농후한 이 영화는 무대 자체가 매혹적이다. 호반의 임간(林間) 학교라는 공간 설정이 우선 그렇고 소박한 건물 안에서의 음악 연주도 그렇다. 뱅상이 고성에서 쌍촉대를 들고 나오는 청순한 마리안느를 만나는 장면은 단연 압권이다. 그러나 영화가 비현실적인 아름다움으로만 차 있는 것은 아니다. 뱅상을 연모하는 교장의 친척뻘 되는 여학생이 자기에게 무심한 그를 대신해서 사슴을 죽이는 장면은 섬뜩하기 짝이 없다.

이 영화에서 꿈과 생시, 환상과 현실의 경계는 불분명하다. 뱅상이 고성에서 본 것은 정말로 마리안느인가? 아니면 고성 실내 벽면에 있던 초상화가 빚어낸 환각 현상인가? 즉 설화에 나오는 '살아 있는 초상화' 모티프의 변형인가? 부활절 때 읍내에서 본 흑색 승용차 안의 소녀는 정녕 마리안느인가? 커튼으로 차창을 가린 것은 누구인가? 모든 것은 급격한 환경 변화로 말미암은 심약한 사춘기 소년의 신경 쇠약이 빚어낸 일장춘몽의 드라마인가? 어디선가 들었던 설화를 무의식의 차원에서 제 얘기로 각색한 것인가?

우리는 이에 대해 자신 있게 대답할 수 없다. 그러나 따지고 보면 자신 있게 대답할 수 있는 세상사가 얼마나 될 것인가? 환상이 전혀 개입하지 않는 현실 이해가 과연 가능한가? 이 영화에 정신없이 빨려 들어간 것은 우리네 청춘이 너무나 황량했기 때문이었을지도 모른다. 또 누구나 삶이란 흑백 영화 속에 제 청춘의 마리안느를 한두 사람 가지고 있기 때문일지도 모른다.

워터프런트 **On the Waterfront**
(엘리아 카잔, 1954)

영화 리얼리즘의 한 극점

© Bettmann

영화 구경을 위해 극장을 찾는 일은 없다. 대개 케이블 텔레비전으로 보는 것이 고작이다. 그런 내가 마지막으로 극장을 찾은 것은 「지옥의 묵시록」을 보기 위해서였다. 콘래드의 『암흑의 핵심』이 밑그림이 되어 있는 데다가 말런 브랜도가 나온다 해서 가본 것이다. 고성능 음향 장치 탓인지 헬리콥터 소리가 너무 요란해 머리가 아팠다. 늙고 비대한 브랜도가 엘리엇의 시를 읽는 장면을 포함해 진진하고 충격적인 영화였지만 젊은 날의 그와는 너무나 멀리 떨어져 있었다. 그런 그를 처음 본 것이 유명한 「워터프런트」에서다.

뉴욕항의 부두 노동자들을 지배하는 노동조합이 있어 온갖 갈취와 폭행을 자행한다. 브랜도 형제도 조합에 속해 있고 형은 두목의 심복이다. 두목의 지시로 살인이 벌어지는데 피해자의 누이가 시체를 놓고 울부짖는 것을 본 브랜도는 충격을 받는다. 부두 폭력 타파를 역설하는 신부(神父)에게 브랜도는 진상을 폭로

하였고 돌아오는 길에 피해자 누이와 마음이 통하게 된다. 형은 브랜도를 배신자라며 나무라지만 다시 살인이 벌어지는 바람에 그의 마음은 점점 굳어져 간다. 연이은 살인 사건의 재판이 열리자 두목의 지령을 받은 형은 아우에게 입을 다물 것을 종용한다. 형의 말을 따를 것인가, 진실하게 살 것인가를 놓고 고민하던 브랜도는 모든 것을 사실대로 증언한다. 그 후 그는 조직 일당의 습격을 받고 가까스로 도망하나 형의 시체를 보고 격분하여 두목을 찾아가 규탄한다. 초주검이 되나 뒤따르는 노동자들이 늘어나 그를 우두머리로 삼으려 한다.

줄거리만 보면 서부 영화나 갱 영화를 빼닮았다. 그러나 그 숨막히는 리얼리즘의 박진감이 양자의 거리를 확인시켜 준다. 미국의 주요 항만 노동의 이면을 정면에서 다룬다는 야심적인 기획과 그 속에 숨어 있는, 가령 노동자를 지붕에서 추락사시키는 것 같은 살인과 폭력 장면도 손에 땀을 쥐게 한다. 사실인지 아닌지 확인할 길이 없지만 1950년대 당시의 영화 프로그램에는 촬영 때 이해 당사자의 방해로 많은 어려움을 겪었다고 적혀 있었다.

이 영화의 강력한 매력은 영화 속에서 새로운 성격을 보여 준 말런 브랜도의 연기일 것이다. 강인하고 난폭하면서도 섬세한 일면을 지닌 프로 권투 선수 출신인 브랜도가 시종일관 관객을 압도한다. 또 귀속 조직 및 형제에 대한 충성과 정의 사이에서의 선택이란 양심의 문제가 전경화되어 있어 영화에 스릴과 깊이를 더해주고 있다. 택시에서 침묵을 종용하며 권총을 겨누는 형에게 "형이 아니었다면 나는 챔피언이 될 수도 있었다."라며 깊이 원망하는 대목은 잊히지 않는 영화 속의 명장면이다. 형제의 연기가 모두 일품이었다. 아파트 옥상에서 비둘기를 기르는 브랜도의 모습도 인상적이다. 뒷날 폴 뉴먼이나 제임스 딘을 본 관객은 누구나 브랜도를 연상하지 않을 수 없었을 것이다.

조합의 부패에 대해 증언하라고 노동자들을 격려하는 신부 역인 주먹코의 칼 말덴도 인상적이고 그 후 자주 영화에서 보게 된다. 서부 영화에서 외양은 점잖으나 사실상의 악한으로 잘 나오는 리 제이콥도 걸맞은 두목 역할을 하고 있다. 브랜도의 새길 찾기에서 중요한 역할을 하는 에바 마리 세인트도 그 후 몇 번인가 더 본 것 같다.

그리스 인 부모를 따라 네 살 때 미국으로 이주한 엘리아 카잔은 매카시즘이 회오리치던 1950년대 초 하원의 비미(非美) 활동 위원회에 출석하여 공산당에 관여한 인사들의 이름을 거명했다. 자연 그는 구좌파 인사 사이에서는 기피 인물이 되었다. 「워터프런트」는 「에덴의 동쪽」, 「초원의 빛」의 감독이기도 한 카잔의 자기변호이기도 하다는 세평을 얻었다. 카잔 자신도 그것이 자기 얘기라며 「워터프런트」가 아카데미상 여덟 개 부문을 휩쓸었을 때 복수했다는 쾌감을 맛보았다고 적고 있다.

롤랑 바르트는 대기업 경영자의 수탈 기능을 조그만 범죄 집단 쪽으로 방향 전환시킴으로써 현실의 악에서 눈을 돌리게 한다고 「워터프런트」를 비판하고 있다. 그러나 풋내기 필자에게 「워터프런트」는 영화 리얼리즘의 강력한 잠재력을 실감케 하였다. 그래서 「워터프런트」의 리얼리즘과 「나의 청춘 마리안느」의 반(反)자연주의는 영화를 보는 내 시각의 두 좌표축이 되어 주었다. 그 어느 쪽도 버리고 싶지 않았다.

애상의 나그네 Au-dela des Grilles
(르네 클레망, 1948)

짧을 수밖에 없는 떠돌이 사랑

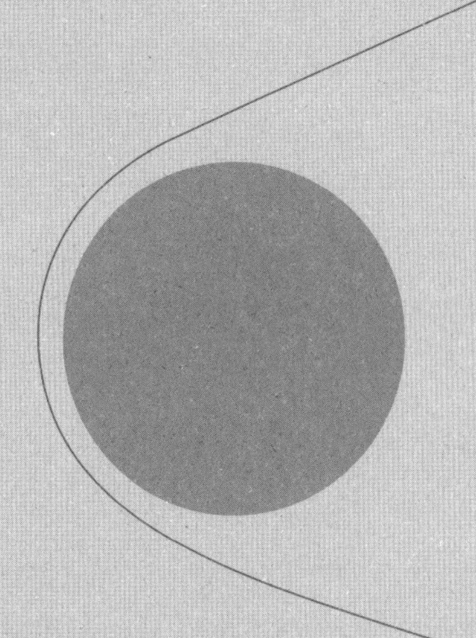

우리 앞 세대가 선호한 영화 배우는 장 가뱅이다. 사람들은 이 구동성 일본식 발음으로 '장 갸방'을 가장 좋아하는 배우로 거명하곤 했다. 그러나 우리 또래의 전후 세대에겐 그를 접할 기회가 없었다. 1970년대 말 프랑스 문화원에서 특별 주간을 마련해 흘러간 프랑스 영화를 보여 준 적이 있다. 그때 루이 주베가 나오는 「북호텔」과 장 가뱅이 출연하는 「안개 낀 부두」를 보았는데 템포도 느리고 지루한 느낌이 들었다. 텔레비전을 통해 「파리의 황혼」, 「밑바닥」을 구경한 것도 한참 뒤의 일이다. 그러므로 르네 클레망이 감독한 「애상(哀傷)의 나그네」는 내가 처음으로 본 장 가뱅 주연의 영화이다.

프랑스와 이탈리아 합작 영화로 기억되는 이 영화에서 장 가뱅은 도피 생활 중인 살인 피의자로 나온다. 화물선 밑바닥에 숨어서 프랑스에서 이탈리아로 밀항해 온 주인공은 격심한 치통을 견디지 못해 어느 항구에서 상륙하여 치과에 들른다. 심신 모두 지쳐 있는 그를 식당 웨이트리스로 일하는 이사 미란다가 돌보아 준다. 두 사람의 사이가 가까워지자 미란다의 어린 딸이 샘을 내어 가뱅이 배로 돌아가기를 바란다. 미란다는 남편과 이혼한(혹은 별거 중인) 처지였고 어느 날 식당으로 찾아온 전 남편과 옥신각신하게 된다. 남편이 폭력으로 대처하려 하는데 장 가뱅이 나서서 그를 물리쳐 버린다. 가뱅은 미란다의 집에서 기거하지만 경찰이 알고 그를 잡으려 한다. 이를 알게 된 미란다의 어린 딸이 피신하라는 메시지를 백묵으로 동네 곳곳에 적어 놓는다. 저물녘 거처로 돌아가려던 가뱅은 경고 메시지를 발견하지만 잠복한 경찰에게 체포되는 것으로 영화는 끝난다.

사회적 추방자라는 신분이라든가 타국에서의 불안정한 생활이라든가 장 가뱅에게는 아주 어울리는 배역이다. 머리에 빗질을 하거나 그저 걸어 다니는 자연스러운 거동이 그대로 일급의 연기가 되는 노숙함이 엿보여 나도 첫눈에 반하였다. 그리고 그 특유의 떨떠름한 허무 수용에 감염되어 가는 자신을 발견했다. 삶에서는 감당하기 어려운 곡절이 영화 속에선 멋있기만 하다. 삶의 신산(辛酸)에 눈떠 가는 성숙한 여인 이사 미란다의 탈속한 모습도 인상적이다. 처음부터 짤막할 수밖에 없는 사랑이 애틋하고, 항구 도시의 풍물도 분위기를 돋우어 준다.

이 영화의 정점은 이사 미란다의 어린 딸이 펼치는 구조 작전이다. 사태가 위급함을 간파한 어린 소녀는 달음박질치며 비탈진 길목 곳곳에 백묵으로 피신하라는 짤막한 메시지를 적어 놓는다. 메시지의 글귀는 생각나지 않지만 '피에르'란 그의 이름을 크게 적어 놓은 것만은 분명하다. 처음 그를 탐탁하지 않게 여겼던 터라 특히 감동적이다. 주춤했던 가뱅이 형사에게 몸을 맡기는 장면도 의연해서 관객의 동정을 사고 영화의 품격을 올려 준다. 뒷날의 「현금에 손대지 마라」에서도 장 가뱅의 노련미가 유감없이 발휘되지만 그땐 너무 늙었다. 그래서 나에겐 항구 도시에서 뜨내기 사랑에 빠지는 이때가 그의 연기 절정기가 아닌가 생각된다.

이 영화의 원제는 '철책 건너편(Au-dela des Grilles)'이다. '애상의 나그네'란 제목은 일본에서 번역한 것을 빌려 쓴 것이거나 「인생 유전」처럼 우리 쪽에서 만들어 낸 것일 터이다. 1950년대 전후에 감상적인 영화 제목이 많았는데 거의 일본에서 쓴 것을 베껴 쓴 것이다. 「애수」, 「여수」, 「이수(離愁)」, 「여정(旅情)」, 「모정(慕情)」 등 엇비슷한 제목이 많았다. 그런 가운데서도 「애상의 나그네」는 너무 유행가 투여서 작품의 품위를 덧내는 게 아쉬웠다. 1950년에 최우수 외국 영화 부문 아카데미상을 받았고 또 이사 미란다는 이 영화에서의 연기로 칸 영화제에서 여우 주연상을 받았다. 이탈리아 인인 그녀는 시나 소설에도 손댄 재주꾼이었지만 그 후 단 한 번도 본 적이 없어 섭섭하다. 알리다 발리와는 달리 벌써 이십여 년 전에 세상을 떴다.

이 영화를 통해 나는 또 감독 르네 클레망을 알게 되었다. 「금지된 장난」이나 「태양은 가득히」의 성공으로 그의 명성은 상승곡선을 그리게 되지만 이때만 하더라도 우리에겐 생소한 인물이었다. 감독으로서 자기에게 엄격했던 그는 상대적으로 과작이지만 그만큼 수작만을 보여 주었다. 작품량이 많으면 더욱 좋지만 과작일 망정 깔끔하게 정련된 작품을 보여 주는 시인 작가를 나는 좋아한다. 그 점에서는 문학이나 영화나 마찬가지다.

공포의 보수 Le Salaire de la Peur
(앙리 조르주 클루조, 1953)

지겹도록
숨 막히게
아찔한 영화

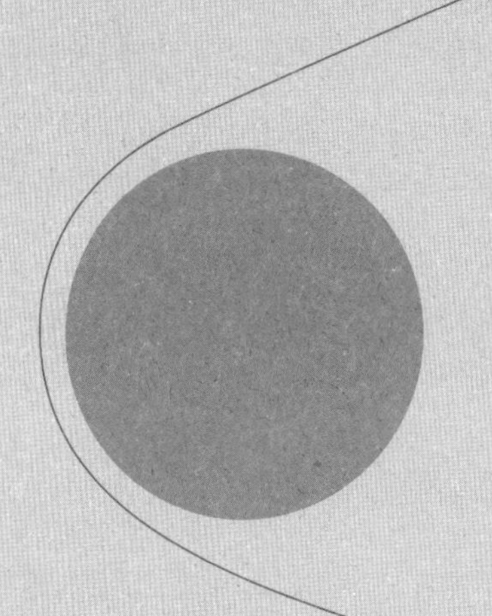

'할리우드 텐(The Hollywood Ten)'이란 말이 있다. 1947년 한 떼의 할리우드 영화인들이 미하원 비(非)미 활동 위원회에 소환되었다. 그중 열 명이 1948년 연방 법원에서 의회 모욕죄로 유죄 판결을 받았다. 정치적 연루 사실을 밝히길 거부했기 때문이었는데 이들은 영화 산업의 기피 인물 명단에 올라 그 후 영화계를 떠나거나 변성명으로 활동하는 수밖에 없었다. 이 열 명을 '할리우드 텐'이라 하는데 그 가운데 앨버트 맬츠라는 작가가 있고, 그에게 「세상에서 가장 행복한 사나이」란 단편이 있다.

한 청년이 미주리 주를 떠나 걸어서 이 주일 만에 오클라호마 주의 손위 처남을 찾아간다. 오랜만에 보는 매제를 처남은 전혀 알아보지 못한다. 행색이 말이 아닌 말라깽이가 된 데다가 다리까지 절기 때문이었다. 처남 밑에서 일한 사람을 만났고 일자리를 줄 수 있다니 도와달라고 청년은 간청한다. 그러나 처남은 딱 잘라 거절한다. 청년은 일 마일에 일 달러를 받는 트럭 운전인데 왜 안 되는 거냐며 호소한다. 처남은 회사가 비싼 노임을 주는 것은 위험하기 때문이라며 니트로글리세린은 야간에 운반하고 연평균 이십 퍼센트의 운전자가 사망한다고 말하면서 거절한다. 석유 채취에 쓰는 이 위험 물질 수송 일자리를 얻기 위해 이 주일을 걸어온 매제는 다 알고 왔다면서 막무가내다. 굶주리는 것에 비하면 위험은 약과라며 조심하겠다고 눈물을 글썽이며 호소한다. 처남은 할 수없이 일을 맡기기로 한다. 취직에 성공한 청년은 "나는 세상에서 가장 행복한 사내."라 중얼거리며 희색이 만면해서 사무실을 나선다. 1930년대 대공황기의 기막힌 미국 현실을 담고 있는 단편이다.

클루조가 감독하고 이브 몽탕이 출연하는 「공포의 보수」는 이 단편의 후속담이라고 보아도 틀리지 않는다. 무대가 라틴 아메리카로 옮겨져 있고 등장인물들이 모두 어두운 과거를 가진 구제할 길 없는 인간들로 바뀌어져 있을 따름이다. 어느 날 오십 킬로미터쯤 떨어진 유정(油井)에 화재가 발생, 산상으로 니트로글리세린을 운반해서 송유관을 폭파해 진화해야 할 상황이 된다. 그러나 울퉁불퉁한 산길을 따라 위험 물질을 운반하기란 쉽지 않다. 그래서 회사에서는 현상금을 내걸고 트럭 운전수를 모집하는데 네 사람이 응모한다. 두 패로 나누어 거북이걸음으로 운전해 가지만 갖가지 장애 때문에 앞서가던 트럭이 폭발한다. 그 바람에 송유관이 터져 길 위에 기름이 넘쳐 나고 트럭을 유도하기 위해 내린 인물이 넘어져 기름투성이가 된다. 만난을 무릅쓰고 목적지에 도달했을 때 그는 이미 숨져 있었다. 위험 물질 덕분에 진화에 성공하여 유일하게 생존한 이브 몽탕은 현상금을 독점하게 된다. 돌아가는 길에는 빈 차여서 큰돈으로 들떠 있던 이브 몽탕이 방심을 했고 그 때문에 커브 길에서 아득한 벼랑으로 굴러떨어진다. 뿌연 모래 먼지만이 남게 된다.

영화는 숨 막히는 긴장감으로 일관한다. 같은 차에 탄 인물 사이의 갈등을 위시해서 수많은 장애물이 끊임없이 밀어닥쳐 나중에는 지겹다는 느낌마저 든다. 갈데없는 지옥 속의 차량 운전이다. 거의 가학증에 가까운 등장인물 처리에 가슴마저 답답해진다. 영화가 끝나고 나서는 이렇게 지겹기까지 한 영화를 무엇 하러 돈 내고 보느냐는 자책감까지 들 지경이었다. 그렇잖아도 암울한 현실 속에 살면서 미래 전망도 불투명한 터라 영화의 숨 막히는 긴장감이 마치 나 자신의 것인 양 가슴을 짓눌렀던 것을 기억한다. 이렇게 절망적인 삶도 있구나 생각하고 겨우 자기 위안을 삼았다. 그만큼 영화는 강력한 인상을 남겨 주었고 좀처럼 잊히지 않는다. 제목도 내용에 걸맞은 적정성을 지니고 있다.

그때까지 「낙엽」을 노래한 샹송 가수로만 알고 있던 이브 몽탕을 처음으로 영화 속에서 만나 본 셈이다. 무솔리니를 피해서 프랑스로 건너간 이탈리아 인의 아들이란 것은 훨씬 뒷날에야 알게 되었다. 나이 마흔쯤에 자신도 모르게 심장 마비로 세상을 뜨는 것이 좋겠다고 했던 그는 일흔까지 살았다. 그렇게 방정맞은 소리를 하고서도 오래 살았구나 하는 생각이 들었다. 그런 그가 1980년대 말에 프랑스의 대통령감으로 거론되었다는 소식을 들었을 때는 전 세계가 요상하게 돌아간다는 느낌이었다. 이름은 잊었지만 순백의 백발이 상표였던 배우가 나왔다는 것도 기억에 남아 있다. 「외인부대」 등 유럽 쪽 영화에 조연으로 더러 나오던 인물이다.

줄리어스 시저 Julius Caesar
(조지프 맨키비츠, 1953)

생동감 넘치는 정치극이자 역사극

© Bettmann

셰익스피어 시극이 영화화된 것은 삼백 편을 훨씬 넘는다고 한다. 인도와도 바꾸지 않겠다는 문호이기 때문에 영화 관람이 아니라 문학 공부라 합리화하면서 셰익스피어 영화를 구경했다. 그러나 로런스 올리비에의 「햄릿」, 오선 웰스의 「오셀로」, 로런스 하비가 주연하는 「로미오와 줄리엣」 그리고 조지프 맨키비츠가 감독한 「줄리어스 시저」가 학생 때 구경한 전부다. 그중 「로미오와 줄리엣」은 색채 영화였는데 그 은은한 색채가 당시로서는 아주 참신한 것이어서 기억에 남아 있다.

사실 영화는 연극보다는 소설에 가깝다. 영화나 소설이나 자유로운 공간 이동이 허용된다. 이에 반해서 연극에서는 이동 공간이 한정되어 있고 그 때문에 많은 제약을 받게 마련이다. 따라서 원작에 충실한 희곡의 영화화는 공간 한정에서 오는 답답함이 있다. 그것을 벌충하는 것이 대사의 묘미인데 시극(詩劇)의 경우 그것을 음미하기란 매우 어렵다. 번역시란 대체로 멋대가리가 없기 때문이다. 그래서 그랬는지 가장 재미있게 구경한 셰익스피어 영화는 「줄리어스 시저」이다.

「줄리어스 시저」는 셰익스피어 작품 중 집필 순서로 보면 로마 역사극으로서 첫 번째 작품이고 열 편이 되는 비극 대작으로서도 첫 번째 작품이다. 구성상으로는 시저의 죽음, 안토니의 연설, 브루터스와 캐시어스 사이의 대립과 갈등이 각각 중심축이 되어 있다. 그러나 브루터스로 나오는 제임스 메이슨, 안토니로 나오는 말런 브랜도만이 뚜렷이 기억될 뿐 나머지는 별로 생각나지 않는다. 결국 영화를 보고 나서 기억에 남는 것은 줄거리의 대요, 주요 배우, 약간의 인상적인 장면 정도라 생각된다. 시간이 지남에 따라 줄거리도 점점 흐릿해지고 결국은 배우와 몇몇 장면만이 남게 될 뿐이다.

원작에서도 그렇지만 영화에서도 시저의 암살 후에 광장에서의 브루터스와 안토니의 연설이 일품이다. 먼저 브루터스가 시저 암살의 대의명분을 들려 준다. "그의 사랑에는 눈물, 행운에는 축복, 용기에는 경의, 그리고 야심에는 죽음이 있을 뿐이오." 이에 대한 군중의 응답은 "브루터스 만세"이다. 그러나 이어서 시저의 시신(屍身)과 더불어 안토니가 등장한다.

"내가 온 것은 시저를 묻기 위해서이지 찬양하기 위해서가 아닙니다. 인간이 저지르는 행악(行惡)은 사후에도 살아남지만 선행은 흔히 뼈와 함께 땅속에 묻힙니다. 그러니 시저 또한 그럴 수밖에 없지요."

이렇게 시작하는 선동 연설은 결국 브루터스의 집에 불을 지르자는 시민들의 함성으로 이어진다. 안토니는 시민들의 이성에 호소하는 것이 아니라 어디까지나 감정에 호소해서 자기가 원하는 감정적 반응을 교묘하게 유도한다. 브루터스의 연설 취지가 냉철한 명분론으로 시종하면서 논리 정연한 것과는 대조가 된다. 그 점에서 브루터스보다는 안토니의 인간 이해가 냉소적이면서 한결 현실적이다. 광장에서의 대중 조작(操作)은 압권이지만 말런 브랜도의 날카로운 눈 놀림, 표정 관리, 자신의 연설에 대한 순간순간의 반응 계산은 기막힌 박진감을 얻고 있다. 비록 조연이었지만 신인 브랜도의 역량이 마음껏 발휘돼서 영화 배우로서의 위치를 굳히는 데 크게 기여했을 것이다.

브루터스 역을 맡은 제임스 메이슨도 잊히지 않는다. 나는 이 영화에서 처음으로 케임브리지 대학 건축과 졸업생인 제임스 메이슨을 접하게 되었다. 고뇌에 찬 비극적인 표정에 매료되었는데 그 정점이 마지막 자살 장면이다. 궁지에 몰린 그는 도망치라는 주위의 권고를 무릅쓰고 하인 스트레이토에게 칼을 들게 하고 달려가 가슴에 찔려 자살하게 된다. 원작에도 그리 되어 있지만 영화로 그 장면을 보아야 로마식 자살의 비장미가 실감 난다. 전반부에서 죽음을 맞는 것과도 연관되지만 막상 줄리어스 시저에 대해서는 전혀 기억되는 것이 없다. 배우 이름도 전혀 생각나지 않는다. 그러고 보면 이 영화, 아니 셰익스피어 극의 주인공이 시저가 아닌 것은 분명한 것 같다. 한편 조지프 맨키비츠가 감독한 영화로는 「맨발의 백작 부인」, 「지난 여름 갑자기」 등이 우리나라에서도 상연된 바 있다.

개선문 Arch of Triumph
(루이스 마일스톤, 1948)

사회적 국외자의 비극적 사랑

서구 근대 문학의 중요 주제 중 하나는 낭만적 사랑이다. 남녀 사이의 사랑이 지상의 최고 가치이며 그 대상은 오직 한 사람뿐이라는 낭만적 사랑의 기원을 중세의 마리아 숭배에서 찾는 이들이 있다. 성적으로 억압된 수도원이란 공간에서 미리아상(像)을 항상적으로 바라보는 사이에 에로스적인 것이 충전되고 그 세속화된 변형이 낭만적 사랑이라는 것이다. 어쨌거나 마리아상 대신 핀업(pin-up) 사진을 바라보는 것이 20세기 구미 청년들 사이에 널리 퍼진 관습이었다.

해피 엔드로 끝나 안도의 한숨을 쉬게 되는 영화 「쇼생크의 탈출」에서는 리타 헤이워스의 사진이 눈가림 위장물로 사용되고 있다. 감옥이나 군대와 같은 폐쇄 공간에서 핀업은 대개 리타 헤이워스나 메릴린 먼로 같은 육체파 배우의 것이기 쉽다. 그러나 일반적으로 가장 인기 있는 핀업은 한때 잉그리드 버그먼의 사진이었다 한다. 아마 그녀가 첫 남편과의 이혼이나 감독 로세리니와의 결혼으로 스캔들에 말려들기 이전이 아닌가 생각된다. 귀티 나는 따뜻하고 밝은 표정의 매력 때문이었을 것이다. 그런 버그먼을 내가 처음으로 본 것은 「개선문」에서였다. 그보다 먼저 제작된 「가스등」, 「누구를 위하여 종은 울리나」, 「카사블랑카」를 본 것은 훨씬 뒤의 일이다.

「개선문」의 무대는 2차 대전 직전의 파리다. 나치에 쫓기어 파리로 도망해 온 외과 의사 랴를 부아예는 정식 외국인 등록증도 얻지 못하고 의사 면허증도 없다. 하지만 솜씨가 뛰어나 수술 청부를 받아 시술하고 거시서 생기는 수입으로 술을 벗삼아 불안정한 나날을 살아간다. 어느 날 밤 센 강에 투신하려는 배우 지망자 잉그리드 버그먼을 구해 주고 그것이 인연이 되어 두 사람은 열렬한 사랑에 빠진다. 두 사람 모두 삶에 대한 의욕을 되찾게 된다. 그러나 불법 입국 사실이 탄로 나서 의사는 스위스로 추방된다. 석 달 후 그는 다시 파리로 돌아와 두 사람은 재회한다. 하지만 독일에서 그를 고문하고 애인을 죽게 한 게슈타포가 지나가는 것을 보고 의사는 뒤따라가 숲 속에서 그를 타살한다. 그것이 그에게 남겨진 삶의 보람이었던 것이다. 한편 버그먼은 부아예가 추방됐을 당시 알게 된 청년의 질투로 말미암아 권총 총격을 받게 된다. 소식을 듣고 달려온 부아예의 팔에 안긴 채 버그먼은 숨을 거둔다. 어두운 밤하늘에 떠 있는 개선문의 검은 그림자는 2차 대전 직전의 파리의 상황을 시사한다.

불우한 여우 지망자로 나오는 버그먼은 젊은 날의 그녀의 매력을 골고루 넉넉하게 보여 준다. 실의의 나락에 빠져 있으면서도 기품 있는 그녀의 모습은 매혹적인 눈길의 샤를 부아예의 섬세하면서도 민첩한 거동과 어울려 극히 인상적인 장면을 마련해 낸다. 고독과 불안과 희열의 감정이 버그먼의 온몸에서 그때그때 배어 나온다. 전쟁 직전의 사회 분위기와 사회적 국외자들의 불안정한 나날이 두 사람의 사랑을 격렬하게 만들어 주고 그것이 역시 불안한 청춘 관객들을 매료시켰던 것 같다.

에리히 마리아 레마르크의 소설이 대본인데 이 두꺼운 작품은 육이오 직전에 언론인 채정근이 번역해서 간행된 바 있다. 아마 중역이었던 같은데 그 후 번역본이 여러 권 나와서 그의 첫 작품인 『서부 전선 이상 없다』가 번역되지 않은 것과 대조가 된다. 작고한 시인 조병화의 초기작인 「송도 의원」에는 "여원장 남편은 춘희보다 잔느 마두가 좋다 한다. 여원장은 라빅과 같은 남자를 사랑하고 싶다 한다."라는 대목이 보인다. 여기 나오는 라빅과 잔느 마두가 『개선문』의 남녀 주인공이다. 레마르크의 『사랑할 때와 죽을 때』도 영화화되어 「개선문」이 상영된 몇 해 후에 상영된 바 있다.

젊은 세대에게 샤를 부아예는 생소한 이름일 것이다. 「개선문」이 상영되었을 때쯤 해서 그가 진 아서와 공연하는 「역사는 밤에 이루어진다」가 상영되었다. 시기적으로 훨씬 앞선 것이었지만 관객을 많이 모았고 '역사는 밤에 이루어진다.'라는 말은 한때 유행어가 되다시피 했다. 그는 런던이 무대가 되어 있는 「가스등」에서 버그먼과 공연하는데 아내를 정신 장애자로 몰고 재산을 노리는 악역을 맡고 있다. 이마 한옆으로 파인 힘줄이 부아예의 상표이기도 했다. 부인 사망 후 며칠 뒤에 여든이 지난 나이로 세상을 떴다는 것이 해외 토픽으로 보도된 바 있었다.

로마의 휴일 **Roman Holiday**
(윌리엄 와일러, 1953)

신선하고 환상적인 요정의 일탈극

1950년대는 우리에게 전쟁과 휴전과 자유당 정권의 연대였다. 그러나 크게 보면 미래학자 토플러가 말하는 '제3의 물결'이 시작된 시기이기도 하다. 미국에서는 이 무렵부터 화이트칼라와 서비스 업종 종사자가 블루칼라 노동자를 수적으로 압도하게 된다. 컴퓨터와 상업용 제트 비행기의 도입, 경구 피임약의 보급이 널리 이루어진 전환기이기도 하다. 그러나 영화와 스타들의 부침이라는 맥락에서 보면 요정과 같은 샛별 오드리 헵번이 홀연 혜성처럼 떠오른 시기였다.

「로마의 휴일」은 유럽 여러 나라를 친선 방문 중인 공주가 로마에서 벌이는 자유분방한 일탈극(逸脫劇)을 다루고 있다. 따분한 공식 일정에 염증을 느낀 젊은 공주는 어느 날 밤 혼자서 슬그머니 숙소를 빠져나온다. 이렇다 할 행선지도 없이 공원 벤치에서 꾸벅꾸벅 졸고 있는데 지나가던 미국 신문 지사의 기자가 자기 하숙으로 데려가 침대를 제공해 준다. 이튿날 출근해 보니 공주의 실종으로 야단법석이 나 있었다. 감을 잡은 기자는 사진 기자를 데리고 하숙으로 돌아가 이제는 돌아가겠다는 공주를 미행해서 사진을 찍게 한다. 미장원에 들어가 머리를 자른 공주를 기자는 로마의 곳곳 관광명소로 안내해 주며 얘기를 주고받는다.

이렇게 해서 두 사람은 즐거운 해프닝의 하루를 보내지만 곧 각자의 일상으로 돌아간다. 공주는 숙소로 돌아가고 귀국에 앞선 공식 기자 회견을 갖게 된다. 모여든 세계 각국의 기자들과 일일이 악수를 나눈 공주는 미국 기자에게 손을 내민 뒤 말한다. "나는 이 로마에서의 즐거웠던 기억을 평생 잊지 못할 것입니다." 미국인 기자는 말없이 사진 기자가 찍었던 사진 꾸러미를 공주에게 건네준다. 공주가 퇴장하고 모두 뿔뿔이 흩어진 넓은 홀에서 기자는 혼자서 서성인다.

동화와 같은 사건 전개가 아주 자연스럽게 느껴진다. 관객은 그 허구성을 인지하면서 한편으로 그 진실성을 믿어 의심치 않는다. 소설이나 영화나 사람들은 알면서 속고 들어간다. 그런데 속으려 해도 좀처럼 속아지지 않는 경우가 허다하다. 「로마의 휴일」은 알면서 속고 들어가기가 더할 나위 없이 유쾌하고 즐거운 영화다. 유럽에 있는 왕국이나 공주나 시대착오적인 설정이지만 그래서 도리어 영화의 동화적인 매력은 커진다. 그렇다고 누가 이 영화를 비현실적이라고 탓할 것인가? 그것은 일종의 묵계 위반이 아닌가?

기자 역의 그레고리 펙은 영화 애호가들에게 총명하고 진실하고 용기 있고 믿음직스러운 남성상으로 각인되어 있다. 그러한 그의 특징은 이 영화에서도 그대로 드러나 아주 적합한 배역이라는 느낌을 준다. 나는 1989년에 캘리포니아 대학 샌디에이고 분교에 객원으로 가 있었다. 당시 외곽의 라호야에서 방을 빌리고 있었는데 그곳 사람들이 그레고리 펙의 고향이라고 자랑하는 것을 들은 적이 있다.

그러나 무어니 무어니 해도 영화의 기를 살려 준 것은 단연 오드리 헵번이다. 가녀린 소녀티와 섬세한 여성상을 아우르고 있는 그녀는 어드메 전래 동화에서 곧바로 뛰쳐나온 듯 참신하고 정답게 느껴진다. 이 요정의 당돌하고 분방한 거동은 현대 도시 한복판에 시원한 미풍으로 불어닥친다. 전설이 전해 오는 바위틈에 손을 집어넣었다가 잡혔다며 엄살을 떠는 그레고리 펙의 말을 곧이듣고 놀라고 또 안도하는 장면의 헵번의 모습은 천진

© Bettmann

성의 화신이다. 이 영화를 계기로 해서 그녀는 단연 은막의 처녀 공주로서의 자리를 굳힌다. 이어 「사브리나」, 「전쟁과 평화」에서 그녀의 지위는 더욱 견고해진다. 「전쟁과 평화」에서의 나타샤로 기억하는 사람들이 많을 것이다.

만년의 그녀는 자선 사업에 참여하여 뜻깊은 여생으로 세계가 보여 준 환호에 보답했다. 만년의 그녀를 동영상으로 보았을 때 너무나 강말라 마녀 같다는 느낌을 받았다. 노년의 그레타 가르보가 은둔 생활을 하며 사진 찍기를 거부한 이유를 알 것 같았다. 그러나 따지고 보면 민담 속에 나오는 마녀나 천진한 소녀나 사실은 동일 인물이 아닌가?

감독인 윌리엄 와일러는 「우리들 생애 최고의 해」, 「벤허」 그리고 제목이 '우정 있는 설득'으로 잘못 번역되어 상연된 「퀘이커 교도의 설득」을 감독했던 스타일리스트이다. 완벽주의자인 까닭에 출연 배우들이 싫어했다가 나중에 오스카상을 받고 나서 고마워했다는 그는 2차 대전에 참전했던 미공군 중령이기도 하다.

백주의 결투 Duel in the Sun
(킹 비더, 1947)

격정이
전경화된
서부 영화

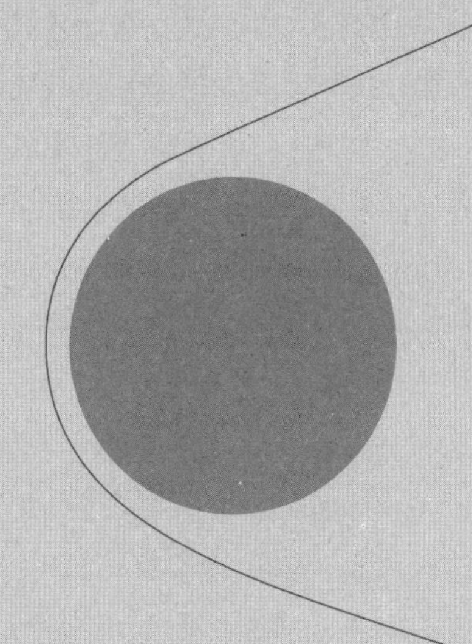

내가 처음으로 알게 된 영어 단어는 갱과 린치가 아니었나 생각된다. 해방 직전 태평양 전쟁 중 일본의 대국민 반미(反美) 선전은 다양하게 이루어졌다. 그 가운데 사회가 무질서해서 도회지엔 폭력단의 흉악 범죄가 들끓고 또 정의의 관념이 희박해서 사회적 약자에게 함부로 사형(私刑)을 가한다는 것이 되풀이 강조되었던 것 같다. 처음으로 서부 영화를 보았을 때 문득 초등학교 시절에 알게 된 갱과 린치란 단어가 떠올랐다.

사실 서부 영화는 미국 영화 산업의 가장 독창적인 발명품이다. 폭력적인 무법자들에게 맞서 힘겨운 싸움을 벌이는 정의의 사나이가 마침내 승리하여 금발의 미녀와 황금 마차를 차지하게 된다는 줄거리는 다채로운 변주를 통해 관객들의 사랑을 받아 왔다. 두 시간 안에 결판나는 사필귀정(事必歸正)의 사연은 현실에서 실현되기 어렵기 때문에 영화관의 허구 공간에서 더욱 매력적인 것인지도 모른다. 주인공이 일탈적인 인물인 경우에도 끝자락에 가서는 개과천선하여 바른길로 들어서는 것이 서부 영화의 인간 파악이었다. 그 점 그것은 한결같이 예정 조화의 서사였다.

존 웨인, 게리 쿠퍼, 앨런 래드 등의 스타를 앞세우고 1940년대와 1950년대에 전성기를 맞았던 서부 영화는 그 후 '스파게티 웨스턴'에 의해서 위태롭게 승계되다가 마침내 슬그머니 퇴장하고 말았다. 광막한 불모의 황무지나 석양 무렵의 황량한 아름다움 등 다채로운 자연 배경도 서부 영화의 주요 매력의 하나였다. 솔직히 요즘 나오는 우주 전쟁 영화나 범죄 수사 영화보다는 서부 영화가 내게는 더 재미있다. 그것이 사라진 것이 아쉽게 느껴지는데 그것은 소멸해 가는 것에 대해 우리가 공통적으로 갖는 감정일 것이다.

처음 구경한 서부 영화가 무엇인지는 기억나지 않는다. 아마 아파치 족과의 싸움을 다룬 별 볼 일 없는 것이었을 것이다. 그러나 「백주(白晝)의 결투」가 기억에 각인된 최초의 서부 영화인 것만은 확실하다. 조지프 코튼의 팬이었던 나는 이 영화도 그의 이름에 끌리어 구경한 것이 아닌가 생각된다. 그러나 그가 이 영화의 주인공인 것은 아니다. 백인과 인디언 사이의 혼혈로 나오는 제니퍼 존스가 주연이라고 하는 쪽이 자연스러울 것이다. 상영 시간도 길고 스케일도 크고 사건 전개도 복잡한 편인 이 영화는 서부 영화치고는 사랑이 전경화(前景化)되어 있고 사필귀정의 정석을 밟는 것도 아니어서 다소 이채로운 편이다.

라이어넬 배리모어가 대목장 주인으로 나오고 조지프 코튼이 큰아들, 그레고리 펙이 작은아들로 나온다. 큰아들은 점잖고 의젓한 인품이지만 작은아들은 거들먹거리고 충동적이고 분별없는 바람둥이이다. 그들의 어머니는 조신하지 못한 행실로 집안에 그림자를 던지고 자식들 양육에도 문제를 남긴 과거를 가지고 있다. 여기에 혼혈인 제니퍼 존스가 등장한다. 그녀의 아버지는 혼혈의 아내와 그 정부를 살해한 죄로 교수형을 당한 인물이다. 제니퍼 존스는 그레고리 펙에게 끌리고 이 때문에 그녀와 결혼하기를 원하는 남자는 그레고리 펙의 총을 맞고 세상을 뜨게 된다. 마지막 장면에서는 총을 맞은 그레고리 펙이 죽어라 하고 제니퍼 존스에게로 기어가다시피 하는데 그 정경이 상당히 오래 계속된다. 그야말로 격정적이고 필사적인 장면인데 결국 두 사람은 서로 상대방을 쏘고 포옹한 채로 죽는다. 아마 서부 영화에서나 가능한 사랑과 죽음의 야성적인 합일 장면이었다. 햇볕 아래 서 있는 조지프 코튼이 말 탄 동생의 총을 맞고 쓰러지는 장면도 기억에 선명한데 다행히 그의 부상이 생명에는 지장이 없었다.

복잡한 가정사가 얽힌 이 강렬한 색채 영화에서 제니퍼 존스가 온통 스크린을 지배했던 것으로 기억한다. 혼혈로 나오는 그녀를 원시적 관능의 화신으로 만든 것은 이 영화가 1940년대에 제작되었다는 것과 연관된다고 생각한다. 그러한 맥락에서 1950년대 이전엔 아메리칸 인디언이 부정적으로만 묘사되었다는 것을 상기해 보는 것도 유익할 것이다. 관능과 격정이 전경화된 이 영화의 선전 광고에는 미국에서 많은 관객을 동원했다는 것이 기록되어 있었는데 서부 영화의 걸작이라는 말은 듣지 못했던 것 같다. 「셰인」이나 「하이 눈」 같은 정통 서부극이 누리고 있는 명성을 갖지 못해 이 영화를 기억하는 올드 팬도 별로 없어 보인다.

지상에서 영원으로 From Here to Eternity
(프레드 진네만, 1953)

살벌하고 억압적인 병영 영화

한참 물오른 젊은이들이 한곳에 모여드는 사회 기구가 두 개 있다. 하나는 대학이고 하나는 군대이다. 현대 국가에서 이 두 조직은 잠재적이고 현실적인 정치 세력으로 남아 있다. 한 사회의 경제력이나 생활 수준은 통계 수치를 통해 나타나게 마련이다. 단, 통계가 정확하고 조작된 바가 없어야 함은 물론이다. 이에 반해서 한 사회의 삶의 질이나 행복 지수의 지표가 되는 것은 군대 생활의 실상이라 할 수 있다. 한 사회의 물리적, 언어적 폭력은 군대 안에서 보다 극단적으로 표출되기 때문이다.

해방 전 일본의 군대 생활을 리얼리스틱하게 다룬 소설 『진공지대』가 번역되어 나왔을 때 프랑스의 《피가로》는 자기들로서는 아무래도 납득이 되지 않는다는 논평을 달았다 한다. 군대에서 시민 생활에서의 여러 가치가 송두리째 소멸되어 있음을 지적한 것이다. 묘사된 폭력과 욕설과 모욕의 행태가 너무나 끔찍했기 때문이다. 그러면 이른바 선진국 쪽에서는 어떠했을까? 베스트셀러 소설을 영화화한 미국 영화 「지상에서 영원으로」는 이에 대해 시사하는 바가 많다.

태평양 전쟁 직전 하와이 소재 군부대가 배경이다. 나팔수인 병졸 몽고메리 클리프트가 전속해 온다. 권투광인 중대장은 팀 강화를 위해 그에게 권투 서클에 합류하기를 강력히 종용한다. 권투로 친구를 실명케 한 경험이 있는 클리프트는 이에 응하지 않는다. 부대 안에서 흔히 그렇듯이 조정 역을 맡은 버트 랭커스터도 우호적으로 합류를 권고하지만 본인은 막무가내다. 중대장에게 잘 보이려 애쓰는 소대장은 신참 나팔수를 철저하게 괴롭힌다. 요즘 말로 왕따를 당한 나팔수에게 친구가 되어 주는 것은 같은 병졸인 프랭크 시나트라뿐이다. 그러나 그도 영창 담당 하사관인 어니스트 보그나인에게 밉보여 영창에 갇히고 만다. 그는 결국 탈주에 실패하고 사살되는데 이때 나팔수 클리프트가 비통한 심정으로 나팔을 부는 장면은 관객 누구에게나 쉬 잊히지 않을 것이다 .

중대장 부인인 데버러 커와 랭커스터 사이의 부적절한 관계나 클리프트와 댄스홀의 여인 도너 리드와의 교섭이 양념으로 삽입되어 있어 부대 생활과 시민 생활의 연속성이 엿보인다. 귀티 나는 숙녀 데버러 커는 연기하기보다도 다만 존재함 자체로 부대의 모습과 대조를 이루어 부대 생활의 삭막함을 돋보이게 한다. 부대 안의 비인간적 상황에 초점을 맞추고 있는 이 영화의 압권은 클리프트와 보그나인 사이에 벌어지는 칼부림일 것이다. 문학에서나 영화에서나 인간의 선의보다 악의를 다룰 때 박진감이 생겨난다. 칼부림 장면에서의 보그나인의 동작과 표정은 박진감 넘치는 악의 표정일 것이다. 결국 보그나인은 죽음에 이르고 클리프트는 숨어 지내는데 낌새를 아는 랭커스터는 굳이 이를 규명하려 들지 않는다. 12월 7일 새벽 일본군의 진주만 기습으로 부대는 혼란에 빠지고 복귀를 위해 중대로 달려나가던 클리프트는 같은 부대원의 사격을 받고 구렁으로 굴러 넘어지며 죽게 된다.

호화 배역들이 제가끔 견실한 연기를 보여 주는데 내성적이면서도 고집스럽고 강인한 나팔수로 나오는 클리프트의 연기도 아주 좋다. 그러나 아무래도 혐오스러운 하사관 역을 맡은 보그나인이 일품이다. 이런 인물은 군대 안에만 있는 것이 아니라 사회 곳곳에 배치되어 있어 세상살이를 정떨어지게 하는 데 크게 기여한다. 일본의 정치학자 마루야마(丸山)는 이러한 하사관들이 일본 군대 및 천황제(天皇制) 파시즘의 중핵(中核)을 이루고 있다고 했는데 비단 일본의 경우만은 아닐 것이다. 그들은 완장을 두르고 혹은 집단을 이루어 선의의 사람들을 겁주고 괴롭힌다. 그들은 대의니 조국이니 하는 큰 이름을 걸고 그러기 때문에 더욱 대처하기가 어렵다.

이 영화의 상황도 폭력적이고 억압적이며 살벌하다. 그러나 일개 병졸이 중대장이나 소대장과 같은 직속상관의 권고 형식의 명령을 거절할 수 있다는 것은 눈여겨 볼만하다. 이 영화가 처음 우리나라에서 상영되었을 때 젊은 관객들은 그 삭막함과 살벌함에 겁을 먹고 놀라움을 나타냈다. 그만큼 그들은 세상을 알지 못했던 것이다. 요즘의 영화를 보면 이 정도의 욕설과 폭력은 사실 별게 아니라는 생각이 든다. 세상이 변한 것인가? 영화가 변한 것인가? 아니면 둘 다 변한 것인가?

셰인 Shane
(조지 스티븐스, 1953)

표연히 사라지는 **나그네** 청년의 **시정**(詩情)

영화는 무어니 무어니 해도 인상과 표정의 예술이다. 첫인상이 중요하다는 말도 있고 외관과 실제는 다르다는 말도 있다. 둘 다 경우에 따라 맞기도 하고 틀리기도 한다. 그런데 영화의 경우 표정과 인상이 사람됨을 직설적으로 나타내게 마련이다. 관객의 영화 파악도 표정과 인상을 인물 됨의 판단 기준으로 해서 성립하는 것이 보통이다. 이런 생각은 특히 선악 이원론이 선명한 서부 영화를 통해 촉발되고 강화된다. 가령 「셰인」의 끝자락에 나오는 조연 배우 잭 팰런스를 보라! 갈데없는 악당이요 불한당임이 첫눈에 드러나지 않는가?

「셰인」을 구경하고 나서 몇 십 년 후에 그가 「믿거나 말거나」란 텔레비전 고정 프로에 멀쩡한 신사로 나오는 것을 보고 새삼 감탄한 적이 있다. 인상과 표정은 저리도 자유자재로운 관리와 조작(操作)의 대상이란 말인가? 잭 팰런스는 2차 대전 중 조종하던 폭격기가 추락하여 안면에 큰 화상을 입고 정형 수술을 받았다. 그를 악당과 불한당 역에 적합한 인물로 만들고 있는 얼마쯤 앙상하고 팽팽한 얼굴 표정은 사실은 이 부상과 수술의 결과라 한다. 이 얘기를 듣고 적잖이 놀랐다. 성격이 운명이란 말이 있고 근래엔 환경이 운명이란 말이 퍼지고 있다. 그러나 얼굴이야말로 운명이 아닌가? 그런 생각도 들었다. 광부의 아들이었던 잭 팰런스에게 화상과 수술은 전화위복인가? 아니면 평생 조연 배우로 머물게 한 곱빼기 화근인가?

모르는 사람이 없을 정도로 유명한 영화 「셰인」의 무대는 미국 와이오밍 고원의 개척지다. 악덕 목축업자가 세도를 부리며 툭하면 똘마니를 시켜 농민들을 괴롭힌다. 개척 농민의 지도자 격인 밴 헤플린은 이에 맞서 농민들의 단합을 도모하며 농사일에 전념하고 있다. 그러한 계제에 작달만한 키에 용모 수려한 나그네 청년 앨런 래드가 나타난다. 그는 말을 멈추고 물을 찾는다. 그때 마침 목축업자의 똘마니가 나타나지만 낯선 청년의 모습을 보고 그냥 돌아간다. 마침 일손이 달리던 참이라 주인 밴 헤플린은 도움을 청하게 되고 청년은 그 집에 머무르게 된다. 집안의 꼬마 아들은 이를 크게 반긴다.

나그네 청년은 부탁을 받고 이웃 동네로 장을 보러 가는데 똘마니가 찌그렁이를 붙지만 점잖게 물러 나온다. 다음 번 개척 농민들과 함께 이웃 동네를 가니 똘마니가 다시 찌그렁이를 걸자 이번엔 한방에 그를 쓰러트린다. 그러나 목축업자 쪽에서도 순순히 물러서지 않는다. 청년에 대한 대항마로 총잡이 하나를 데려와 시위를 시킨다. 독립 기념일이라고 해서 개척 농민들이 잔치 놀이를 하는데 총잡이는 농민 하나를 사살한다. 이를 본 농민들 중의 일부는 보따리를 싸고 이주를 꾀하지만 밴 헤플린이 다시 이들을 설득해서 눌러 앉게 한다.

목축업자의 노림수는 헤플린을 마을에서 쫓아내는 것이다. 속임수를 써서 그를 술집으로 꼬여내려 하고 목축업자와 결판을 내지 않으면 평화는 있을 수 없다고 생각한 헤플린도 나가서 대결하려 한다. 그러나 청년은 격투로 그를 제압하고 혼자 술집으로 나간다. 헤플린의 꼬마 아들이 이를 보고 뒤따라 달려간다. 술집에는 아래위 검정 복장에 으스스한 느낌을 주는 잭 팰런스가 기다리고 있었다. 그러나 손동작이 빠른 청년의 총을 맞고 쓰러진다. 위층에서 총을 노리는 자가 있었으나 꼬마의 고함을 들은 청년은 재빨리 등을 돌려 그에게 한 방을 가한다. 목축업자의 계략은 완전히 수포로 돌아갔다. 그러나 청년은 "돌아오라."라는 꼬마의 외침 소리에 아랑곳하지 않은 채 와이오밍 고원 한쪽 끝으로 사라져 간다. 밴 헤플린의 아내인 진 아서와의 사이에 어느덧 사랑의 감정이 싹텄고 그 위험성을 잘 알고 있었기 때문이다. 이렇게 청년은 표연히 왔다가 표연히 사라진다.

서부 영화치고 방계에 속하는 「셰인」이 관객의 기억에 오래 남아 있는 것은 독특한 시정(詩情) 때문일 것이다. 자기의 과거나 솜씨를 밝히지 않고 정의로운 소임을 말끔하게 끝낸 후 표연히 사라지는 나그네 청년의 애수 띤 매력 때문일 것이다. 꼬마를 위시해서 독특한 허스키 목소리의 진 아서, 용기와 뚝심으로 개척 농민의 견실한 행보를 보여 주는 헤플린의 매력도 만만치 않다. 뒷날 그는 「템페스트」에서 러시아의 농민 반란 지도자인 푸가초프 역을 통해 관객들에게 다시 깊은 인상을 남기게 된다. 그가 쇠사슬에 발을 묶인 채 층계를 오르는 마지막 인상적인 장면을 아는 사람은 기억할 것이다.

이유 없는 반항 **Rebel without a Cause**
(니컬러스 레이, 1955)

1960년대
청춘 반란의
예고편

© Bettmann

1960년대는 범세계적으로 청춘 반란의 연대였다. 미국 학생들의 반전(反戰) 운동은 자유 언론 운동과 결합하면서 대규모 거부 운동을 낳았고 히피들은 "서른 넘은 사람은 믿지 말라."라는 구호를 내세웠다. 뉴레프트의 문화적 부상과 함께 난데없이 헤르만 헤세 붐이 일어나 대학가 곳곳에는 '황야의 이리', '데미안' 등의 이름을 가진 커피숍이나 술집이 생겨났다. 비평가 라이어넬 트릴링이 '거리의 모더니즘'이라 부른 현상이 도처에서 판을 쳤다. 프랑스에서 1968년의 학생 반란은 혁명 직전까지 갔고 중국 대륙에서는 홍위병이 완전히 교육 질서를 파괴하였다. 여기에다 마르크스, 마르쿠제, 모택동 등 이른바 3M의 사진을 내건 로마에서의 학생 시위, 동경에서의 안보(安保) 투쟁, 우리 쪽의 한일 회담 반대 운동 등을 첨가해 보면 사태의 일단을 상상할 수 있을 것이다. 반체제건 친체제건 청춘 반란이 범세계적인 현상이 되었던 시기였다.

1950년대 중반에 나온 영화 「이유 없는 반항」은 많은 관객을 끌어당기며 큰 화제를 모았다. 영화로서 각별한 기술적 우수성이나 특성이 있는 것은 아니다. 지금 생각하면 1960년대의 청춘 반란을 선취(先取)하고 있는 예고편이 아니었나 하는 생각이 든다. 그런 의미에서 겨우 단역 제외 세 편의 영화에 주연으로 출연한 후 요절하고 만 제임스 딘은 스크린 위에서나 사회사적으로나 상징적인 인물이 되었다.

영화에서 제임스 딘은 고등학교 학생으로 나온다. 말수가 적고 섬세하며 내향적인 성격인데 이를 보상이나 하려는 듯 때로 난폭해지는 수가 있다. 새로 온 전학생은 어디에서나 집단적 골탕 먹이기나 왕따의 대상이 되기가 쉽다. 전학생인 그에게 불량 학생의 우두머리가 싸움을 건다. 두 학생은 칼부림 대결을 하지만 마침 경관이 발견하고 이들을 제지한다. 그 결과 두 학생은 '간 크기 시합'을 하게 된다. 차를 몰고 벼랑을 향해 달리다가 차에서 뛰어내리는데 먼저 뛰어내린 쪽이 패배 판정을 받는 시합이다. 불량 학생들의 언동이나 이 '간 크기 시합'은 그 박진감 때문에 아슬아슬하기 짝이 없다. 결국 불량 학생 두목이 탈출에 실패해서 벼랑에서 떨어져 죽는다. 다 잊어버려도 이 장면만은 잊히지 않을 것이다.

이 광경을 목도한 나탈리 우드가 실신할 판국이어서 제임스 딘이 그녀를 잡아 준다. 나탈리 우드는 불량 학생 두목과 가까운 처지였다. 그날 밤 제임스 딘은 경찰에 자수하러 가지만 자신을 돌봐주는 선도 계원이 부재중이어서 그냥 나오다가 불량 학생들의 눈에 띄고 이 때문에 경찰에 밀고했다는 의심을 받게 된다. 불량 학생들의 살기 등등한 기세에 몰리어 제임스 딘과 나탈리 우드는 빈집으로 도망친다. 딘의 친구가 도움을 주기 위해 불량 소년들에게 권총을 난사하고 세 학생은 한곳에 모여 있다. 공포 분위기의 하룻밤이 지나자 경찰이 주위를 에워싼다. 딘은 권총에서 탄환을 빼 버리지만 공포에 질려서 이성을 잃은 그의 나머지 친구는 경찰에게 덤벼들다 사살되고 만다. 딘은 처음으로 자기를 이해해 주는 부친의 품에 안기어 울음보를 터뜨린다.

문제 학생이 있는 것이 아니라 문제 부모와 문제 가정이 있다는 것은 상식이다. 그러나 이러한 상식의 수용도 쉽게 이루어지는 것은 아니다. 딘의 집안에서는 부친이 도무지 영이 서지 않는다. 앞치마를 두른 채 바닥에 꿇어 앉아 떨어진 음식을 주워담는 부친을 아들은 민망한 낯빛으로 바라본다. 모친은 조부와 늘 신경전이다. 집 안에서 그의 심정이 편안할 리 없다. 한편 나탈리 우드 집안에서는 부친이 폭군이다. 부활절 파티에 참석했다가 늦게 들어왔다고 "더러운 바람둥이"라 딸을 몰아붙인다. 안녕히 주무시라고 볼에 입맞춤을 하자 딸의 따귀를 갈겨 결국 가출을 하게 한다. 거기 등장하는 불량 학생들은 더욱 문제 많은 집안의 자녀일 것이다.

고소공포증 소유자는 그랜드 캐니언 벼랑 끝에 서 있는 아메리칸 인디언의 사진만 보아도 아찔한 생각이 드는 법이다. 영화에 나오는 불량 학생들의 섬뜩한 언동은 심약한 사람들을 주눅들게 한다. 그런 상황에서 마음 여린 영혼이 온전하게 성장하기는 어렵다. 사춘기의 위기를 다룬 이 영화는 「이유 없는 반항」이 그 뒤에 전개되는 '대의(大義) 있는 반란'의 선구임을 보여 주고 있다.

누구를 위하여 종은 울리나 **For Whom the Bell Tolls**
(샘 우드, 1943)

대의를
위해
싸우다 죽다

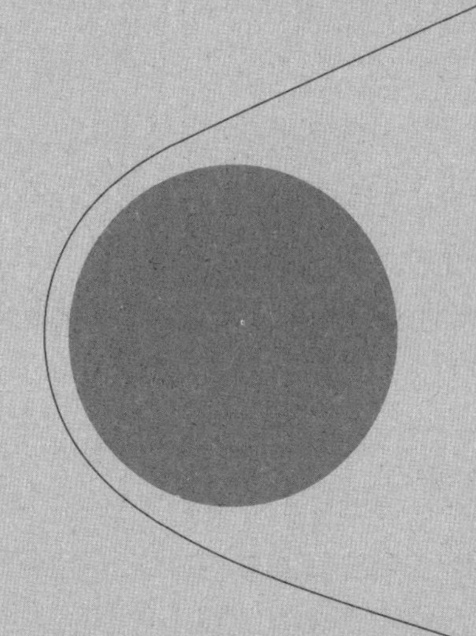

환도 직후의 서울 거리에는 고서점이 꽤 있었다. 종로통에도 제법 큼지막한 서점이 몇 개 있었고 도렴동이나 적선동 같은 데도 조그만 것이 더러 있어서 대본(貸本)을 해 주기도 하였다. 그러나 생나무 기둥을 버팀목으로 해서 청계천 변에 즐비한 판잣집 고서점이 가장 잊히지 않는다. 위태위태한 느낌을 주는 고서점에는 일본 책과 함께 미군 부대에서 흘러나온 포켓판 소설이 쌓여 있었다. 추리 소설이나 대중 소설이 주류였지만 토마스 만의 『부덴브로크 가의 사람들』이나 서머싯 몸, 펄 벅 등의 소설도 거기 끼어 있었다. 책은 마음의 양식이란 상투 어구가 있지만 이런 책들은 우리들에게 정신의 '꿀꿀이죽' 구실을 해 주었다. 당시 고서점에서 가장 비싸게 호가한 것이 헤밍웨이였다. 가격도 가격이지만 구하기도 어려웠는데 그가 노벨상 수상자이기 때문이었을 것이다. 그 무렵 『누구를 위하여 종은 울리나』를 구했다. 그러나 영화를 본 것은 한참 후이다.

공화 정부 측과 극우 반란군 사이의 싸움이 계속되고 있는 스페인이 무대이다. 반란군이 점령한 바위산에 미국 청년 게리 쿠퍼가 찾아온다. 그는 미국의 대학 교원으로 자처하는데 공화 정부의 대의에 공명하여 자원해서 참전한 것이다. 그는 산협의 철교를 폭파하는 임무를 맡았는데, 그러기 위해 산간에 숨어 있는 공화파 빨치산 대장에게 협조를 요청한다. 그는 생소한 미국 청년의 정체를 의심하는 한편으로 유격(遊擊) 활동에 대해서 의욕을 잃고 있는 처지다. 그러나 여장부인 그의 아내는 유격 활동에 적극적이고 게리 쿠퍼에 대해서도 신뢰를 보낸다.

산속에는 스페인 어느 곳의 시장(市長)이었으나 반란군에게 희생당한 이의 딸 잉그리드 버그먼이 함께 기거하고 있다. 그녀와 청년 사이에는 동지애가 뒤섞인 사랑의 감정이 싹튼다. 그러나 청년은 중대 임무에 보다 정신이 쏠려 있다. 빨치산 대장의 아내는 청년의 손금을 보고 죽음이 임박했다는 것을 알고 두 사람의 사랑이 여물도록 도와준다. 두 사람은 이내 서슴없는 사이가 된다. 철교에 폭약을 장치하고 폭파에 성공하나 청년은 다리에 총상을 입어 도망칠 수가 없다. 울고불고하는 시장 딸을 빨치산 대원들과 함께 후퇴하게 하고 혼자 남은 청년은 기관총의 방아쇠를 적진을 향해 당긴다. 그가 서서히 의식을 잃어 가는 것으로 영화는 끝난다.

불과 며칠 사이에 일어나는 일이어서 영화는 비교적 단조한 편이다. 빨치산 대장과 아내의 대결, 그의 심경 변화나 번의(翻意) 등이 자질구레한 세목을 이루고 있으나 중심축은 단연 게리 쿠퍼와 버그먼의 호화 배역이다. 두 사람의 연기와 매력이 영화에 생채를 가하고 있다. 황량한 바위산의 은신처에서 버그먼의 존재는 한줄기 광명이 되어 준다. 반란군에게 삭발을 당한 뒤에 그녀의 머리는 완전히 다 자라지를 않았다. 그녀의 풍부한 표정과 쿠퍼의 의연한 당당함 그리고 마지막 작별의 장면도 인상적이다. 영화는 2차 대전 중에 제작되었지만 우리나라에서는 1950년대가 되어서야 상영되었다.

근 삼 년간 계속된 스페인 내전 중의 정확한 사망자 통계는 잡혀 있지 않다. 성질상 그럴 수밖에 없는데 대략 백만 정도로 추산되고 있다. 정부군이나 반란군 쪽에서나 잔학 행위는 경쟁적으로 극심하였다. 지금 스페인의 역사는 당시 싸우다 죽은 사람들의 이상과는 전혀 다르게 전개되고 있다. 역사의 교훈이란 것이 있다면 그러한 사실의 허심탄회한 인지일 것이다. 헤밍웨이는 스페인 내전 실제 상황의 도덕적 모호성에 대해서 시사한 바 있지만 작품 속에서는 대의를 위해 죽는 주인공과 공화파 빨치산에 대한 애정을 숨기지 않고 있다.

"그 누구이든 그 자체로서 온전한 섬은 아니다. 모든 인간은 대륙의 한 조각이며 대양의 일부이다. 어느 누구의 죽음도 나를 감소시킨다. 왜냐하면 나는 인류 속에 포함되어 있기 때문이다. 그러나 누구를 위하여 종이 울리는지를 알고자 사람을 보내지 말라. 종은 그대를 위해 울린다." 17세기 시인 존 던의 「기도문」에 나오는 이 대목은 이 소설과 영화 때문에 인간의 연대성에 대한 불멸의 대사로 널리 알려지게 되었다. 헤밍웨이의 거의 모든 소설이 영화화되었지만 소설 『누구를 위하여 종을 울리나』는 「무기여 잘 있거라」, 「바다와 노인」 그리고 초기 단편들에 비해서 달리는 편이다.

위대한 환상 La Grande Illusion
(장 르누아르, 1937)

지나간
시절의 훈훈한
휴머니즘

흔히 문화의 발생을 위해서는 여유가 있어야 한다고 한다. 그래서 우리는 항용 시간과 물질의 여유가 없어서 아무 일도 아니 된다는 탄식을 우리의 주위에서 듣는다. 그러나 그 역(逆)은 반드시 진(眞)이 아니다. 그 반증으로 나는 얼른 미국을 들 수가 있다. 물질과 시간이 함께 너무 많아서 걱정이면서도 나는 근자에 「망향」에 필적하는 미국 영화를 본 일이 없다. 임화 씨가 어느 사석에서 미국 사람이 「애수」를 알기 시작한 것은 미국에 문화가 생겨나는 증거라고 말하는 것을 들은 기억이 있다. 옳다.

시인 김기림은 읽을 만한 산문을 많이 남겼다. 위의 인용문은 수필 「동양의 미덕」의 첫머리에 보이는 대목이다. 유럽 숭상과 미국 경시의 태도가 보이는 이 글이 발표된 것은 1939년이다. 이렇듯 극찬을 받은 「망향」을 나는 지금껏 보지 못했다. 하지만 이 영화와 같은 해에 제작된 「위대한 환상」은 뒷날 볼 수 있었다. 장 가뱅이 나오는 데다가 명성이 자자했던 영화여서 특히 관심 있게 보았다. 그리고 「위대한 환상」이란 표제의 의미를 곰곰이 생각해 보지 않을 수 없었다.

이 영화의 무대는 1차 대전 당시의 유럽이다. 프랑스 군의 비행장교인 장 가뱅이 귀족 출신 대위를 태우고 정찰 비행 도중 독일군에게 격추되어 포로가 된다. 두 사람은 수용소에서 유대 인 부호의 아들인 또 한 사람의 프랑스 군 장교를 알게 된다. 유대인 부호의 아들은 포로이면서도 푸짐한 차입을 받아 제법 호강스러운 생활을 하고 있다. 이 세 장교는 포로 수용소에서 으레 그러하듯 탈주를 꾀하면서 땅굴을 파지만 어느 날 스위스 국경 근방의 포로 수용소로 옮겨지게 된다.

©Sunset Boulevard

이 수용소 소장이 에리히 폰 슈트로하임인데 그는 장 가뱅이 몬 정찰기를 격추시킨 장본인이다. 그도 또한 귀족 출신이어서 프랑스 군 장교에게 신분적 공감과 독특한 유대감을 느낀다. "결말이 어떻게 되든 전쟁이 끝나는 때가 우리들의 끝장이란 것은 분명하오." 수용소장이 포로인 프랑스 귀족 출신에게 하는 말이다. 그는 귀족 계급의 완전한 몰락을 예감하고 있는 셈이다.

한편 장 가뱅과 유대 인 부호의 아들은 다시 탈출을 계획한다. 귀족 출신 장교는 그들의 탈출을 방조하기 위해 성벽에 올라가 피리를 불어 감시의 눈을 분산시키고 그 틈을 타서 두 사람은 탈출하게 되는 것이다. 소동이 일자 수용소장은 귀족 프랑스 장교에게 총을 쏘아 결국 그를 죽음에 이르게 한다. 수용소장이 "다리를 쏘려고 했는데."라고 말하자 프랑스 장교는 "150미터나 떨어져 뛰고 있었으니." 하고 화답하고 숨을 거둔다. 그야말로 귀족적이고 신사적인 임종의 대화다.

일단 탈출에 성공한 두 사람은 낮에는 숨고 밤에는 떰박질해서 산간의 들판을 지나 어느 농가의 헛간으로 숨어들어 간다. 그러나 농가 여주인에게 들키고 마는데 젊어서 홀로된 뒤 어린 자식 하나를 데리고 살고 있는 이 전쟁미망인은 두 사람을 손님으로 대접하여 숨겨 준다. 장 가뱅과 전쟁미망인 사이에는 사랑이 싹트는데 언어가 통하지 않는 두 사람 사이의 교감은 세상에서 말하는 사랑의 힘을 실감케 한다. 한동안 숨어 있던 농가를 떠나면서 장 가뱅은 미망인에게 전쟁이 끝나면 데리러 오겠노라고 말하며 재회를 약속한다. 이에 유대 인 부호의 아들은 집에 돌아가도 다시 전쟁이라고 말참견을 한다. 장 가뱅이 "전쟁은 이게 마지막이야."라고 응수하자 유대 인은 다시 말한다. "그것은 환상이야." 두 사람은 눈 덮인 스위스 국경을 넘어가는데 국경 경비대의 사격을 받지만 몸을 날렵하게 굴렸고 사격은 계속되지 않았다.

일반적인 전쟁 영화나 수용소 영화와는 다르게 훈훈한 느낌이 드는 휴머니즘 영화이다. 독일군 장교와 프랑스 군 장교, 생산직 노동자 출신인 장 가뱅과 유대 인 부호의 아들, 전쟁미망인과 적국의 탈주병 사이의 인간관계는 적대적일 것이라는 통념을 벗어난 인간미를 풍기고 있다. 유대 인과 노동자 출신의 동료를 위해 귀족 출신이 자신을 희생하는 것이나 포로 수용소장과 포로가 나누는 임종의 대화나 두루 감동적이다. 독일 수용소 내에서 프랑스 군 장교가 집에서 부쳐 오는 소포로 호강을 하는 것도 동화 같은 훈훈함을 준다. 「위대한 환상」이란 표제는 다의적(多義的)인 것이지만 이 모든 것이 실은 희망적 관측에서 나온 환상이라고 말하는 것인지도 모른다.

감독 장 르누아르는 풍만한 여성상으로 유명한 인상파 화가의 아들로 1차 대전에 참전하여 세 번이나 부상을 입은 이력을 가지고 있는 거장 감독이다. 에리히 폰 슈트로하임은 곧잘 독일군 장교로 나와 올드 팬에겐 낯익은 배우이지만 감독으로도 활동한 인물이다. 이름은 귀족 이름이지만 사실은 유대 계 모자 장수 아들로 이십 대에 미국으로 이주해서 활동한 다재다능하나 불우했던 영화인이다.

고원의 결투 Johnny Guitar
(니컬러스 레이, 1954)

격정과
집단 심리 묘사가
돋보이는 서부극

줄거리보다도 주제곡 때문에 기억에 남아 있는 영화가 있다. 「고원의 결투」란 영화는 몰라도 페기 리가 부른 올디(oldie) '자니 기타(Johnny Guitar)'를 모르는 사람은 없을 것이다. 나이 지긋한 연배 사이에서 말이다. 1950년대 말에서 1960년대에 걸쳐 우리나라에서도 널리 불린 노래다. 매혹적인 음색의 가수 페기 리를 내가 알게 된 것은 이 '자니 기타'를 통해서였다. 야유회에 나갔다가 노래를 돌려가며 부르는데 정말이지 아는 노래가 없었다. 그러자 학생들이 영어 선생이 영어 노래 하나 부르지 못하면 어떻게 하느냐고 억지로 학습을 시켜 준 개인적인 사연이 있다. 그래서 이 노래 가사는 알고 있지만 노래에는 전혀 자신이 없다. 주제곡명이 그대로 영화의 제목이기도 한데 '고원의 결투'란 아마 일본 쪽에서 붙인 이름을 그대로 따라 쓴 것이리라.

기타를 쳐 주오, 다시 한 번, 나의 자니
겉은 차가워 보이나 속은 따뜻한 당신
나의 자니 앞에서 언제나 난 바보였지
세상에서 자니 기타라 부르는 사람 앞에선
기타를 쳐 주오, 다시 한 번, 자니 기타
떠난다 해도 머문다 해도 난 당신을 사랑해
매정하다 해도 내심 따뜻함을 나는 알지
자니 같은 사람은 어디에도 없어
자니 기타라 부르는 사람 같은 이는
다시 한 번 기타를 쳐 주오, 자니 기타

권총에 바지 차림인 중년의 여장부 조앤 크로퍼드는 미국 애리조나 황야 한복판에 서 있는 호화로운 술집의 여주인으로 등장한다. 서부극에서 흔히 그렇듯이 술집은 도박장이기도 하다. 근처로 철도가 지나간다는 얘기를 들은 조앤 크로퍼드는 새 시가를 만들어 큰 부자가 되려는 야망을 키운다. 신경증 증세를 보이는 지역 사회의 지도자 격인 에바란 여성이 이를 절대 반대하고 나선다. 여기에 조앤 크로퍼드의 옛 애인인 자니 기타라 호칭되는 사내가 나타나고 크로퍼드는 그에게 술집 겸 도박장의 경비를 부탁해 사실상 그녀의 보호자가 된다. 한편 크로퍼드 주변에는 댄싱 키드란 사내가 밤낮 배회해서 그녀 적수인 에바의 분노를 사게 된다. 에바는 이 댄싱 키드를 좋아하는 처지이기 때문이다. 크로퍼드의 사랑을 놓고 댄싱 키드는 실제로 기타를 치는 자니 기타와 은근한 경쟁을 벌인다.

크로퍼드의 적수가 되는 에바는 오빠의 죽음이 댄싱 키드 일당의 소행이라며 동네 사람들과 보안관을 끌고 와서 크로퍼드에게 퇴거를 명령한다. 이튿날 크로퍼드는 주변 사람들을 정리하고 임금을 지불하기 위해 은행에 가서 돈을 찾는다. 바로 이때 누명을 쓸 바에는 실제로 일을 저지르고 그곳을 뜨려고 결심한 댄싱 키드 일당이 은행에서 현금을 모조리 빼앗아 도망한다. 크로퍼드와 댄싱 키드가 공모해서 저지른 강도 행위라며 에바는 주민들을 이끌고 와서 사실상 술집에 방화를 한다.

지역 사회는 타자들에게 극히 배타적이다. 이에 맞서 술집 주인과 보호자는 자신들을 방어하지 않을 수 없게 된다. 사랑, 증오, 질투, 폭력, 배신, 사회적 관용 등의 주제가 이 서부극을 꿰뚫고 있는데 결국 두 여성이 막판에는 총격을 교환하게 된다. 여성끼리의 권총 대결이 이 영화의 클라이맥스를 이룬다.

영화가 지역의 유지들보다 자유분방한 변두리 인간에게 호의적인 것은 말할 것도 없다. 지역의 지도자를 자처하고 사실상 그런 역할을 부지런히 수행하는 여성은 성적인 억압에서 유래하는 신경증적 병리적 인간으로 그려져 있다. 흔히 있는 독선적이고 배타적인 외곬의 인물이다. 그녀는 술집에 사실상 방화를 하고 나서 회심의 미소를 짓는데 그것은 가히 마녀의 표정이다. 애매한 사람을 잡는 '마녀 사냥'에 나선 마녀의 얼굴이다.

여러모로 이 영화는 존 웨인 주연 흐름의 정통파 서부극과는 거리가 멀다. 프로이트의 환자 사례집에서 걸어 나온 듯한 인물들이 있다는 것만으로도 그러하다. 한 이틀 동안에 사건은 숨 가쁘게 전개되고 등장인물들의 성격도 제가끔 실감 있게 그려져 있다.

감독은 「이유 없는 반항」의 니컬러스 레이로 사회의식이 강하다. 미국보다도 유럽 특히 프랑스 쪽에서 높은 평가를 받았는데 미국 내에선 반(反)매카시즘의 함의가 짙은 좌파 서부극이라는 세평을 얻었다. 자니 기타로 나오는 배우 스털링 해이든이 공산당 연루의 과거가 있는 데다가 헐리웃의 극렬 반공 서클에 속했던 배우가 지역의 유지로 나왔으니 배역도 이러한 세평 형성에 기여한 셈이다. 딱 벌어진 어깨에 큼지막한 눈이 서글서글한 조앤 크로퍼드가 술집 2층 난간에서 아래를 내려다보는 장면을 포함해서 스크린을 압도하고 있다는 것을 올드 팬은 기억할 것이다. 어니스트 보그나인이 악역을 맡아 실감나는 연기를 한다. 실제 고원이 많고 '고원의 기차역' 같은 표제의 시가(詩歌)도 많은 일본에서는 그럴듯하지만 우리에겐 정감 있는 제목은 아닌 것 같다.

초원의 빛 **Splendor in the Grass**
(엘리아 카잔, 1961)

사춘기의
위기를
건너가다

영화의 대중 선호 때문에 원작 소설이 널리 읽히는 경우는 흔하다. 가령 제인 오스틴의 『오만과 편견』을 근자의 대표적 사례로 꼽을 수 있을 것이다. 그렇지만 원작이나 영화의 표제의 출처가 된 시가 그 때문에 널리 읽히는 경우는 드문 것 같다. 번역의 적정성에 문제가 있지만 「초원의 빛」이란 영화의 표제는 긴 제목을 갖고 있으나 흔히 '영원불멸송(頌)'이라 불리는 워즈워스 시편에서 따온 것이다.

초원(草原)의 눈부심(빛)과 꽃의 영광은
다시 찾을 길 없다 해도
우리는 슬퍼하지 않으리
뒤에 남아 있는 것에서 힘을 찾으리니

안경을 쓴 여교사의 힐난을 받은 나탈리 우드가 시를 낭독하다 말고 교실을 뛰쳐나오는 장면을 기억하는 사람이 많을 것이다. 「브룩필드의 종」이나 일본 영화 「스물네 개의 눈동자」와 같이 교사가 아주 긍정적인 인물로 그려진 경우가 없는 것은 아니다. 그러나 단역으로 나오는 교사가 소설에서나 영화에서나 긍정적으로 묘사되는 경우는 드문 것 같다. 대개 이해성이나 융통성 없고 매력 없는 인물로 나온다. 그 이유를 캐기 위해 멀리까지 갈 필요는 없다. 경관이 긍정적인 인물로 나오는 것이 드문 것과 똑같은 이치이기 때문이다. 교사도 사회적으로 보면 권위와 권력을 대행하는 예방 경찰과 다름없기 때문이다. 1980년대 학생 시위가 한창일 때 교사도 필경 헌병 보조원이 아니냐 하는 무력한 자괴감을 금할 수 없었다.

미국 중부 캔자스 주 소재 고등학교가 「초원의 빛」의 배경이다. 축구부 주장으로 교내에서 인망이 높은 워런 비티는 식료품상의 딸인 나탈리 우드와 좋아하는 사이이다. 모친에게 엄격한 순결 교육을 받은 여학생은 남학생의 성적인 접근에 대해서 방어적이다. 집 안에 단 둘이 있었던 아슬아슬한 순간에 가족이 돌아와 별일 없이 끝나는 장면도 있다. 남학생은 결혼까지 생각하고 상의를 하나 벼락부자인 부친은 명문 대학을 나온 후에나 생각할 문제라며 일언지하에 거부한다. 연습에 열중하던 남학생은 폐렴으로 입원하게 되는데 그때 알게 된 여학생과 우연히 성관계를 갖게 된다. 그런 소문이 나탈리 우드의 귀에 들어오고 충격을 받은 그녀는 갑자기 울음을 터뜨리는데 워즈워스의 시를 읽다가 뛰쳐나오는 장면이 바로 그것이다

그 후 집 안에서 칩거 생활을 하던 중 동료 남학생에게 성폭행을 당해 정신 착란 상태에 빠진다. 물속에 몸을 던졌다가 구조되어 정신 병원에 입원하게 된다. 오랜 치료 기간 후 가까스로 퇴원을 하고 정상을 회복한 나탈리 우드는 워런 비티를 찾아간다. 그사이 그는 명문 대학을 나와 결혼한 처지요 아이도 있었다. 그런 그에게 여주인공은 씁쓰레한 적막감을 느끼지만 이제부터가 내 인생이라는 결의를 다지는 것으로 영화는 끝난다. 그녀의 상흔은 성숙한 인생 태도로 이어지는 것이다. 등장인물의 개성이 모두 생생한 박진감을 가지고 있다. 1929년 대공황 직전의 시기에서 시작해 지방 소도시의 성적 억압, 사회 모순, 그 필연적 결과가 리얼하게 그려져 있어 엘리아 카잔은 다시 한 번 명감독으로서의 면목을 과시하고 있다.

흔히 아름다운 청춘이라고 말한다. 그러나 사춘기 이후의 젊

은 시절은 사실상 불안과 방황과 정신적 혼란의 시절이다. 조금 과장하면 아슬아슬한 위기이기도 하다. 낭비나 탈선의 유혹에 속절없이 노출되어 있는 위험한 시기란 점에서 그러하다. 가령 『청춘은 아름다워』를 쓴 헤세의 『크눌프』를 보더라도 그를 평생 떠돌이로 만든 것은 사춘기의 사랑 경험 때문이다. 우연한 풋사랑의 상처가 그를 무위도식하는 떠돌이로 만든 것이다. 소설 속에서 아름답게 보일지 모르나 그의 정처 없는 삶은 실에 있어 모래 위에 세운 다락방에 지나지 않는다.

독일에서 발생한 성장 소설은 흔히 남성 주인공의 자기 형성 과정을 보여 주는 '내면의 모험 소설'이다. 영화 「초원의 빛」의 줄거리는 여주인공의 자기 형성 과정을 그린 성장 소설의 변형이라 할 수 있다. 사랑의 시련을 겪는 여주인공이 어떻게 상처 입고, 견디어 내고, 치유되는가 하는 과정이 인상적으로 집약되어 있다. 입시 지옥과 병역 연옥을 통과해야 하는 이 땅의 사춘기는 어쩌면 곱빼기 위기의 연속일지도 모른다. 이 아슬아슬한 위기를 제대로 넘기지 못한 청년들의 수효가 많아지면 많아질수록 사회의 건강은 훼손될 것이다.

미녀와 야수 La Belle et la Bête
(장 콕토, 1946))

사랑이
야수를
인간으로 만들다

육이오 직전에 크게 화제가 된 영화로 기억나는 것이 「마음의 고향」과 「비련(悲戀)」이다. 앞에 것은 본시 함세덕의 희곡 「동승(童僧)」을 영화화한 것인데 최은희 주연으로 크게 성가가 올랐다. 우리 영화의 수준을 크게 향상시켰다는 세평을 얻었던 것으로 기억한다. 후자는 「영원한 귀향」이란 프랑스 영화인데 관객의 눈물 취향을 고려해서 아마 일본에서 그리 표제를 달지 않았나 생각한다. 장 마레의 이름을 우리나라에서 유포시킨 최초의 영화일 것이다. 「트리스탄과 이졸데」를 번안한 것으로 휴전 후에 서울서 재상영되었다. 마들레느 소로뉴의 신비스러운 마스크가 인상적이었고 사랑의 묘약이라는 것이 정말 있는 것인가 궁금증이 생겼다. 장 콕토는 "내 귀는 소라 껍질, 바다 우짖음을 좋아한다."라는 칸 시편 중의 한 대목으로 유명하지만 요즘에는 아무래도 잊힌 이름인 것 같다.

장 마레가 나오는 영화로 제일 기억에 남아 있는 것은 뭐니 뭐니 해도 「미녀와 야수」이다. 서양의 유서 깊은 전래 동화를 영화로 만든 것인데 그 구성이나 이미지나 분위기가 관객을 압도한다. 장 마레와 동성애 사이이며 그를 영화 배우로 대성시킨 장 콕토가 감독한 영화이지만 르네 클레망이 기술적인 도움을 준 것으로 크레디트 타이틀에도 나온다.

딸 삼 형제와 변변치 않은 아들 하나를 둔 상인이 재정적 어려움에 빠져 있다. 상인이 출타를 하는데 큰 딸들은 원숭이를 사 달라거니 앵무새를 사 달라거니 하지만 막내는 장미꽃을 사 달라 한다. 상인은 야수가 사는 정원에서 장미꽃을 꺾다가 들켜 정원에서 도둑질을 한 죄로 목숨을 잃어야 한다는 야수의 통고를 받는다. 용서를 비는 상인에게 야수는 딸이 대신 죽어 주면 목숨을 살려 주겠노라고 한다. 돌아온 상인에게 자초지종을 들은 큰 딸들은 막내를 구박하고 막내는 자기 스스로 야수가 사는 성으로 들어간다. 당초의 예상과는 달리 야수는 그 나름의 따뜻함과 고민을 가지고 있음을 알게 된다. 야수와 막내 즉 미녀 사이에는 부지중에 교감이 생긴다.

상인이 중병을 앓고 있음을 알게 된 미녀는 말미를 달라 간청하고, 다시 돌아온다는 약속을 받은 야수는 비밀 창고의 황금 열쇠까지 맡긴 채 미녀를 집으로 돌려보낸다. 믿음이 중요하다는 것을 강조하면서 야수는 마술 거울이나 마술 장갑도 맡긴다. 돌아온 미녀 탓에 병을 고치게 되지만 상인은 야수에게 돌아가지 말라고 이른다. 그러나 야수가 고통으로 병이 난 것을 안 미녀는 성으로 돌아가고 비밀 창고의 보물을 탐내는 언니들과 청혼자 아베농은 야수를 살해하려 성으로 간다. 야수를 해치려던 아베농은 화살을 맞아 야수로 변하고 야수는 우아하고 늠름한 왕자로 변해서 영화는 해피 엔드로 끝난다. 마법에 걸려 야수로 변했던 왕자가 제 모습을 찾는데 "사랑만이 야수를 인간으로 만든다."든가 "남자들은 다 짐승이다."라는 대사도 나온다. 몸을 움직이고 표정을 짓는 조각이라든가 두 개의 이빨이 입가로 삐쳐나온 야수의 모습이나 사람 팔에 얹혀 있는 촉대가 동화적인 환상을 안겨 준다. 요즘의 판타지 영화가 나오기 이전이니 모든 것이 놀라웠다. 장 마레의 일인 삼역도 재미있다.

여기 나오는 막내 즉 미녀에겐 두 언니가 있다. 이들은 모두 이기적이고 갖은 악덕은 다 갖추고 있다. 이에 반해서 막내는 헌신적인 효녀일 뿐만 아니라 많은 미덕을 가지고 있다. 셰익스피어의 「리어 왕」을 연상케 하는 구석이 있다. 대개의 전래 동화에

서도 막내 쪽이 긍정적인 인물로 나오는 데 반해서 형이나 언니는 욕심 많고 이기적인 인물로 설정되어 있다. 사랑은 내리사랑이란 말이 있는데 그와 연관된 것인지도 모른다. 혹은 장자(長子) 상속제의 관습 아래서 아우들의 불만과 욕심 많은 형에 대한 노여움이 이런 민화의 형태로 표현된 것인지도 모른다.

「미녀와 야수」는 「개구리 왕자」나 「백조의 호수」 등 민화에서 흔히 볼 수 있는 변신(變身) 얘기이다. 이러한 변신담은 교훈적인 해석으로 처리하는 것이 보통이었다. 사람이란 외관으로 판단할 것이 아니라는 것이다. 철학에서 말하듯 현상과 본질, 외관과 실상은 다르다는 함의의 얘기라는 것이다. 정신 분석 흐름의 심리학자인 베텔하임은 성의 금기(禁忌)와 연관이 있다고 해석한다. 결혼을 하게 되면 성에 관해서 알게 된다는 것이 중산층 부모들이 자식에게 일러 준 말이었다. 오직 결혼만이 성을 허용할 수 있는 것으로 만들고 그것을 짐승스러운 것에서 인간적인 것으로 만드는 것이다. 야수에서 왕자로의 변신에는 이러한 금기의 사연이 내재해 있다.

비정의 도시 외 **The Harder They Fall**
(험프리 보거트, 1956)

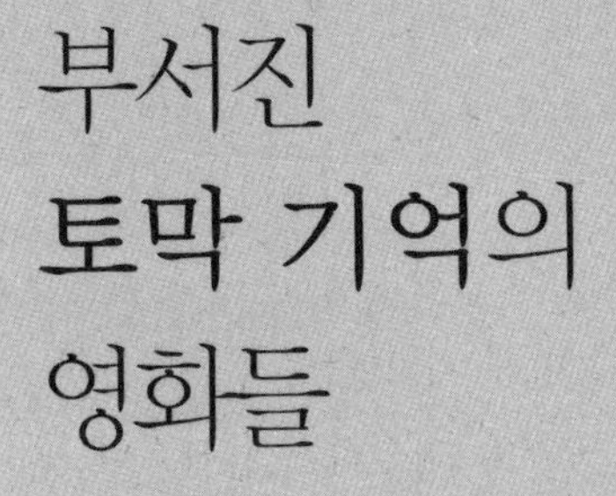

책이 귀하던 시절 쉽게 구했다는 단 한 가지 이유 때문에 신통치 않아 보이는 책을 읽어 치운 경우가 있다. 그 가운데 내용을 다 잊어버렸지만 묘하게 잊히지 않는 대목이 있는 책도 있다. 학생 시절 방산 시장의 허드레 매점에서 아주 헐값으로 구입한 로버트 네이선의『다시 한 번 봄이』란 소책자가 있었다. 뉴욕 노숙자들의 애환을 다룬 소설인데 군데군데 유머러스한 삽화가 있고 쉽게 읽히는 낙천적인 책이었다. 로버트 네이선은 통속 작가로 영화「제니의 초상」의 원작자이기도 하다.

자세한 것은 다 잊어버렸지만 묘하게 기억에 남아 있는 대목이 있다. 한 작중 인물이 바흐의 음악을 칭송하면서 바흐의 음악에는 자기연민이 없다고 말하는 장면이다. 음악에 대한 언어적 논평이란 코에 걸면 코걸이 귀에 걸면 귀걸이여서 믿을 수 없는 것이지만 묘하게 잊히지 않는다. 노숙자의 입에서 나와서 특히 인상적이기도 하지만 그럴듯한 얘기라고 생각했기 때문일 것이다. 바흐를 들으면서 가끔 이 대목을 떠올리고는 한다. 그러고 보면 바흐뿐 아니라 종교 음악의 대부분이 자기연민과 거리가 먼 것이 아닌가 생각된다.

영화도 마찬가지여서 내용이나 줄거리를 송두리째 잊어버렸지만 드물게 기억에 남아 있는 장면이 있다. 뒷날「삼손과 데릴라」에서 주연을 맡게 되는 비극적 마스크의 빅터 머추어가 나오는「죽음의 키스」라는 영화를 본 적이 있다. 솔직히 줄거리는 송두리째 잊어버렸다. 막연히 갱 영화가 아닌가 생각하는 정도다. 그런데도 한 장면은 지금도 생생히 기억한다. 냉혈한으로 나오는 리처드 위드마크가 노부인이 타고 있는 휠체어를 층계에서 아래쪽으로 밀어 굴리는 장면이다. 위드마크가 오싹하게 하는 특유의 웃음소리를 내며 가벼운 동작으로 일을 벌이는 장면이 지금도 눈에 선하다. 가장 리처드 위드마크다운 연기 장면이 아니었나 생각한다. 끔찍한 범죄 영화가 판을 치는 요즘의 관객 입장에서 보면 대수롭지 않을지 모르지만 당시에는 작지 않은 충격이었다.

세목은 많이 잊어버렸지만 줄거리만은 생생히 기억나는 영화도 있다. 영화 제목이 우리말로 「비정(非情)의 도시」였지만 원제는 생각나지 않는다. 험프리 보거트가 악덕 업자의 흑막을 추적하는 신문 기자로 등장한다. 한 프로 권투 매니저가 남미 어느 나라에 가서 소문난 현지의 장사를 데리고 온다. 그는 몸집이 거구이고 현지에서는 힘깨나 쓴다고 알려져 있다. 매니저는 코치를 시켜 그에게 권투를 가르친다. 코치는 주로 몸놀림이나 주먹질의 스타일에 역점을 두어 지도한다. 단기간의 연습 끝에 기술을 습득한 남미 출신 장사는 권투 시합이 있을 때마다 강력한 펀치로 상대방을 제압한다. 대개 마지막 라운드에서 케이오로 상대방을 넘어트려서 명성을 올린다.

프로 권투계의 새 강자가 등장했다는 요란한 선전을 타고 새 챔피언은 가는 곳마다 상대방을 압도적으로 제압한다. 그는 전국 순회를 나서서 불패의 기록을 쌓아올린다. 그런데 근소한 용돈이 보수로 돌아올 뿐이다. 하루는 매니저에게 불만을 털어놓으며 정당한 보수를 달라고 요구하나 매니저는 계약서를 펴 보이며 지금 계약서대로 이행하고 있다고 말한다. 많은 수입을 올리고 있는 것은 사실이지만 고급 호텔 숙박비, 선전 광고비, 시설 이용비, 교제비, 기타 비용으로 막대한 경비가 든다며 내역 장부도 보여 준다. 그러면서 조금만 더 참아 달라고 말한다.

계속 도처에서 챔피언은 기록을 세우지만 돌아오는 보수는 없다. 마침내 챔피언의 분노가 폭발하여 매니저에게 가만있지 않겠다고 육체적 시위를 한다. 매니저는 사실은 상대방으로 하여금 시합에서 양보를 시켜 네가 챔피언이 되어 있는 것이라며 주제 파악을 시켜 주겠다고 말한다. 코치를 불러 챔피언과 한번 맞붙어 보라고 하는데 챔피언이 포즈를 취하자마자 일격을 가해서 그를 쓰러트리고 만다. 이 장면이 정말 압권이었다. 관객으로서는 그제야 권투 시합이 처음부터 야바위였다는 것을 확인하게 되어 챔피언 못지않은 충격을 받는 것이다.

프로 권투계의 이면을 폭로한 영화라고 하면 끝나지만 사태 파악을 하지 못하고 보수도 받지 못한 채 계속 사역만 당하는 숫보기 남미 청년의 처지가 참으로 가련하게 생각되었다. 험프리 보거트는 사실상 큰 역할을 한 것 같지는 않다. 그의 열의에 찬 추적으로 마침내 권투계의 비리가 폭로되는 것은 당연한 귀결이다.

외국 도시에서 본 일본 영화

1971~1973

1971년 가을 외국에서 제2의 학생 생활을 시작하였다. 휴전 직후 질서가 제대로 잡히지 않은 시절 내 학생 생활은 부실하기 짝이 없었다. 그나마 제2의 학생 시절을 갖게 된 것은 지극한 행운이었다. 삼십 대 후반의 나이였고 눈 많이 오는 북위 사십삼 도상의 외국 도시에서의 학생 생활은 결코 수월한 것은 아니었다. 특별한 경우가 아니면 날씨가 그날의 심기를 결정한다는 사실을 그때 처음으로 절감했다. 우리 푸른 하늘의 고마움도 그때 깨달았다. 10월 하순에서 이듬해 2월까지는 도무지 푸른 하늘을 볼 수 없었다. 첫해엔 가족 동반이 허용되지 않았고 한국의 경제력은 북에도 미치지 못한 한심한 시절이었다. 슈퍼마켓에 가면 한구석에서 구십구 센트에 팔리는 싸구려 남방 셔츠가 유일한 한국 상품이었다.

유신 전후의 시기여서 집에서는 늘 흉흉한 시국 걱정 소식이 오고는 하였다. 집에 전화가 없었기 때문에 편지로만 소식을 주고받았는데 아무 연락이 없으면 없어서 걱정이었고, 편지가 오면 무슨 불길한 소식이나 아닌가 해서 가슴이 두근거렸다. 요즘처럼 방학 때 일시 귀국한다는 생각은 꿈에도 하지 못했다. 항공료가 엄청나게 비쌌기 때문이다. 불과 이십 년 사이에 이룩한 우리의 물질적 조건 향상은 획기적인 것이다.

만 이 년간 머물렀던 뉴욕 주의 버팔로에는 교향악단이 있어서 정기 연주회를 열었다. 연 십 회인가 했는데 원하는 외국인 학생에게는 무료로 열 장짜리 티켓을 주었다. 도시가 주로 동유럽 계 이민자들의 손으로 발전했기 때문에 외국인에 대해 특혜를 준다는 것이었다. 넥타이를 메고 연주회에 가서 기립 박수에 동참할 때만은 구차한 학생 신분이라는 것을 잠시나마 잊을 수 있었다. 그러나 거저 얻은 고가의 티켓을 반밖에 쓰지 못했다.

연주회 말고 호사를 한 것은 영화 구경이 아니었나 생각한다. 학생회관에 있는 소극장에서는 볼만한 영화를 주말에 골라서 볼 수 있었다. 반 년치의 영화 프로그램을 미리 구해 둘 수 있었기 때문이다. 무료였지만 가끔 명목 상의 요금을 내야 할 경우가 있었다. 잉마르 베리만 감독의 영화 주간이 있었는데 그런 경우엔 학생증을 제시하고 시중 요금의 삼분의 일 정도를 지불하였다. 어쨌건 그때 처음으로 「수치」, 「애너의 수난」 등의 베리만 감독 영화를 보았다. 「토니오 크뢰거」를 위시해서 서유럽이나 동유럽의 영화도 몇 편을 보았다. 독일 영화 「토니오 크뢰거」는 원작의 순서와 구성과 대화를 그대로 재현했다는 것이 특히 기억에 남아 있다. 원작과 전혀 다른 영화가 되어 버리는 경우가 흔하기 때문에 조금 긴 단편을 충실하게 영화로 만들었다는 것이 놀라웠다. 또 초기 미국 영화의 걸작이라는 「모로코」도 구경했다. 역사적 흥미는 있었지만 지루하고 템포가 더디어 시간이 아깝고 본전도 뽑지 못했다는 느낌이 들었다.

그 시절 재미있게 본 것은 뭐니 뭐니 해도 일본 영화다. 학교에 어느 정도 익숙해진 72년 초부터 매주 월요일 저녁엔 일본 영화를 상영했다. 물론 무료였고 미국 학생들 사이에서도 일본 영화가 인기여서 늘 만원이었다. 사정으로 놓친 것도 많았지만 그래도 열 편 정도를 볼 수 있었는데 일본 대중문화가 한국에서 금지됐넌 시질이어서 감회가 깊었다. 해방 전 초등학교 시절에 배운 동요를 근 삼십 년 만에 영화 속에서 접하는 것도 특이한 경험이었다. 해방 직전 소년 항공병을 다룬 전쟁 홍보 영화를 본 것이 일본 영화에 대한 내 경험의 전부였기 때문에 「들불」, 「교사형」, 「모래의 여인」 등은 새 세계의 전개로 비쳤다. 어떤 일본 영화에서 젊은 남녀가 여관에서 하룻밤을 보내게 된다. 그런데 두 사람 사이에 아무 일도 없었다는 시사가 나오자 미국인 남녀 학생들이 장내가 떠나가게 홍소를 터트린 일이 기억난다. 요즘에는 한국에서도 그러한 반응이 나오리라.

일본 영화 시리즈가 끝난 후 일본 영화에 관한 세미나도 열렸다. 구(舊)좌익이고 '대중문화' 연구자로 알려진 고령의 드와이트 맥도널드(Dwight Macdonald)가 뉴욕에서 날아와 참석했다. 자기가 구경한 몇 편의 일본 영화, 가령 「도쿄 이야기」 같은 것을 보며 제인 오스틴 소설을 상기했다고 그가 발언한 것이 기억에 남아 있다. 나 자신도 비슷한 생각을 한 탓인지도 모른다. 그러고 보면 일본의 문호인 나쓰메 소세키가 제인 오스틴을 좋아하고 평가했다는 것도 수긍이 간다. 섬세한 심리 묘사 같은 것이 일본 소설에서도 빛나는 부분이 아닌가 생각되기 때문이다. 일본 영화를 보면서 우리 영화는 멀어도 한참 멀었다는 생각을 다시 했다. 이따금 케이블 방송을 통해 보게 되는 최근의 일본 영화는 많이 타락했다는 느낌이 든다. 물론 옛날에 보았던 것이 엄선된 수작이었다는 것이 그러한 느낌을 촉발하는 면도 있을 것이요, 웬만해서는 감동받지 못하는 나이 탓도 있을 것이다.

교사형 絞死刑
(오시마 나기사, 1968)

사형 제도와
재일 교포를
다룬 문제작

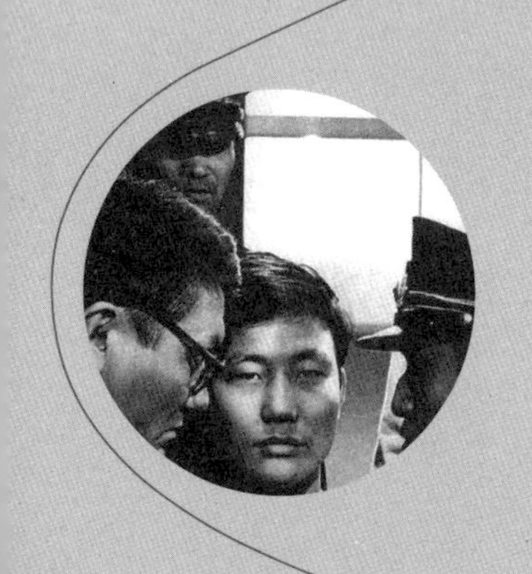

“당신은 사형 제도에 찬성하십니까?” 당돌하고 의표를 찌르는 질문으로 영화는 시작된다. 이어서 문화 주택이라 불리는 형무소 안 사형 집행장 장면이 나오고 교수형을 집행하는 장면이 소개된다. 교수형 집행의 실상은 말로만 듣거나 상상하는 것보다 한결 음산하고 황량하다. 이어서 학교 옥상에서 남학생과 여학생이 어울리는 다소 모호한 장면이 나온다. 일인 여학생이 피해자요 재일 교포인 한국인 소년이 가해자인 것으로 얘기는 진전된다. 그런데 교수형 집행 중에 뭔가가 잘못되어 사형수는 죽지를 않는다. 목을 밧줄로 감고 늘어뜨렸는데 소년이 죽지를 않은 것이다. 죽음의 문턱에서 살아난 소년은 최초의 충격이 가신 후 의식을 회복하나 기억을 완전히 상실하고 만다.

근래 우리네 방송극에서 별 필연성도 없이 안이한 처리로 툭하면 나오는 기억 상실증 환자가 주인공인 셈이다. 그러나 기억 상실은 이 영화에서 몇몇 옛 영화에서처럼 주제와 뗄 수 없는 중요 요소가 된다. 형무소장과 검사를 위시해서 형무소 간부나 담당자들이 형의 재집행을 시도한다. 그러나 기억 상실로 자기의 정체성과 왜 죽어야 하는지를 알지 못하는 장본인을 사형에 처하는 것은 살인과 다름이 없다. 그래서 이들은 본인 의사와 관련 없이 교수형 집행 뒤에 살아남은 소년에게 왜 죽어야 하는가를 납득시켜야 한다. 여기서부터 영화는 관객의 의표를 찌르는 진행을 보여 준다.

담당자가 따라붙어서 사형수 소년과 일거일동을 함께하면서 그의 기억을 되살리려 노력한다. 함께 조깅을 하면서도 이것저것 단서가 될 만한 옛날 일들을 물으며 부질없는 노력을 계속한다. 그것은 참담한 노력이기도 하고 가증스러운 노력이기도 하다. "집에서 너의 아버지가 어머니를 마구 때리고 주먹질을 했지? 그렇지? 안 그랬어? 그때 일이 정말 생각나지 않니?"라고 하면서 집요한 노력을 한다. 한국인 관객으로서는 심한 모욕감을 느끼지 않을 수 없다. 누추한 그의 가정 환경이나 범죄를 연극으로 재현해 보이기도 한다. 담당자들은 자신들의 논리가 빈약한 것을 느끼면서 우스꽝스러운 몰골이 되기도 한다.

반드시 노력이 주효해서가 아니라 소년은 드디어 기억을 회복한다. 그는 자기가 사형수임을 알게 된다. 그러자 변호사가 나서서 계속 기억 상실을 위장하라고 권유한다. 그래야 생명을 연장할 수 있다는 것이다. 변호사의 권유에 당연히 소년은 갈등을 겪는다. 그러나 관객의 예상을 뒤엎고 소년은 기억력 회복을 실토하고 마침내 담당자들의 입회 하에 교수형을 당한다. 가까스로 집행에 성공한 담당자들은 서로에게 "수고 많으셨습니다."라고 인사를 건넨다. 그 뒤에 다시 감독인 오시마 나기사(大島渚)가 나와서 "수고 많으셨습니다."라고 말한다. 관객도 구경을 하면서 고달픈 면이 없지 않기 때문이다. 그것은 영화가 제기하는 질문의 심각성 때문이기도 하다.

나중에 우선회를 했다고 들었는데 이 영화에서 감독은 시종일관 좌파적 입장을 취했던 것으로 기억한다. 학생 운동의 전력 탓인지 사형 제도 반대나 재일 한국인에 대한 편견이나 차별 대우에 대한 비판도 엿보여 소위 진보적 지식인의 자세를 견지하고 있었다. 따라서 친(親)조총련적 입장이고 영화에서도 북쪽 노래가 나오는 장면이 있었던 것 같다.

1968년에 제작된 이 영화는 그보다 십 년 전에 있었던 실제 사건을 소재로 했다고 한다. 소년 역의 배우 얼굴이 갈데없는 한국인 얼굴이어서 인상적이었다. 1970년대 초만 하더라고 한국을 잘 몰라 대개 중국에서 왔느냐, 일본에서 왔느냐는 질문을 받던 처지라 뚜렷한 한국인 마스크의 주인공이 특히 인상에 남아 있다. 흑백 영화인 「교사형」은 형무소의 사형 집행장이라는 간단한 세트에 장면을 집중시켰기 때문에 제작비를 크게 절감했다는 얘기가 있다. 기발한 아이디어와 블랙 유머가 일품이고 시종 진진하지만 한국인 관객으로서는 자존심 상하는 장면이 너무나 많아서 며칠동안 애국자가 되어 가는 자신을 다독거렸다. 책갈피에 끼여서 우연히 지금껏 남아 있는 당시의 영화 프로그램에는 아래와 같은 글귀가 적혀 있다.

3월 20일. Death by Hanging. 무료. 일본 흑백. 117분. 3:00 & 8:00 p.m. 나기사 오시마. 감독 오시마는 현재 일본에서 가장 인기 있는 감독으로 「소년」과 「교사형」이 대표작이다. 창의적이고 대담한 그의 관심사는 새 일본 사회의 상태 즉 그 가치관과 습속(習俗)이다. 이 기괴한 영화는 일본인 소녀를 성폭행하고 살해했다고 애매하게 피소된 한국인 소년의 국가에 의한 처형을 다루고 있다.(「옥스보우에서 생긴 일」을 상기시킨다.) 이 영화는 개인의 정체성, 사회의 죄과, 현실과 환상, 법이 존재하기 위해 범죄가 필요하다는 사실, 사형 제도가 최악의 범죄라는 사실에 대한 날카로운 탐색이다. 놓치지 마시라!

간략하지만 적정한 요약이다. 「옥스보우에서 생긴 일」은 뜬소문을 믿고 군중들이 애매한 세 사람을 처형하는 서부 영화로 미국 네바다 주가 무대이다. 헨리 폰다와 앤서니 퀸이 나오는 칠십오 분짜리다.

소년 少年
(오시마 나기사, 1969)

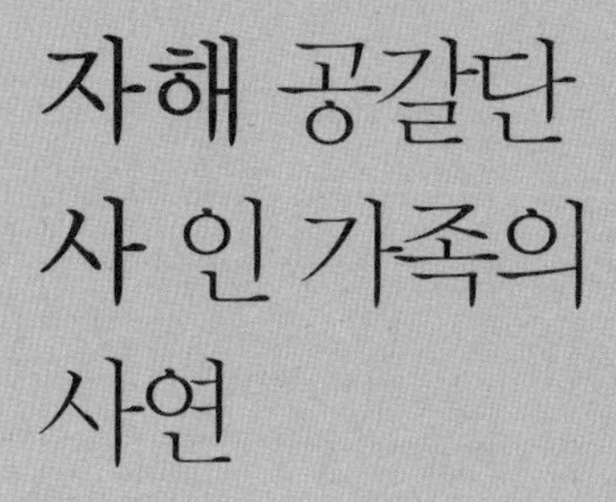

자해 공갈단 사인 가족의 사연

달려오는 자동차로 뛰어들어 몸을 덧내고 운전자에게서 돈을 갈취하는 이른바 자해 공갈단 얘기가 언제부터 기사화되었는지는 모르겠다. 그러나 잊을 만하면 심심찮게 보도되고는 한다. 상상만 해도 섬뜩하지만 체포되어 신문에 보도될 즈음엔 그런 자해 행위가 상당히 누적된 경우여서 더욱 섬뜩하게 느껴진다.

오시마 나기사(大島渚) 감독의 일본 영화 「소년」은 자해 공갈을 업으로 하는 한 가족의 얘기다. 그의 「교사형」이 흑백 영화임에 반해 「소년」은 색채 영화이고 그 무대도 일본 북부의 홋카이도(北海島)에서 남쪽의 시코쿠(四國)에 이르는 일본 전역이다. 전쟁 때문에 인생을 망쳤다고 생각하는 술 타령꾼인 가장과 기가 세고 성깔이 있는 그의 후처 그리고 어린 주인공 소년과 그의 꼬마 동생 등 사 인 가족이 전국을 누비며 일을 벌이는 것이다. 실제로 차로 뛰어드는 것은 계모와 소년이고 가장은 사단 후 화해 배상금을 뜯어내어 역할 분담을 하고 있는 셈이다.

실제 사단이 벌어지면 당황한 운전자는 배상금을 내겠다며 화해를 제의하게 마련이다. 사 인 가족의 변변치 못한 가장이 의기양양하게 제 몫을 하는 것은 이때다. 그는 어린 생명의 안위가 문제가 되어 있는 위급한 상황에 돈 얘기가 어떻게 나오느냐, 당신은 목숨보다 돈이 중요한 인간이냐, 세상에 이럴 수가 있느냐며 입에 거품을 물고 한바탕 아우성을 친다. 내막을 모르는 제삼자가 볼 때 피해자 가장의 분노는 정당한 것으로 비치고 그 점을 노리는 가장은 막무가내로 펄펄 뛴다. 그러고 나서 어쩔 줄 모르는 운전자에게서 최대한의 타협금을 뜯어내는 것이다. 이 전후의 연기는 자못 실감이 난다.

부친에게 위험한 자해 행위를 강요당하는 아들은 자기 행동이

죄질 나쁜 범죄임을 자각하고 있고 가책을 받고 있지만 집안을 먹여 살리는 길이라는 것을 알고 군소리는 하지 않는다. 여기서 재미있는 것은 계모와의 관계이다. 통상적으로 계모와 전처 소생의 사이는 나쁜 것으로 되어 있고 그것은 사실의 뒷받침을 받고 있다. 가족 간의 이기적 분열은 친자식과의 관계도 원활하게 굴러가게 하는 것만은 아니다. 그러나 궁극적으로는 피붙이라는 엄연한 사실이 그 거리를 봉합하는 계기가 되게 마련이다. 그러나 주정뱅이 가장의 지시에 따라 움직이는 이 모자(母子) 사이에는 일종의 동지애 같은 것이 형성되어 가장에 대한 원망과 적의를 공유한다. 계모의 정처 소생 박해는 구비 문학이나 전래 동화에서 하나의 원형적인 모티프가 되어 있지만 이러한 원형적 모티프의 역전이 작품에 독특한 재미와 실감을 더해 준다.

가장의 무리한 지시와 요구에 모자가 단합하여 대드는 장면도 있다. 의표를 찌르는 반격에 가장은 노발대발한다. 그러나 마침내 이들의 범죄 행위의 꼬리가 잡혀 그들이 묵고 있는 숙소로 형사대가 들이닥친다. 그때까지 적대적이던 모자가 이번에는 외부의 공동의 적에 대해서 가장을 보호하려고 몸으로 부딪친다. 그러나 결국 가족은 저항 끝에 체포되는 것으로 영화는 끝나는데 소년은 심문에 묵묵부답으로 대처한다. 전체적으로 보아 주인공 소년의 강요된 행위와 이에 따른 심정이 참혹하게 느껴져 가슴이 뭉클하는 것은 어쩔 수 없다.

그러나 영화가 음산한 현실만을 배타적으로 다루는 것은 아니다. 현실과 충돌하는 소년의 순결한 환상 세계가 그려져 있어 소재의 지겨운 어둠을 일변 가려 주고 있다. 홋카이도의 어느 고을에서 꼬마 동생과 함께 눈사람을 상대로 먼 안드로메다 성좌에서 온 정의로운 동지를 공상하는 장면은 소년의 티 없는 소망을 드러내어 소년에 대한 지극한 공감을 불러일으킨다. 요즘 문예 영화니 예술 영화니 하는 말은 사라진 것 같은데 현실감 농후한 예술 영화라는 느낌이었다.

오시마 감독은 조감독 시절이던 약관 이십칠 세에 첫 작품 「사랑과 희망의 거리」를 감독해서 큰 화제가 되었다 한다. 자신이 쓴 시나리오를 영화로 만든 것이라는데 가난한 소년이 거리 한 모퉁이에서 비둘기 파는 것을 다룬 영화라 한다. 비둘기는 습관적으로 다시 돌아오고는 해서 소년은 다시 팔아먹고 결국은 사기로 몰린다는 것이다. 그 얘기를 듣고 나서 서정주의 「신라의 상품」이 떠올랐다. 그 작품에도 마음만 먹으면 팔린 물건을 주인에게 도로 날라다 주는 매 얘기가 나온다. 「교사형」이나 「소년」이나 제작비를 가장 적게 들인 영화라고 하는데 그런 영화가 잘 나가던 시절도 이제 가 버린 것 같다.

들불 野火
(이치카와 곤, 1959)

식인 행위까지 다룬 으스스한 리얼리즘

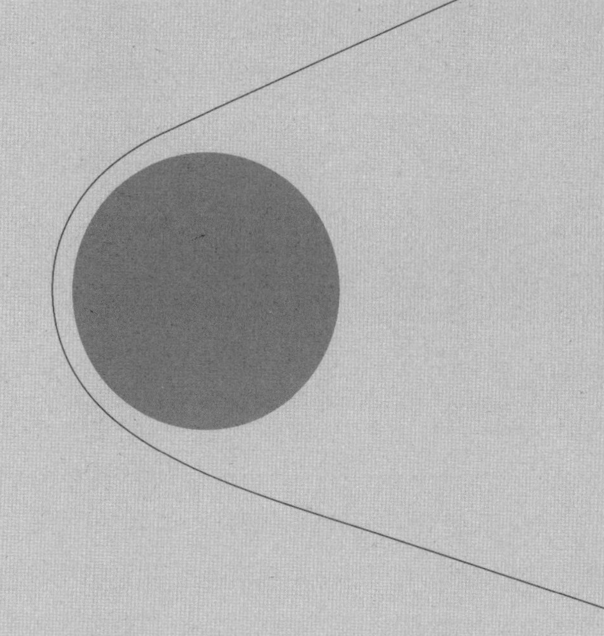

태평양 전쟁 때 미군이 필리핀의 레이테 섬에 상륙한 것은 1944년 10월이다. 처음으로 자살 특공대까지 투입한 일본군은 약 구만 명에 이르는 전사자를 내고 대패하였고 석 달 후 미군은 필리핀 최대의 섬인 루손 섬에 상륙한다. 오오카 쇼헤이(大岡昇平)의 동명 소설을 영화화한 이치카와 곤(市川崑) 감독의 「들불」은 이 레이테 섬을 무대로 한 일본 패잔병의 사연을 다루고 있다. 부대가 해체된 후 기아로 제정신을 잃은 군인들의 극한 상황이 그려져 있어 여느 전쟁 영화와는 사뭇 색다르다.

다무라 일병은 각혈로 야전 병원으로 가라는 부대의 명령을 받는다. 그러나 거기서도 제 식량을 가지고 있지 않아 쫓겨난다. 원대 복귀를 해 보지만 받아주지 않아 외톨이가 된 그는 패잔병 사이에 끼어 이리저리 헤맨다. 미군과 원주민 게릴라를 피해 다니며 산을 넘고 늪을 건너간다. 보급이 끊어진 지 오래이므로 그들의 당장 목표는 먹을 것을 구하는 것이다. 어쩌다 야생 감자라도 구하게 되면 큰 횡재가 된다.

십자가가 보이는 인기척 없는 마을에 들어섰다가 달려드는 개를 총검으로 찔러 쓰러트린다. 그가 무기를 효과적으로 사용해 본 첫 사례였다. 이내 그는 마구 찢긴 채 썩어 문드러진 일본군 시체 다수를 본다. 그제야 개와 까마귀가 마을에 모인 까닭을 이해하게 된다. 게릴라의 습격으로 몰살을 당한 것이다. 사제관(司祭館)에 들려 쉬고 있는데 원주민 남녀가 들어선다. 불을 구하려 했으나 놀란 원주민 여자가 고함을 지르는 바람에 충동적으로 총을 쏴 죽게 한다. 남자는 도망치고 이후부터 일병은 누군가가 자기를 노려보고 있다는 환각을 갖게 된다. 남녀가 거기 들른 이유가 궁금해서 샅샅이 뒤지다가 그는 귀한 소금 자루를 발견한다.

소금을 배낭에 챙기고 사제관을 떠난 그는 구면인 군인들에게 소금을 나누어 주고 그 덕택에 동행이 되어 외톨이를 벗어난다. 그러다가 역시 구면인 짝패를 다시 만난다. 연장자와 풋내기가 겉으로는 양아버지와 양아들 행세를 하며 동행하지만 사실은 연장자가 풋내기를 철저히 부려먹는다. 담뱃잎 조각을 감자와 맞바꾸는 일을 풋내기에게 시키는 것이다. 풋내기는 혹사당함을 알면서 달리 호구지책이 없어 시키는 대로 한다. 그들은 원숭이 고기라며 아껴 먹지만 일병은 이가 빠지는 바람에 주는 고기를 먹지 못한다. 연장자의 지시로 풋내기가 원숭이 사냥을 간다 해서 따라가 보니 사실은 사람 사냥이었고 동료 일본 군인이 사냥감이었다. 모든 것을 깨닫고 놀란 일병에게 풋내기는 연장자를 조심하라며 특히 몸에 지닌 수류탄을 잘 간수하라 한다.

두 사람은 잠을 자다가도 각기 소총과 수류탄을 확인하면서 상대를 경계한다. 서로 잡아먹힐까 봐 두려워하는 것이다. 수류탄을 빼앗아 가진 연장자는 원숭이 사냥에서 돌아오는 청년들에게 수류탄을 던진다. 미리 예측하고 대비한 두 사람은 무사했고 풋내기가 연장자에게 총을 쏘아 상처에서 솟구쳐 나오는 피를 정신 없이 빨아먹는다. 입술에 잔뜩 피를 묻힌 풋내기의 몰골은 처참하고 끔찍하다. 일병은 총을 빼앗아 풋내기에게 방아쇠를 당기는데 그러던 일병도 결국은 헤매다 죽게 된다. 표제인 '들불'은 농민들이 추수 후에 탈곡한 볏짚이나 줄기를 태우는 불이기도 하고 게릴라의 신호이기도 하다.

일본군의 시체가 널려 있고 모두 엉덩이가 없어졌는데, 식용으로 도려냈기 때문임을 시사하는 장면은 정말 으스스하다. 영화를 보고 나서 한 일주일 동안 영 기분이 좋지 않았고 속도 메스꺼웠다. 밤중에 잠이 깨면 피묻은 입술이 떠올랐고 칙칙 하는 방안 스팀 소리조차 흉측하게 들려 전등을 켜곤 했다. 긴 겨울밤이라 더욱 그랬다.

그 후 이반 모리스가 번역한 영역본을 읽어 보았다. 영화와는 달리 신에 관한 명상이 많이 나오고 주인공인 다무라 일병도 죽지 않고 원주민 게릴라에게 붙잡혔다가 미군 병원에서 치료받고 종전 후 귀국하는 것으로 되어 있다. 사람을 죽이기는 했지만 먹지는 않았다고 자처하는 그는 정신 병원에서 치료를 받는데 의사의 권고로 기억이 끊어진 순간까지의 전쟁 경험을 적게 된다. 그 경험담이 소설의 본문이 된 셈이다. 원작자 오오카는 삼십 대 중반에 소집되어 필리핀 전선에 투입되었다가 미군 포로가 되었고 그것을 소재로 한 작품 『포로기』로 작가적 출발을 하였다. 그 후 『들불』, 『레이테 전기(戰記)』 등을 연달아 발표하여 전쟁 소설의 한 경지를 개척하였다. 가차없는 진실 추구도 중요하지만 리얼리즘만 가지고는 안 된다는 느낌이 소설보다도 영화를 볼 때 절감된다. 어쨌거나 잊히지 않는 영화인데 당시의 영화 프로그램에는 이렇게 적혀 있다.

> 1월 31일. 「Fires on the Plain」. 일본. 1959년. 흑백. 105분. 무료. 3:00 & 8:00. 감독 이치카와 곤. 전쟁의 잔학성에 관한 무시무시한 영화 「들불」은 예술의 역사상 가장 강력한 제정신을 위한 절규이다. 식인(食人) 행위는 전쟁의 끔찍한 야만성을 절감케 한다. 기억을 온통 마비시키는 가차없이 정직한 영화다.

모래의 여인 *砂の女*
(데시가와라 히로시, 1964)

출구 없는
모래 구렁 속
시시포스

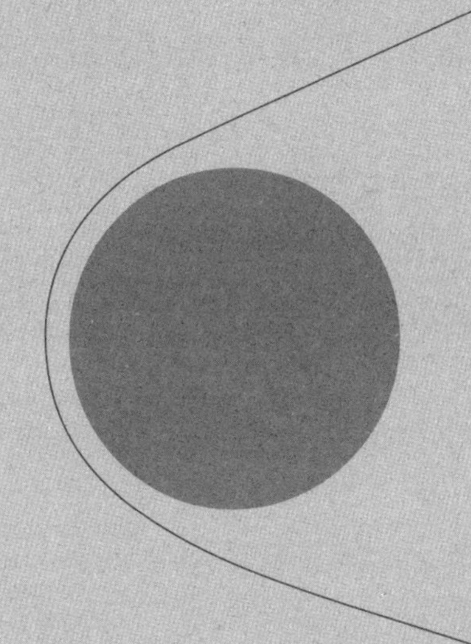

태양을 등지고 곤충을 잡으려 해서는 안 된다는 것이 곤충 채집자의 수칙 제1호이다. 해를 등지고 움직이면 곤충들이 그림자에 놀라 도망치기 때문이다. 광적인 수집가들이 대체로 괴팍한 편이지만 곤충 채집자도 예외는 아니다. 어린이의 경우에도 편집적인 곤충 채집은 오이디푸스 콤플렉스를 드러내는 경우가 많다. 충족되지 않은 욕망을 보상하기 위해 어린이는 도망가지도 않는 곤충을 바늘로 찌르기를 좋아한다. 아베 코보(安部公房)의 소설 『모래의 여인』 첫머리에 보이는 대목에서 생각나는 대로 대의만 적어본 것이다.

데시가와라 히로시(勅使河原宏) 감독의 「모래의 여인」은 원작자 아베가 자신의 소설을 각색한 시나리오를 영화화한 것이다. 곤충 채집을 위해 바닷가의 사구(砂丘)를 찾은 사나이는 해질 녘에 버스를 놓치고 마을에서 묵어야 할 처지가 된다. 그는 마을 사람들의 안내로 크고 깊은 구렁 속으로 새끼 사다리를 타고 내려가 거기서 묵게 된다. 깊은 구렁 바닥에는 오두막 비슷한 것이 있고 태풍 철에 남편과 딸을 여읜 과부가 혼자 살고 있다. 여인은 끊임없이 모래를 퍼 올리면서 나날을 보내는데 남자 역시 그 일을 맡아 하게 된다. 마을 사람들이 삽과 연장을 구렁으로 내려 준 것이다. 자루에 담긴 모래는 마을 사람들이 구렁 위에서 끌어올리는데 모래 푸기를 중단하면 오두막이 파묻히고 그리 되면 이웃집이 위험해진다는 상황 설정이다.

함정에 빠진 것을 깨달은 남자는 탈출을 시도하지만 번번이 실패한다. 도대체 빠져나갈 방도가 없는 것이다. 새끼 사다리를 치워 버렸기 때문이다. 마침내 그는 탈출을 단념하고 함정에 빠진 생활 속에서 보람을 찾고 자발적으로 모래 구렁 속에 머물게 된다. 당연히 두 남녀는 공동의 작업에 열을 올리는 동반자가 된다. 곤충 채집에 나섰다가 행방불명이 된 남자의 가족은 실종 신고를 냈고 사람 찾기 공고 기간이 끝나자 마침내 가정 법원은 남자의 실종을 정식으로 판결한다. 남자의 이름은 그때까지 나오지 않고 실종 신고와 판결 때 비로소 니키 준페이(仁木俊平)라고 나온다. 그는 1924년 생으로 1955년 행방불명이 되고 1962년에 정식으로 실종을 인정받는 것이다. 주인공 가족의 호적 등본이 연이어 클로즈업 되어 나타나는 마지막 장면이 인상적이다. 1924년은 작자 아베의 출생 연도이기도 하다.

현실에서는 있을 수 없는 상황을 설정해서 인간의 이모저모를 보여 주는 영화 전개가 서스펜스로 차 있다. 잠자는 여인의 알몸이나 적대감 끝의 정사나 모두 리얼리즘으로 차 있다. 구렁 속에서의 삶은 일하기, 잠자기, 먹기, 섹스로 단순 환원된다. 그러나 모래나 사람의 살갗을 실감나게 부각시키는 카메라 기술은 절묘하다. 남자는 구렁 속에서도 새나 곤충에 관심을 갖고 까마귀를 잡는 덫을 만들기도 한다. 여자는 작업을 하면서 중얼거리듯이 되풀이 노래를 부른다.

> 자부, 자부, 자부, 자부,
> 저것은 무슨 소린가?
> 그건 종소리지.
> 자부, 자부, 자부, 자부,
> 저건 누구 목소린가?
> 그건 악마의 소리지.

누구나 그리스 신화의 시시포스를 떠올릴 것이다. 바위를 굴려 올리는 대신 모래를 퍼내는 것이 다를 뿐이다. 관객들은 취향에 따라 각가지 우의와 은유를 발견하게 될 것이다. 구렁에서 벗어날 수 는 없지만 그 구렁을 조금이라도 더 견딜 만한 것으로 만들어야 한다는 것도 그러한 우의의 하나이리라. 사랑이나 정의나 가족 제도에 의한 인간 연대의 허위를 폭로하고 삶의 근원적인 부조리와 대면하게 한다는 점에서 전위적인 실존주의 영화라고도 할 수 있을 것이다. 데일 샌더스가 번역한 빈티지 판 영역본에는 작가의 아내가 그린 삽화가 간간이 곁들여 있는데 작품 분위기에 아주 어울린다.

작가 아베는 의사의 아들로서 본인 자신도 의과대학을 나왔으나 의사 노릇은 하지 않았다. 만주에서 종전을 맞은 그는 혼란기에 일본인에 의한 일본인에 대한 잔학 행위를 보고 충격을 받았다는 회고담을 남기고 있다. 일인이 일인 상대로 강도질을 하는데 그냥 돈을 내놓으라고 하는 것이 아니라 손가락을 잘라 공포감을 일으키고 나서 돈을 요구한다는 것이다. 이웃 사람 가운데는 포크로 눈알을 파이고 돈을 빼앗긴 경우도 있었다 한다. 이러한 극한 상황의 경험이 그로 하여금 이른바 '일본적'인 것에 대해 거리를 두게 한 것인지도 모른다. 식민지에서 오래 살아 일본을 상대화해서 보게 되었다는 말도 하고 있다. 작품 속에서 등장인물의 이름을 대지 않는 이유에 대해 인간의 개성이란 것을 별로 믿지 않는다고 대답하고 있다. 여러 가지로 그는 일본의 전위적인 작가였다. 영화는 크게 성공했지만 아베 작품은 일반 독자에게 경원된 편이다.

우게쓰 이야기 雨月物語
(미조구치 겐지, 1953)

16세기
전란 시대의
파란 많은 삶

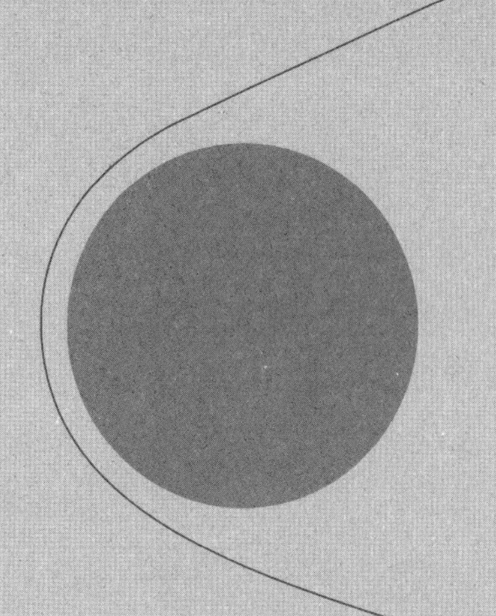

어린 시절 그러니까 1940년대 시골 꼬마들이 겁을 먹은 채 진진하게 주고받은 얘기에는 도깨비나 여우나 흉가에 관한 것이 흔했다. 고개를 넘어오는데 도깨비가 나타나 씨름을 하자고 해서 다짜고짜로 왼편으로 넘어뜨리니 도깨비가 도망치더라는 것이다. 씨름에 지면 죽게 마련이니 도깨비는 왼편으로 쓰러트려야 한다고 했다. 밤늦게 돌아오는 장꾼을 홀리기 위해 여우가 연거푸 재주를 넘는데 여우를 쫓는 데는 담뱃불이 최고였다. 동네마다 흉가가 있어서 밤중에 쿵쿵 마루가 울리고 지붕에는 도깨비불이 파랗게 날아다닌다고도 했다. 그 후 전국 방방곡곡에 전기가 들어오면서 도깨비나 흉가나 모두 사라진 것 같다. 요즘 그런 얼빠진 얘기를 주고받는 꼬마들이 있을 리 없지만 괴담이나 초자연적인 얘기는 언제나 사람의 호기심을 끌게 마련이다.

미조구치 겐지(溝口健二) 감독의 「우게쓰 이야기」는 망자의 혼이 이승과 저승을 넘나들며 현실과 초자연이 공존하는 괴담의 세계를 다루고 있다. 전국시대에 일본 최대의 호수 비와 호(琵琶湖) 근처에 살고 있던 주인공은 전란을 틈타 일확천금을 꿈꾼다. 그래서 자기가 빚은 도자기를 배에 싣고 사무라이가 되려는 꿈을 가진 매부 내외와 처자를 데리고 호수를 건넌다. 주인공의 아내나 누이는 집에서 안전하게 눌러 있고 싶으나 남편들이 도무지 막무가내다. 도중에 해적에게 물건을 앗기고 다 죽게 된 사람을 만나 충고를 들은 주인공은 아내와 자식을 집으로 돌려보내지만 누이동생은 한사코 남편을 따라가고 결국 네 사람은 제가끔 흩어지게 된다.

도자기를 팔아서 제법 돈을 만지게 된 주인공은 그러나 망자의 원혼에게 홀려 그녀의 저택에서 그녀와 언약을 맺고 환락의 나날을 보낸다. 어느 날 지나가던 노인이 마가 끼어 사상(死相)을 하고 있다며 원혼과 관계를 끊지 않으면 죽게 될 것이라고 경고한다. 저택으로 돌아간 주인공은 결별하려고 하나 원혼은 놓지 않겠다며 함께 자기 세상으로 가자고 한다. 막무가내로 덤벼드는 원혼과 그 몸종을 칼을 휘둘러 물리치고 보니 저택은 간 곳 없고 빈 기둥만 몇 개 서 있을 뿐이다. 정신이 든 그는 고향으로 돌아가 집을 지키는 아내의 술대접도 받고 어린 아들도 보게 된다. 그러나 이튿날 아침 그는 아내는 군사에게 살해당했고 어린 아들은 동네 사람이 맡아 길렀다는 것을 알게 된다.

한편 갑옷과 창을 마련하여 사무라이들을 따라다닌 매부는 적장의 잘린 머리를 주워 상전에게 갖다 바치고 사무라이로 인정받게 된다. 소원 성취하여 출세한 그는 그러나 자기 아내가 창녀가 되어 있음을 알고 충격을 받는다. 사무라이가 되려는 남편을 극구 말렸던 아내는 네가 성공한 만큼 나도 출세해서 화장도 하고 좋은 옷도 입고 있다며 그동안의 설움을 털어놓는다. 그는 자기의 잘못을 깨닫고 고향에 돌아가 아내와 함께 농부로 살아간다. 그 전에 돌아온 주인공도 도자기를 빚으며 아들을 기른다.

일확천금을 꿈꾸다 아내를 잃은 주인공이나 사무라이가 되긴 했으나 아내를 사창굴에 떨어트린 매부가 모두 제자리로 돌아온다는 줄거리는 언뜻 교훈적인 것으로 비친다. 그러나 전란의 시대를 살아가는 서민들의 고통, 군사들의 약탈과 만행이 전경화되어 있고 망자가 살고 있는 저택이나 가무의 정경이 독특한 영상미를 통해 제시되고 있다. 초자연적인 사건이 전개될 때의 수상쩍은 전통 음악의 울림도 아주 독특하여 인상적이다. 특히 망자와 그녀의 몸종이 풍기는 요상한 분위기는 그야말로 귀기를 풍긴다 해도 과장이 아니다. 창부의 몸이라며 우물로 뛰어들려는 장면이나 맡아 기른 어린애가 아버지한테 와 있는 것을 알고 핏줄은 다르다고 말하는 끝자락의 장면이나 구성상으로도 빈틈이 없다. 허황하면서도 진실로 차 있어 쉽게 잊히지 않는 영화이다.

이 영화로 감독은 일약 세계적인 명성을 얻었고 베니스 영화제에서는 은사자상을 받았다. 망자의 원혼으로 나오는 교(京) 마치코는 일본의 매릴린 먼로라는 호칭을 받은 바 있는데 주인공을 유혹하는 장면이 일품이다. 1972년 대학 영화제 프로그램에는 이렇게 적혀 있다.

> 1월 24일. 우게쓰. 일본. 1953년. 흑백. 96분. 3:00 & 8:00. 미조구치 겐지 감독. 일본 전통 회화의 불가사의한 아름다움으로 촬영된 이 영화는 16세기의 유령 전설을 다루고 있다. 도시에서 부자가 되고 또 사무라이가 되려는 야심 때문에 각각 가정을 떠난 두 이웃 사람들에 관한 전설이다. 연기는 상징적 양식을 지닌 전통적 일본 무대를 상기시킨다.

『우게쓰 이야기』는 18세기의 국학자인 우에다 아키나리(上田秋成)의 단편집 이름으로 아홉 편이 수록되어 있는데 그중 두 작품을 합성해서 영화를 만들었다. 「우게쓰 이야기」는 명나라의 전기(傳奇) 소설 『전등신화(剪燈新話)』를 번안한 것이다.

만춘 晩春
(오즈 야스지로, 1949)

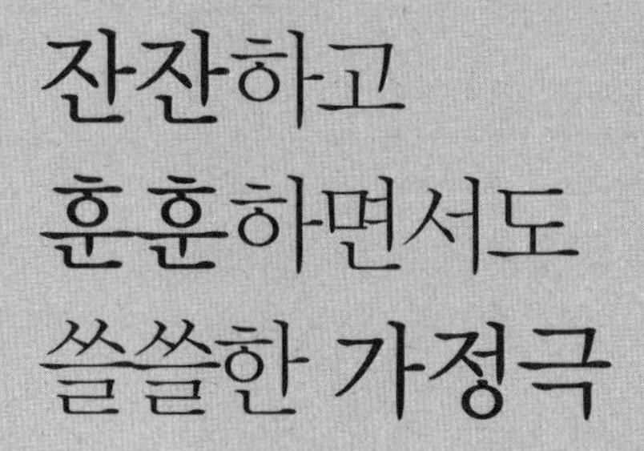

잔잔하고
훈훈하면서도
쓸쓸한 가정극

나이를 먹어 갈수록 세상 참 많이 변했다는 것을 절감하게 된다. 근자의 기술공학적 발전이 가져온 충격적 변화 말고도 우리 일상생활의 변모도 소홀치 않다. 일상에서의 인간관계나 심정적 변화를 가장 잘 드러내는 것은 예술이다. 영화는 그 변화를 가시적으로 가장 첨예하게 드러내는 것이 아닌가 한다. 1950년대 전후의 일본 영화와 근자의 그것을 비교하면 급변한 세계의 양상이 역력히 드러난다. 오즈 야스지로(小津安次郎)는 일본 중산층 평범한 가정의 일상을 담담하고 운치 있게 보여 준 감독으로 알려져 있다. 1950년대 전후에 나온 그의 영화는 오늘날 아득한 옛 이야기처럼 보이기도 한다.

「만춘」은 도쿄 수도권의 중산층 가정을 다루고 있다. 오십 대 후반의 홀아비 교수가 과년한 딸과 함께 살고 있다. 전시 근로 동원으로 건강을 상한 딸이 병원에서 검사를 받는 것으로 보아 종전 직후임을 알 수 있다. 망모(亡母)를 대신해서 딸은 극진하게 부친을 뒷바라지하고 있다. 고모가 앞장서서 딸아이의 혼사를 걱정하지만 부친을 혼자 두고 시집가는 것이 걸려 딸은 결혼 생각을 하지 않는다. 부친과 고모는 부친의 임박한 재혼을 가장해서 딸을 중매 결혼하게 한다. 부친의 재혼이 어디까지나 딸의 결혼을 위해 꾸민 거짓 놀음이라는 것을 관객은 마지막에 가서야 알게 된다. 영화 속의 딸도 마찬가지다. 끝자락에서 부친은 말한다. "그건 내 일생일대의 거짓말이었지."

영화의 줄거리는 이렇듯 단순 명료하다. 이렇다 할 사건이나 드라마 없이 담담하게 전개되는데도 아버지와 딸의 섬세한 감정 표출과 잔잔한 대화가 아주 운치 있고 실감난다. 고모가 부친의 재취 후보자라며 한 미망인을 소개하고 부친도 알고 있다고 했을 때의 착잡한 딸 표정은 일품이다. 노(能)• 극장에서 부친과 나란히 앉아 구경하다가 멀찌감치 앉아 있는 재혼 상대자와 눈인사를 나누는 부친을 보고 나서의 얼굴 표정은 그대로 한 편의 드라마요 영화 언어의 한 극치를 이루고 있다. 어느 액션 장면보다도 극적이면서 정치하고 역동적이다.

딸의 결혼을 앞두고 부녀는 나라(奈良)와 교토로 여행을 한다. 종전 후 처음 들렀다는 교토에서 부친은 이제 부녀만의 여행도 마지막임을 안다. 부녀가 여관방에 나란히 누워서 얘기하는데 창호지에 비치는 댓잎 그림자나 단지는 은은하고 정취 있다. 딸이 재혼 얘기를 시사하자 부친은 눈을 감고 잠든 척하는데 그 의미를 관객들은 영화가 끝나고서야 깨닫게 된다. 이튿날 아침, 여행에서 얻은 행복감에 기대어 딸은 결혼 않고 아버지와 함께 그대로 살고 싶다고 토로한다. 자신은 이제 삶의 끝자락에 와 있다며 너는 네 앞길을 생각해야 한다고 부친은 단호히 말한다. 결혼을 앞둔 딸에게 할 수 없이 결혼하는 것이 결코 아니라는 다짐을 받은 부친은 행복은 기다린다고 해서 오는 것이 아니라 너희들이 만들어 내는 것이라고 간곡하게 이른다. 아비에게 잘해 주었듯이 이번에는 신랑에게 잘해 주라는 당부도 잊지 않는다. 그러면서 행복해야 한다고 거듭 간청한다.

다도(茶道) 모임, 노래와 춤을 아우르는 노, 교토의 옛 절과 정원 등 '일본적'인 것이 드러나는 장면을 유효적절하게 활용하고 있는 것이 눈에 뜨인다. 해변으로 나가는 제방 길을 한 쌍의 남녀가 자전거로 달리는 장면도 시원하고 아름답다. 딸을 여의고

• 노가쿠. 일본 고전 예술 양식으로, 피리와 북 소리에 맞추어 노래하고 춤을 추는 가면 악극이다.

나서 부친이 과일을 깎다 마는 장면에 이어 파도치는 바다 장면이 나오는 것으로 영화는 끝나는데, 괜찮은 명작 소설을 읽고 났을 때와 같은 감동을 준다. 경제 문제를 떠나서 삶의 수준이 이 정도는 돼야 한다는 생각이 들었다. 부녀 간의 상호 배려는 은근하면서도 두텁고 따뜻하다. 가령 만년의 잉그리드 버그먼이 피아니스트로 나오는 「가을 소나타」와 「만춘」을 비교하면 동서의 차이가 뚜렷해진다. 자기 성취를 위해 자녀에 대해 등한했던 자기중심적인 늙은 어머니에게 성년이 된 딸이 뒤늦게 어릴 적의 회한을 얘기하는 것이 발단이 되어 모녀는 애증이 얽힌 격렬한 감정을 나눈다. 그것은 「만춘」과는 정반대되는 세계이다. 지금 우리나 일본이나 가정도 감정도 서구화되어 간다. 그런 의미에서 이 영화는 사회사적으로 보아도 귀중한 자료임에 틀림이 없다.

개성이 있으면서도 여성의 전통적 미덕을 갖춘 딸로 나오는 하라 세쓰코(原節子)는 오즈 감독의 영화에 단골로 나와 좋은 연기를 보여 주었다. 약간 서구풍의 우아한 용모를 지닌 그녀는 1950년대 일본의 톱스타였다. 해방 직전 초등학교 시절 단체 관람으로 구경한 영화가 딱 두 편이 있었다. 모두 나어린 항공병 훈련생을 다룬 전쟁 홍보 영화였는데 그중의 하나가 「결전(決戰)의 하늘로」였고 여주인공으로 나오는 배우가 하라 세쓰코였다. 배우로서는 드물게 사십 대 초에 은퇴했다고 한다.

도쿄 이야기 東京物語
(오즈 야스지로, 1953)

자식들을 찾아 **상경**한 노부부의 **사연**

마흔이 되어서야 겨우 변두리에 조그만 집을 장만했다. 그 후 몇 번인가 이사를 했고 방이 모자라 거실에 책상을 놓고 볼일을 보았다. 아파트가 당첨되어 쉰이 되어서야 제법 너른 집에 이사를 가서 아이들에게도 방 하나씩을 나누어 주었다. 독방을 차지하고 살 만하다고 생각한 것도 잠시, 이젠 아이들이 둥지를 떠나가기 시작하였다. 제가끔 갈 길을 간 것이다. 우리 또래가 모여 지난날의 고비를 얘기하면 대개 이런 줄거리가 돼 버린다. 그리고 "사는 게 다 그런 거지 뭐." 하는 탄식인지 자기 위로인지 모르는 말로 서로 고개를 끄떡이며 얘기를 그친다.

오즈(小津) 감독은 가정이라는 틀 안에서의 가족들의 삶을 섬세하고 정감 있게 다루었다. 거기서 가족의 분산은 자연 주요 모티프가 된다. 「만춘」에서 부친은 과년한 딸을 시집보내려 애쓰고 거짓 재혼 놀음까지 벌인다. 그러나 딸의 결혼은 가족 이산이고 그래서 과일을 깎다 마는 장면이나 밤바다의 마지막 장면은 이산에 따른 고독에 대한 예사로우면서도 절실한 영상 언어가 되어 있다. 그 뒤에 나온 「맥추(麥秋)」 또한 과년한 딸의 결혼이라는 해피 엔드로 끝나지만 그것은 친정 가정의 이산을 수반하는 것이다.

해외에서의 평가가 특히 높았던 「도쿄 이야기」는 이를테면 이산 이후의 후일담을 다룬 작품이다. 지방 거주의 노부부가 막내딸을 남겨 둔 채 상경해서 가정을 이룬 자녀들 집을 방문한다. 자녀들은 노부모를 처음엔 환영하지만 제가끔 바쁜 일상이어서 제대로 정성을 다하지 못한다. 건성이기 쉽고 관광이랍시고 온천으로 사실상 쫓아 보내기도 한다. 노부부는 서운함을 맛보지만 내색은 하지 않는다. 그나마 가장 따뜻하고 정성스럽게 맞아 응대해 주는 것은 아파트에 사는 전사한 차남의 미망인이어서 아주 반어적이다. 못난 자식이 효도한다는 우리 쪽 속담을 생각나게 한다. 자녀들에게 정중하게 고맙단 말을 남기고 노부부는 시골집으로 돌아가는데 귀가 직후 이번엔 부인이 급사한다. 어머니 장례가 끝난 후 두 오빠와 유품까지 챙긴 언니가 서둘러 돌아가는 것을 보고 마음이 상한 막내는 과수 올케한테 묻는다. "삶이 정떨어지지 않아요?" 이에 대해 시부모에 대해 극진했고 제일 오래 남아 있던 올케는 미소지으며 "그렇다."라고 대답한다. 아내와 사별한 노인은 과수 며느리에게 이제 사별 팔 년이나 됐으니 재혼을 하라고 충정으로 권고한다. 모두 떠난 후 노인이 홀로 바다를 바라보는 것으로 영화는 끝난다. 삶의 본원적인 슬픔과 쓸쓸함을 표 나지 않게 실감나게 하는 보기 드문 작품이다. 영화를 은연중에 하대하는 타 분야 예술가들에 대한 묵직한 반론이 되어 주고 있기도 하다.

노부부로서는 처음 상경길이요 또 죽음이란 큰 사건이 있으니 오즈 영화치고는 사건과 기복이 많은 셈이다. 그러나 대체로 잔잔하고 섬세하게 일상을 다루는 그의 작풍(作風)의 한 절정을 이루고 있다. 과장이나 허풍이 없이 예사로운 듯이 대화와 줄거리를 전개하기 때문에 초심자들은 단조하고 진부하다고 오해할 소지가 많다. 특히 폭력이나 범죄 영화에 길든 세대에겐 그럴 공산이 크다. 하지만 우리에게 삶에 대해서 곰곰이 생각하게 하는 여운과 깊이를 두루 갖춘 영화이다. 미국의 대중문화 비평가가 특히 이 영화를 염두에 두고 제인 오스틴과 비교하면서 호평하는 것도 무리가 아니다.

뚱딴지같은 소리일지 모르지만 이 영화를 보고 나서 후기 염상섭의 단편을 상기했다. 염상섭의 후기 단편은 갑갑하고 변화 없는 일상생활의 리듬이 반영된 문장으로 보통 사람들의 평범한 하루 하루의 삶을 그려 내었다. 그의 문학은 삶에 대한 환멸을 예방하는 일종의 문학적 훈련이다. 이렇다 할 사건이나 드라마 없이 우리에게 일상적 삶의 실감을 안겨 주어 독특한 경지를 이루었지만 애독자는 얻지를 못했다. 너무나 평범하게 여겨졌기 때문이다. 거기 비하면 영화란 장르는 막강한 강점을 가지고 있다. 그것은 직접적이고 감각적인 호소력에서 나오는 것이다.

오즈 감독은 1945년 싱가포르의 영국군 포로 수용소에서 육 개월간 수용된 경험이 있다. 작가 시가 나오야(志賀直哉)를 평생 좋아해서 그의 대표작에서 무대가 된 지방 소도시 오미치(尾道)에서 영화의 마지막 부분을 촬영했다 한다. 감독 자신은 「도쿄 이야기」의 주제가 가족 제도의 붕괴라고 말하고 있는데 전후 일본의 민주적 개혁에서 효도라는 것은 사실상 표방 가치이기를 그쳤다는 것을 상기할 필요가 있다.

이 영화에는 오즈 감독의 영화에 단골로 나오는 개성파 배우들이 총망라되어 있다. 착실하고 이해성 많고 단정한 노인 역으로 나오는 류지슈(笠智衆)가 「만춘」이나 「맥추」에서와 마찬가지로 차분한 연기를 보여 준다. 양갓집 출신이라는 것을 실감케 하는 반듯한 언행과 고운 심성에다 미모를 갖춘 하라 세쓰코도 절정기의 매력을 구김살 없이 보여 준다. 큰 덩치에 걸맞게 유하고 느긋한 성품의 노부인 역으로 나오는 여배우도 인상적이다. 그래서 다시 한 번 명작 특유의 감동을 안겨 준다. 감독이나 배우나 모두 요즘 말로 튈 줄 모르는 믿음직한 인물들이다.

산다 生きる
(이키루*, 구로사와 아키라, 1952)

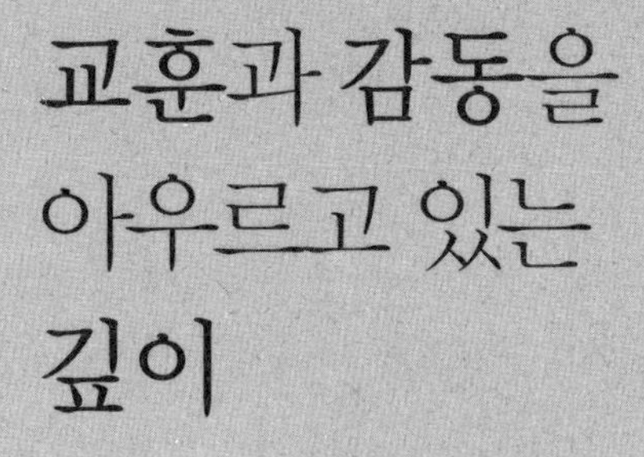

교훈과 감동을 아우르고 있는 깊이

"사람은 죽는다. 카이우스는 사람이다. 고로 카이우스는 죽는다." 학교에서 배운 삼단 논법은 카이우스에게 적용할 때는 맞지만 자기에겐 맞지 않는 것으로 생각되었다. 죽음에 임해서 절망에 빠진 이반 일리치는 자기가 죽어가고 있음을 알고 있었으나 그 사실에 익숙해질 수 없었고 그것을 온전히 파악할 수도 없었다. 직업적으로는 성공한 처지였으나 각별히 고약하거나 덕성스러운 바 없는 보통 사람인 그는 자기 삶과 야심의 거짓됨을 의식하게 된다. 죽음의 현실과 그 형이상학적 심연을 못 본 체하는 삶은 기본적으로 거짓이라는 것을 고통스럽게 상기시켜 주는 톨스토이의 중편 『이반 일리치의 죽음』은 죽음을 통해서 삶의 의미와 가치를 되묻고 있다.

구로사와 아키라의 「산다」는 톨스토이 중편과 같이 죽음에 직면한 인간의 의식과 행동을 다루고 있다. 그러나 얼마 안 되는 유예 기간에 삶의 의미를 찾아 나서는 것이 이반 일리치의 경우와는 다르다. 위암으로 여생이 얼마 남지 않은 것을 알게 된 삼십 년 근속의 평범한 초로(初老) 시청 민원과 과장이 삶의 의미와 정면으로 맞부딪치게 된다. 죽는다는 것이 그리 고약한 것은 아니나 그냥 죽을 수는 없다는 생각이 든다. 무엇을 위해 여태껏 살아왔는지 모르겠고 요컨대 제대로 살아오질 못한 것이다. 그는 아들과의 애정 확인이나 환락가에서의 쾌락의 발견 등을 시도해 보지만 번번이 실패하고 절망에 빠진다. 그러던 한순간 그는 죽기 전에 적어도 그럴듯하게 가치 있는 일을 하나 이루어야겠다고 작심한다.

• 영어 제목은 '살다(To Live)'로 되어 있으나 일어를 그대로 사용해서 '이키루(Ikiru)'라 호칭하기도 한다.

일단의 주부들이 근처에 있는 웅덩이를 처리해 달라며 관청을 항의 방문한다. 그것을 본 주인공은 죽기 전에 거기에 어린이 놀이터가 딸린 공원을 마련해야겠다고 결심하고 미친 듯이 관리들을 찾아 나선다. 조그만 일이기는 하나 사회적으로 의미 있는 일이기 때문에 전력투구하는 것인데 마침내 소기의 목적을 달성한 주인공은 만족하면서 죽음을 맞게 된다. 어느 사회에나 만연해 있는 관료주의나 세대 간의 이해 단절과 같은 사회 문제를 비판적으로 다루면서 삶의 가치와 목적이 무엇인가라는 근원적인 질문을 제기하고 있는 진지한 영화다. 교훈을 담고 있는 얘기는 거부감을 주게 마련이다. 교훈과 함께 깊은 감동을 준다는 미덕을 가지고 있는데 그것은 가령 톨스토이 같은 큰 작가가 가지고 있는 미덕이기도 하다. 절망을 극복하고 삶의 의미를 찾아낸다는 점에서 삶의 송가라고 할 수 있다.

평범하고 별 취할 데가 없어 보이던 주인공은 만년의 언동을 통해서 고귀한 인물로 탈바꿈한다. 고귀한 인물일 뿐더러 아주 위대한 인물임이 드러난다. 주인공의 고귀한 인품이 돋보이는 것은 주변 인물들이 형편없이 왜소하고 매력 없는 인물이라는 함수 관계의 소산이기도 하다. 주인공을 실망시키는 아들 내외나 무능하고 밥그릇 챙기기에나 바쁜 관청 사람들이나 한결같이 저속하고 기품 없는 위인들이다. 인간의 부정적 측면이나 악을 그리는 것은 어렵지 않고 쉽게 리얼리티를 획득한다. 긍정적인 측면이나 선을 실감나게 그리기는 쉽지도 않고 좀처럼 핍진감을 얻지도 못한다. 악마의 그림은 그럴싸하지만 천사의 그림은 동화의 영역처럼 생각되는 것이다.

주인공이 임박한 죽음을 앞두고 슬퍼하고 괴로워하는 과정은 그리기가 상대적으로 수월하다. 그러나 공원 조성이야말로 여생의 보람이라 작정하고 그 일을 성취하고 죽을 때까지를 그리기는 쉬운 일이 아니다. 자칫하면 재미없는 동화적 미담으로 들리기가 십상이다. 아마도 그래서 채택한 것이 플래시백 기법일 것이다. 그의 만년의 노력은 연대기적 순서로 전개되지 않고 그의 장례 전야 밤샘 때부터 시작된다. 평범하기 짝이 없던 주인공이 어째서 비범한 인물로 돌변하여 관료주의의 두터운 벽을 뚫고 결코 작지 않은 일을 성취할 수 있었던 것일까? 그와 비슷한 보통 인간 동료들이 얘기를 나누면서 회상 형식으로 그가 한 일을 돌아보는 것이다. 따라서 이 영화는 비범한 인물로 변모한 주인공의 얘기이면서 동시에 그러한 영웅적인 변모를 과연 믿어야 할 것인가를 두고 머리를 조아리는 보통 사람들의 얘기이기도 하다. 그러한 이중성이 영화를 동화적 미담의 위험에서 구제하고 있다.

주인공으로 나오는 배우 시무라 다카시(志村喬)는 조연만 하다가 이 영화에서 처음으로 주연으로 발탁되었다 한다. 이렇다 할 매력이라고는 없어 보이는 평범함에서 나오는 고귀함을 보여 주는 그의 연기는 조그만 것이 세상을 변경할 수 있다는 이 영화의 전언에 적격이다. 1952년에 제작된 이 영화만으로도 구로사와는 거장 감독의 반열에 설 수 있을 것이다.

라쇼몽 羅生門
(구로사와 아키라, 1950)

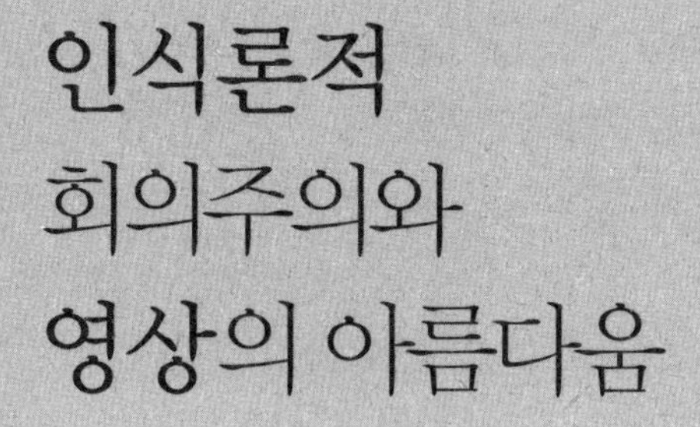

인식론적 회의주의와 영상의 아름다움

한 도둑이 남편과 함께 길을 가던 여인에게 남편 면전에서 성폭행을 가한다. 이어서 사무라이 남편이 죽고 여인은 도망쳤고 도둑은 붙잡힌다. 10세기 일본의 수풀 속에서 일어난 일이다. 먼저 시체의 발견자인 나무꾼, 도둑을 잡은 순검, 여행 중인 부부를 목격한 스님, 사위의 시신을 확인한 장모 등 네 사람의 간단한 진술이 전개되어 사건의 윤곽이 전달된다. 이 네 사람은 증인으로서 경찰 간부의 질문에 대답하고 있는 것이다. 이어 사건 현장의 당사자인 도둑, 무당의 입을 빌린 남편, 아내가 각각 모순되는 진술을 들려주고 있다.

이렇게 네 사람의 증언과 사건 당사자 세 사람의 진술로 구성되어 있는 것이 영화 「라쇼몽」의 원작인 「수풀 속」이란 단편이다. 지문(地文)이나 작가의 논평이 전혀 없는 아쿠타카와(芥川)의 이 단편은 1922년에 발표되었고 『곤자쿠(今昔) 이야기』라는 옛이야기 모음 책에 나오는 설화를 번안한 것이다. 표제가 된 「라쇼몽」은 중세 일본의 수도 교토에 있는 이를테면 저들의 남대문이고, 같은 이름의 아쿠타카와 단편이 있다. 두 단편을 합성해서 만든 것이 영화 「라쇼몽」인데 아쿠타카와의 「라쇼몽」은 작품 배경 구실을 하고 있고 핵심 주제는 「수풀 속」을 따르고 있다. 영화에서는 도둑, 남편, 아내 이외에도 나무꾼의 진술이 추가되어 작품에 복잡성과 모호성을 첨가하고 있다.

성폭행과 죽음이라는 폭력적 사건 상황이 우선 관객을 긴장케 한다. 자살까지 포함하여 살인자가 과연 누구인가 하는 의문이 당연히 제기된다. 그런데 영화에서는 살인자가 누구인지 분명하게 드러나지 않는다. 끝자락에 가서 범인을 밝혀 주는 추리극의 정석을 파기하고 있어 관객의 의표를 찌른다. 범행 부인이라는 추리극 속 등장인물의 일반적 관행과는 달리 영화에서는 당사자들이 서로 범인임을 주장하여 다시 관객의 의표를 찌른다. 게다가 성폭행의 피해자가 가해자에게 보여 주는 기묘한 추종도 시사되어 있어 더욱 관객의 의표를 찌른다. 이 영화가 가진 호소력은 이렇게 다양하지만 끝내 해결되지 않는 수수께끼의 매력도 만만치 않다. 관객이 영미법 흐름의 배심원 제도 아래서 배심원으로 앉아 있다면 살인의 죄과를 누구에게 돌릴 것인가? 이러한 논리적, 분석적 요소는 흥미진진하면서도 끝내 커다란 의문 부호로 남아 있다.

세상의 진실이란 겉보기처럼 수월하게 발견되는 것이 아니며 진실이란 쉽게 포착되지 않는 도망자라는 게 원작과 영화의 전언인 것으로 생각된다. 진실 포착의 어려움 아니 그 궁극적인 불가능성을 성폭행과 살인(혹은 자살)이란 극한 행동의 사례를 통해서 분명하게, 따라서 어느 정도 거칠게 보여 주고 있다. 이러한 인식론적 회의주의 때문에 2차 대전 및 뒤이은 동서 냉전의 충격 속에서 어리둥절해진 구미의 지식인들에게 이 영화가 각별한 호소력을 발휘한 것으로 생각할 수 있다. 영화는 또 갓난이의 담요를 채 가는 위기 속의 도덕성의 문제도 제기하고 있다. 살기 위해서라면 어떤 일도 허용되는 것인가 하는 윤리적 의문을 갖게 하는 상황을 조성하고 인간 이기심의 끔찍한 모습을 보여 준다.

그러나 물론 영화를 주제와 모티프만으로 접근할 수는 없다. 이 영화의 독특한 영상미를 간과할 수는 없다. 억수로 퍼붓는 소나기 속에 서 있는 「라쇼몽」의 영상 같은 것은 누가 보아도 일품이다. 특히 동양 쪽 건축 양식에 익숙하지 않은 서구 관객들에게는 강렬한 이국 정서를 느끼게 했을 것이다. 빈한한 생활 수준을 포함해서 등장인물의 의상이나 표정이나 모두 신기하고 그래서 참신하게 보였을 것이다. 1951년 베네치아 영화제에서 금사자상을 받았고 1952년 미국 아카데미상의 최우수 외국 영화상을 받았다. 구로사와 감독은 일약 세계적 명성을 얻었고 이를 계기로 일본 영화가 구미 각국에서 큰 평가를 받기 시작했다. 미조구치 감독의 「우게쓰 이야기」가 베네치아 영화제에서 은사자상을 수상한 것은 바로 뒤의 일이다.

2차 대전 패전 이후 일본은 모든 분야에서 자신을 잃고 자학증세마저 보였다. 일본 대표 작가가 일본어 대신 프랑스 말을 국어로 채택하자는 제안까지 할 정도였다. 그러한 시점에서 해외에서 받은 일본 영화의 높은 평가는 일인들에게 자신감을 회복하는 좋은 기회가 되어 주었다. 영화의 성공은 동시에 일본 문학의 해외 진출 계기를 마련해 주었다. 아쿠타카와의 영역 단편집 『라쇼몽』이 1952년 뉴욕의 한 출판사에서 간행되고 이어서 1956년엔 사이덴스티커가 번역한 『설국(雪國)』 영역본이 나왔고 현대 소설의 영어 번역이 줄줄이 나왔다. 지금 영어로 번역되지 않은 일본 소설은 없다시피 하다. 고려 시대 고유 명사가 성가실 정도로 나오는 『풍도(風濤)』 같은 역사 소설까지 오래전에 번역되어 있다. 일본 영화의 구미 시장 석권이 일본 문학 수용의 직접적 계기가 된 것이다.

버마의 하프 ビルマの竪琴
(이치카와 곤, 1956)

노래 때문에 잊히지 않는 동화 같은 영화

전쟁은 무섭고 소름 끼친다. 별의별 끔찍한 일이 다 벌어지고 인간에 대해서 절망하게 된다. 그런 가운데도 사소하지만 기묘한 감동을 받는 순간이 있다. 육이오 때 국군이 후퇴하고 한참 지나서 어린이들이 고무줄을 타 넘으며 우리 군가를 부르는 것을 보았다. 세상이 바뀌었는데 그것이 얼마나 큰일 날 일인지를 모르는 어린 계집아이들이 겁도 없이 그러는 것을 보고 속으로 감탄했다. 그러고 나서 한참 지난 늦가을에 또 고무줄을 타 넘으며 이번엔 북쪽 노래를 부르는 것이 아닌가! 노래의 힘이 크다는 생각을 했다.

일제 말기에 초등학교에 입학한 우리 또래는 학교에서 일본 군가와 동요를 배웠다. 특히 교내 확성기에서 늘 군가가 흘러나와 저절로 외우게 된 것이 많다. 해방이 되고 나서 물론 그런 노래를 부를 필요도 없었고 들을 기회도 없었다. 그러다 사반세기 후에 처음으로 어릴 적에 부른 일본 동요나 노래를 미국에서 접하게 되었다. 반갑고 정답고 착잡하고 기묘한 감회에 빠져들었다. 일본 영화 「버마의 하프」에서 군인들이 옛날에 들어 본 노래를 제창하는 것이 아닌가! 「여수(旅愁)」란 노래는 일본 노래가 아니고 소위 세계 명곡이라고 해서 학교에서 가르친 노래다. 그것이 일본 말로 흘러나오는 것이 아닌가.

일본군 시체의 매장을 위해서 독자 행동을 하는 한 상병의 원대복귀를 유도하기 위해 부대원들은 일본의 국민 노래라 할 수 있는 「황성(荒城)의 달」을 제창한다. 어릴 적부터 친숙한 노래를 통해 향수를 유발하자는 취지에서다. 상병은 이에 대한 대답으로 졸업식 때 부르는 「스승의 은혜」를 버마의 하프로 연주한다. 고별의 뜻이 담긴 노래를 통해서 그는 부대와 결별하고 버마에

잔류하겠다는 의사를 밝히는 것이다.

「버마의 하프」가 잊히지 않는 것은 사실 이런 옛 노래 때문이다. 이치카와 감독의 「들불」이 전쟁의 처참함을 고발하는 강렬한 반전(反戰) 영화임에 반해서 그보다 몇 해 전에 제작된 「버마의 하프」는 그렇지가 않다. 전자의 리얼리즘과 대조되는 싸움터의 휴머니즘을 다루고 있는, 어쩌면 동화 같은 영화다.

음악 학교 출신의 부대장이 자기 부대원에게 기율을 가르치는 한편으로 정서 훈련 차원에서 노래를 가르친다. 부대장이 제창 지휘를 하기 때문에 동요나 서정 가곡을 제창하는 장면이 많이 나오게 된다. 일본 국내 관객에게도 초 · 중등학교 시절을 떠올리게 하는 효과가 있었을 것이다. 2차 대전이 끝날 즈음이어서 부대는 버마에서 태국 쪽으로 도망치려 하는 중이다. 그러나 이내 전쟁이 끝나 영국군 관할 수용소에서 송환을 기다려야 할 참이다. 그런데 일본이 항복하고 전쟁이 끝났다는 것을 곧이듣지 않는 일단의 고립된 일본 군인이 항복하기를 거절하고 있다는 소식이 들려온다. 누군가가 그들을 만나 항복을 권유해야 할 형편이 된 셈이다. 하프 연주를 잘해서 소대원 사이에 인망이 높고 부대의 중심 인물의 한 사람인 상병이 명을 받고 그들을 설득하려 찾아갔으나 그들은 설복되기를 거절하고 결국은 영국군의 포화에 전멸하게 된다.

상병도 공격으로 부상을 입었으나 정신을 차리고 현지 농민들의 도움을 받아 가며 자기 부대로 돌아가려 한다. 그러나 방치된 일본 군인의 시체를 보고 그들의 영혼을 위로해야겠다는 결심을 하게 된다. 승려의 복장을 하고 그는 널려 있는 전사자의 시신을 묻는 일을 한다. 인간 상호 간의 신뢰에서 비로소 평화가 비롯된다는 신념을 갖게 된 그는 자기가 할 일을 찾아 이국땅을 떠돈다. 삭발 승 차림의 그는 자기 부대와 부딪치지만 외면하고 지나간다. 마지막에는 자기가 하는 일이 죄 많으면서 동시에 애매하기 짝이 없는 사자(死者)에 대한 정성이라고 말한다. 전우들은 모두 귀국선을 타고 돌아가지만 상병은 승려의 모습으로 버마의 산야를 떠돌며 자기 나름의 위령(慰靈) 행위에 전념하게 된다. 사실 그는 버마에서 정식으로 승적에 오른 것이다.

영화 자체는 일견 감동적이지만 너무 아름답고 지순해서 리얼리티가 의심될 지경이다. 그러나 간간이 나오는 옛 노래나 부대장과 상병의 인품 때문에 일종의 종교적 정감을 환기시키는 것이 사실이다. 바다의 정경은 영화에서나 문학에서나 매우 환정적(喚情的)이지만 돌아오지 않는 상병을 남겨 두고 귀국선을 탄 뒤의 바다 정경은 몹시 호소적이다. 이치카와 감독은 이 영화가 나온 몇 해 후에 아주 대척적인 「들불」을 감독하였다. 극과 극의 대립이라고 할 수 있는데 인간의 양면성을 그리려 한 것이라 볼 수 있지만 「버마의 하프」의 동화적 성격에 대한 미흡감을 벌충하기 위한 예술적 보충 작업이라 할 수도 있을 것이다.

전쟁 전에 일본 제1고등학교 독일어 교수였고 괴테와 니체의 번역자인 다케야마 미치오(竹山道雄)의 소설을 영화화한 것이다. 작품 속에서 상병은 "잘못된 전쟁이긴 해도 거기 끌려가 죽은 젊은이들에게 무슨 죄가 있겠습니까?"라고 말하는데 원작의 취지가 요약되어 있는 말이다. 큰 맥락에서 보면 일본의 전쟁 책임을 회피하는 발언으로 들린다. 원작은 당초 동화 잡지에 연재되었는데 거기에 작품의 한계가 예정되어 있는 것인지도 모른다.

7인의 사무라이 七人の侍
(구로사와 아키라, 1954)

흥미진진한 칠 대 사십의 **공방전**

'잔바라'는 큰 칼싸움을 가리키는 일본 말이다. 그래서 사무라이들의 큰 칼싸움을 다룬 영화를 '잔바라 영화'라 하고 일본 영화의 큰 줄기를 이루고 있었다. 구로사와 아키라의 「7인의 사무라이」는 잔바라 영화와 미국 서부극의 규모를 접합시킨 명작이요 대작이다. 1960년대 초에 상영되었던 율 브린너 주연 「황야의 7인」을 통해 그 소문을 접하게 되었다. 그러나 실제로 구로사와 영화를 구경하고 나니 「황야의 7인」은 초라하기 짝이 없는 모조품이란 생각이 들었다. 그만큼 압도적으로 재미있었다.

말 탄 도둑들이 마을 경계까지 오지만 전년 가을에 약탈했던 마을이어서 보리 수확이 끝난 다음에 다시 오자며 돌아서는 장면으로 영화는 시작한다. 소식을 접한 마을 농민들은 사색이 되어 전전긍긍한다. 그러자 마을의 장로는 사무라이를 고용해서 이들과 대적시키는 수밖에 없다며 그렇게 위기를 넘긴 경우를 알고 있다고 말한다. 그러나 싸움에 패배해서 주인을 잃은 사무라이를 찾아 고용하기는 쉽지 않다. 또 이렇다 할 보수도 줄 것이 없다. 농민들 자신은 먹지도 못하는 쌀 주먹밥을 제공하는 것이 고작이다. 그러나 인간미 풍부한 노련한 사무라이가 의협심을 발휘해서 여섯 명을 통솔하여 농민 편에 서서 싸운다. 그중 하나는 농민 출신의 허풍선이 사무라이다. 칠 대 사십의 대결에서 사무라이는 죽창으로 무장한 농민의 협조를 얻어 승리하는데 사십 명을 섬멸하는 대신 세 사람만이 살아남는다.

상영 시간이 세 시간 이십 분이나 되지만 조금도 지루한 구석이 없다. 전국 시대의 사정과 농민의 참상을 짐작게 하는 정보가 촘촘히 끼어 있어 흥미를 돋운다. 싸움에 져 쫓기는 사무라이를 협박해서 갑옷 등을 탈취하는 농민 집단을 '노부시'라 하는데 여기 나오는 도둑은 '노부시'다. 농민들은 도둑의 습격에 대비해서 양곡을 숨겨 두는데 그런 비장품 가운데는 갑옷도 들어 있다. 그러니까 그들은 빼앗기는 한편으로 빼앗기도 하는 것이다. 농민들은 어수룩해 보이지만 아주 간교한 구석이 있다고 허풍선이가 말하는데 그것은 민중 문학자 고르키의 농민관이기도 하다. 허풍선이가 그런 통찰을 갖게 된 것은 그 자신이 사실은 농민 출신이기 때문이다.

도입부에서 사무라이 지휘자는 머리를 박박 깎고 주먹밥 두 개만 달라고 해서 관객들을 긴장시킨다. 어린이를 인질로 잡고 있는 도둑을 잡기 위한 조처임이 드러난다. 승려로 위장한 그는 도둑에게 접근한 뒤 쏜살같이 달려가 그를 제압한다. 자신을 따르는 청년을 시켜 몽둥이로 사무라이를 시험하는 장면도 잔바라 영화에서나 볼 수 있는 구경거리다. 신분과 명예를 중시하는 사무라이의 기풍도 역사적 진실의 차원을 넘어서 흥미를 돋운다. 칠 인의 사무라이가 마을로 들어서도 마중 나오는 이가 없어 그들은 의아해한다. 혹 피해를 입을까 해서 모두 숨어 버린 것이다. 시종 관객들은 새로운 사실에 의표를 찔린다.

지휘자는 작전 계획을 짜서 도랑못을 파게 하고 민가 몇을 철거시키는데 노련한 무사의 면모가 잘 드러난다. 그의 지도력과 인간미가 영화를 압도하는 한편 허풍선이 사무라이의 어릿광대 노릇도 영화의 재미에 크게 기여한다. 문맹인 그는 어디서 구한 신분 명세서 같은 것을 지니고 다녀 스스로의 거짓 행세를 드러낸다. 지휘자는 그의 정체를 일찌감치 간파하지만 그의 추종을 허용한다. 도둑 하나가 잡혀 왔을 때 아들의 원수를 갚는다며 노파가 쇠스랑을 들고 나오는 장면이나 도둑의 소굴에서 납치당한 아내를 보고 절규하는 남편을 다룬 장면이나 모두 강렬해서 긴 상연 시간 동안 낭비라고는 찾아볼 수 없다. 불타는 물레방아 옆에서 어린이를 살리고 쓰러지는 할머니나 그 어린이를 인계받고 이것이 바로 어릴 적 내 모습이라고 눈물짓는 허풍선이나 모두 지워지지 않는 영상이다.

순진한 청년 무사의 사랑도 무리 없이 처리되어 있다. 남자로 행세하는 마을 처녀가 여성임을 알고 대경실색하는 장면이나 결전(決戰)의 전날 밤에 있었던 정사 때문에 부친에게 구타당하고 소리치는 장면도 인상적이다. 농민과 사무라이의 신분 차이는 현대 영화라 할지라도 달리 처리할 수 가 없었을 것이다. 결전이 끝나고 "우리는 다시 살아남았네."라고 소회를 밝히는 지휘자의 모습에서 우리는 사무라이 됨의 진수를 본다. 끝머리 농민들의 모심기 장면을 보며 "이긴 것은 저들이고 우리는 다시 졌다."라고 토로하는 그에게서 우리는 살아남은 자의 슬픔 아닌 인간 일반에 대한 애정을 느낀다.

「산다」에서 주연한 시무라 다카시가 지휘자 역을 믿음직스럽게 해낸다. 또 「라쇼몽」에서 도둑으로 나온 미후네 도로시가 허풍선이 역을 맡아 신화에 나오는 트릭스터(trickster)의 다채로운 면모를 보인다. 집단 이동 장면이나 싸움 장면의 효과도 뛰어나 구로사와가 이룬 세계적 명성의 실상을 재확인하게 된다. 연기나 사진이나 구성이나 대사나 오락 영화로서 흠잡을 데가 없다. 오락 영화의 결정판이다.

나라야마 부시코 楢山節考
(이마무라 쇼헤이, 1983)

옛 산간 마을의 참혹한 풍속

고려장이란 말이 있다. 요즘엔 현대판 고려장이란 맥락으로 더러 쓰인다. 고구려 때 늙고 쇠한 사람을 산속 구덩이에 넣었다가 죽은 후에 장사지냈다는 일을 가리킨다고 사전에 적혀 있다. 언제 적 일이건 널리 퍼져 있던 소문이다. 솔뿌리 캐기나 나무 심기를 위해 올라간 산에서 내벽에 돌이 박혀 있는 네모진 구덩이를 보게 되는 경우가 있었다. 그러면 고려장 터라고 수군수군 하고는 했다. 「나라야마 부시코」가 일본판 고려장 얘기임을 알고 있었으나 1972년도의 일본 영화제 때 놓치고 말았다. 그 후 1980년대 말에야 이 영화를 보게 되었는데 그것은 두 번째로 영화화된 색채 영화로서 1983년에 제작된 것이다. 첫 번째 흑백 영화와는 사뭇 다른 것이다.

궁벽한 산간 마을의 설경(雪景)으로 시작되는 이 영화는 곧이어 '눈이 내릴 때 나라야마에 가는 것은 행운'이란 취지의 민요를 들려준다. 그리고 할머니 오린이 장남을 비롯해 가족들과 사는 모습을 보여 준다. 사내아이를 낳으면 곧 내다 버리고 장남만 혼인이 허용되는 게 마을의 관행이다. 모두 가난 때문이요 군식구를 불리지 않기 위해서다. 딸아이를 낳고 며느리는 곧 세상을 떴다. 아이를 살려 둔 것은 계집아이였기 때문이다. 장성한 손자가 있고 작은 아들은 지독한 입내 때문에 누구나 기피하는 동네 팔푼이다. 이런 기본 구도 속에서 갖가지 참혹하고 끔찍한 사건이 벌어진다. 그것은 인류학적 흥미로 가득 찬 원시적이고 야만적이고 몰(沒)도덕적인 기습(奇習)이다.

우선 논바닥에 버린 갓난이의 몰골이 비쳐 섬뜩하다. 짝을 못 얻은 동생이 이웃의 암캐를 찾아가 해괴한 짓거리를 한다는 소문에 형이 책하는데 동생은 한사코 부인한다. 그러나 아우는 그

짓거리를 실토하는 셈이 된다. "이 집은 저주받은 집이니 내가 죽거들랑 독신 남정네에게 차례로 몸을 바쳐 저주를 풀어 주라."라고 아내에게 말하는 남편의 유언을 한밤중에 듣고 전파했기 때문이다. 동네에서는 남의 양식을 훔치다 들킨 이의 집을 습격해서 양식을 모조리 압수하고 서로 분배한다. 그리고 가족들을 새끼 그물로 일망타진해서 모조리 생매장해 버린다. "내가 장인인데 좀 살려 달라."라는 호소도 소용이 없다. 모두 마을의 관행이요 법이라는 명분 아래 끔찍한 일이 벌어지는 것이다.

병든 어머니의 죽음을 기대하고 어떤 아들이 관을 준비해 집으로 돌아오니 어머니가 멀쩡하게 기동하고 있다. "아직도 안 죽었느냐?"라는 물음에 배를 불리고 나니 기운이 난다고 어머니는 태연히 말한다. 먹을 것을 제대로 안 주어 '병'이 난 것이다. 나라야마로 가기 전날 커다란 옹기 항아리로 막걸리를 돌려 마시며 산행의 방법과 규칙을 한마디씩 말하는 장면도 압권이다. 산행 때 침묵을 지키며 눈에 뜨이지 않게 집을 나서야 하며 일단 노인을 두고 하산할 때는 뒤돌아보아서는 안 된다. 관객을 놀라게 하는 이색적인 생활 행태가 너무 많아 일일이 거론하기가 어려울 지경이다. 토착적 엑조티시즘의 세계이다.

영화에서는 집안을 관장하는 할머니 오린의 역할이 압도적이다. 때가 되면 아들한테 업혀 나라야마로 가는 것을 당연지사로 알고 있는 그녀는 일흔이 가까워도 치아가 튼튼해 놀림감이 되는 것을 알고 스스로 돌에 부딪쳐 이빨을 뺀다. 손자며느리가 먹는 것을 너무 밝히는 것을 보고 감자를 주며 친정에 가서 하룻밤 묵고 오라 한다. 그날 밤 손자며느리도 생매장을 당하는데 광란하는 손자가 "알고 보내지 않았느냐?"라고 대들어도 가타부타

끝내 말이 없다. 영화는 아들 지게에 얹혀 가파른 산길을 오르는 장면을 길게 보여 준다. 목적지에 당도하니 백골이 무수히 깔려 있고 까마귀 떼가 불길하게 운다. 자리에 앉히기 전에 아들은 노모와 포옹하는데 차마 돌아서지를 못하자 뺨을 때려 돌아서게 한다. 손을 모아 비는 자세로 앉아 있는 노모를 두고 산을 내려오는데 한참 있으니 눈이 오기 시작한다. 그것을 기리려 아들은 다시 산을 거슬러 올라가 눈이 온다며 길조라고 노모에게 소리친다. 노모는 손을 들어 어서 가라는 시늉을 할 뿐이다. 한사코 죽기를 거부하는 아비를 결박한 채 산에서 굴러 떨어트리는 장면이 오린의 의연한 자세와 대조를 이룬다. 손자의 짝이 될 새 식구가 앉아 있는 것으로 영화가 끝난다. 식구 하나를 줄였으니 새 식구를 들인 것이다.

어느 전쟁 영화 못지않게 참혹하며 자연과의 괴리가 없는 원시적 삶에 대한 낭만적 미화의 허구성을 가차 없이 폭로한다. 궁핍한 자연이 얼마나 반인간적인 것인가를 몸서리치도록 절감케 한다. 적어도 이 영화만을 두고 생각하면 지식인들의 푸념과는 달리 근대와 근대화가 문제성 많은 대로 커다란 축복임을 재확인하게 한다. 사람의 교접 한옆에서 뱀의 교미를 보여 주는 등의 영상 처리는 자연과 인간의 연속성을 재확인시켜 준다. 사진은 어느 모로나 단연 빼어나다. 나라야마는 산 이름이요 부시는 민요를 뜻한다.

샌디에이고에서 본 케이블 영화

1980~1990

1975년 만 사십이 되던 해에 서울로 이사를 했다. 그때나 이때나 집값이 큰 문제였다. 동숭동 옛 대학 자리에 아파트를 짓겠다는 당국자의 발표에 아파트 값이 일제히 그네를 뛰었다. 결국 동숭동 아파트는 없던 일로 되었으나 한번 오른 아파트 값은 내릴 줄을 몰랐다. 아직도 연기를 내뿜는 공장이 있는 영등포구에 둥지를 틀었다. 서울 생활의 리듬은 지방에서보다 가빴다. 교통편 이용에 보내는 시간 비중이 너무나 컸기 때문이다. 공해성 공기에 익숙하지 않은 탓인지 곧 후두염을 오래 앓았다. 월남 패망 소식은 불안 심리를 가중시켰다.

그러던 어느 날 큰 충격을 맛보았다. 일본어 사전을 뒤적이다가 우연히 '초로(初老)'란 항목이 눈에 뜨이었다. "노인의 지경에 들어서기 시작한 나이. 본시 사십 세의 별칭."이라 풀이되어 있지 않은가! 그때까지 중년을 자처하고 있던 참이었다. 사십 불혹(四十不惑)은 알고 있었지만 사십이 초로라는 것은 금시초문이었다. 젊어 보지도 못한 채 그대로 노인이 되다니! 소년기에서 곧장 노년기로 떠밀린 것 같기도 했고 누군가에게 청춘을 박탈당했다는 느낌이었다. 박탈범의 혐의가 있는 타자와 사회에 대한 분노가 솟아났다. 그러나 그것도 잠시일 뿐 충격은 막막한 허망감으로 변했다. 아아, 한 세상이 이렇게 저무는구나!

노인으로 살아온 지도 이러구러 삼십 년이 넘는다. 딱히 그때의 충격 때문만은 아니지만 서울 와서 별로 영화 구경을 한 적이 없다. 한때 프랑스 문화관에서 옛 영화를 무료로 관람할 수 있어 몇 번 구경한 적은 있다. 또 어찌어찌 시사회 초대장 같은 것이 입수되어 「조스」를 비롯한 몇 편을 구경한 적은 있다. 그러나 작심하고 극장에 가서 영화 구경을 한 적은 없었다. 구경 자체야 재미있지만 오가는 것이 귀찮았기 때문이다. 영화 구경은 젊은애들이나 하는 것이란 잠재적 편견이 작용하지 않았나 생각된다.

교실에서 제일 먼저 기침을 했다. 최루탄을 쏘았구나 생각하고 나서 한참 있으면 여기저기서 기침 소리가 나기 시작했다. 목이 싸해졌다. 상경 후 혹독한 후두염을 앓았기 때문에 최루탄 연기에 민감해진 탓에 누구보다도 먼저 알아차린 것이다. 최루탄의 십 년이 끝나 가는 1989년에 객원 연구원의 자격으로 미국 대학에서 2학기를 보내게 되었다. 학교 선택이 자유로웠으므로 캘리포니아 주립대학의 샌디에이고 분교를 선택하였다. 눈이 많이 오고 겨울이 긴 버팔로에서 학생 생활을 했기 때문에 지도상으로 대각선상에 있는 샌디에이고를 택한 것이다. 날씨 변화가 없고 늘 따뜻하나 비가 오지 않는 것이 흠이었다. 온화한 일기 관계로 은퇴 후의 연금 생활자들이 많이 모여들어 방 값이 비싼 것도 흠이었다. 그러나 난생 처음으로 유유자적할 수 있었던 드물게 편안한 시기였다.

라 호야(La Jolla)란 구역에 외국인 방문 교수나 연구원을 위한 아파트가 있어서 거기 숙소를 정했다. 북유럽이나 독일 쪽의 교수들이 따뜻한 고장을 선호해서 안식년을 이곳에서 보내려는 사람들이 많았다. 따라서 학교에서는 많은 신청 지망자를 받지 못하는 형편이었다. 교수용 아파트도 사정은 마찬가지였다. 가까스로 아파트를 구했는데 방 값이 아주 비쌌다. 그러나 먹는 것은 아무렇게나 먹더라도 잠자리는 가리라는 옛말대로 쾌적한 분위기와 환경을 앞세워 불문에 부쳤다. 라 호야는 배우 그레고리 펙의 고향이요 프레데릭 제임슨이 『마르크스주의와 형식』을 썼던 곳이기도 하다. 1960년대 미국 급진파 학생들의 우상이었던 마르쿠제가 교수로 있던 곳이어서 샌디에이고 대학에는 세칭 좌파들이 제법 포진해 있었다.

툭하면 목감기에 걸려 불편을 겪었던 터라 샌디에이고의 온화한 날씨는 더할 나위 없는 매력이었다. 처음 밤중에 갑자기 쏴 하는 소리가 나서 비가 오나 보다고 생각했지만 살수기에서 나오는 물소리였다. 햇볕이 따가운 편이었으나 이렇다 할 나무 그늘이 없는 곳이었다. 유칼립투스가 가장 흔한 수종인데 버들잎 비슷한 잎새가 너무 성겨서 제대로 그늘이 지지 않았다. 아무런 매임이 없는 신분이어서 가끔 문학 관계 수업을 청강하기도 하고 도서관에서 한가한 시간을 보내기도 했다. 지금은 우리 대학에서 가르치고 있는 유학생이 적극 권장해 매킨토시 피시를 세일 때 구입해서 워드 프로세스를 치고 문서 저장을 하기도 했다.

그러나 텔레비전 앞에서 보낸 시간도 많았다. 마침 동구권이 붕괴하던 시기여서 시엔엔 방송을 즐겨 시청했다. 차우셰스쿠의 말로를 담은 뉴스는 너무 현장감이 넘쳐 몇 번이고 되풀이해 보았다. 그러다가 케이블 텔레비전으로 영화도 보게 되었다. 이름만 듣고 보지 못했던 영화를 보게 된 것이다. 「시민 케인」 같은 것은 모임에 참석했다가 밤늦게 시간에 맞춰 오느라 부산을 피웠다. 「민들레」, 「스물네 개의 눈동자」 같은 일본 영화도 보았는데 전만 같지 못했다. 그때 본 영화는 짤막한 소감을 적어 놓은 것도 있다.

면도날 The Razor's Edge
(에드워드 굴딩, 1946)

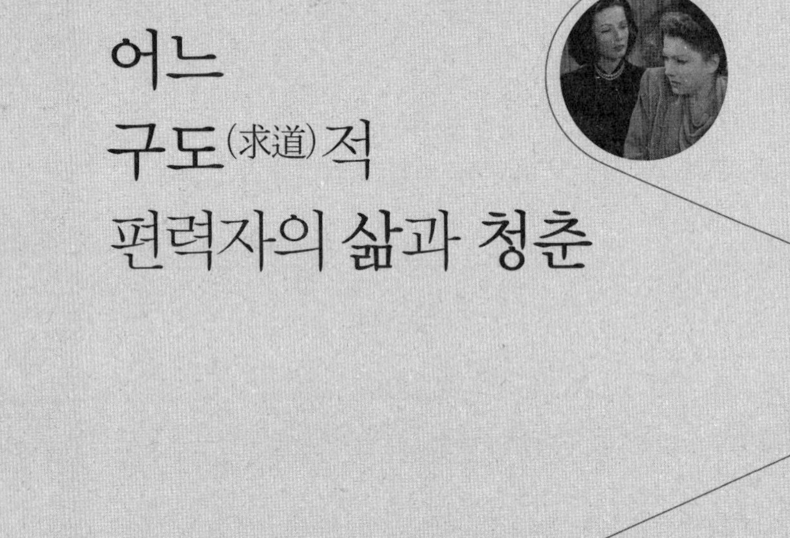

어느 구도(求道)적 편력자의 삶과 청춘

육이오 직전 한성도서주식회사란 출판사에서 영어 단편 대역(對譯) 총서를 낸 적이 있다. 왼편에 원문이 있고 오른편에 번역문과 간단한 주석이 달린 아주 얄팍한 책이다. 그중 한 권이 서머싯 몸의 「레드(Red)」였고 역자는 시인 김기림이었다. 고등학교 삼학년 때 아주 재미있게 읽었고 그것이 몸 작품과의 첫 대면이었다. 환도 직후의 청계천의 고서점에서 몸의 소설은 쉽게 구할 수 있었다. 미군 부대에서 흘러나온 싸구려 추리 소설 나부랭이 가운데 그의 소설이 끼어 있었다. 미군 부대에서도 수요가 많았기 때문일 것이다. 재미도 있고 영어 공부에도 좋다 싶어서 눈에 뜨이는 대로 사 보았다. 『면도날』은 그 무렵 읽은 것이다.

삼십여 년이 지난 후 샌디에이고에서 케이블 텔레비전으로 영화 「면도날」을 보았다. 몸 작품 중 영화화된 것이 꽤 된다는 얘기는 들었지만 처음 보는 몸 원작의 영화였다. 원작과는 너무나 거리가 멀다는 문예 영화 일반의 특성을 다시 한 번 확인했다. 독일에서 생겨난 성장 소설(Bildungsroman)에 대한 가장 간명한 정의는 토마스 만의 "모험 소설의 내면화"일 것이다. 소설에서는 래리라는 미국 청년의 구도적 정신 편력이 제1주제라면 청년 주변의 지극한 물질 숭상의 속물적 삶의 냉소적 관찰이 제2주제를 이루고 있다. 영화에서는 제1주제인 형성 소설의 국면은 사상(捨象)되어 최소한으로 줄이고 제2주제가 전경화돼 있었다. 그래서 영화만 보아 가지고는 '면도날'이란 표제 자체가 하나의 수수께끼로 남을 공산이 크다. 정신적 구도의 길은 면도날을 걷는 것처럼 어렵다는 뜻의 힌두교 경전 대목에서 제목을 따온 것이기 때문이다. 면도는 수염 깎는 것을 가리키지만 면도칼의 준말이기도 하다.

『면도날』은 일인칭 소설인데 영화에서도 서머싯 몸이란 작중 인물이 등장해서 1919년 시카고에서 만난 한 청년에 대한 회상을 술회하는 형태로 전개된다. 순진하고 진지한 래리는 1차 대전 때 항공병으로 참여했다가 동료의 죽음을 경험한다. 의도야 어찌됐건 동료의 죽음으로 자기는 살아난 셈이었고 그 이후 삶의 의미에 대한 자발적 탐구에 골똘하게 된다. 그는 친구 부친이 운영하는 증권 회사의 취직자리도 사절한다. 약혼자 이자벨은 '정상적'인 삶으로 나가기를 설득하지만 그는 자기의 길을 가겠다며 굽히지 않는다. 이자벨은 파혼을 선언하고 공통의 친구인 백만장자의 아들 그레이와 결혼한다.

한편 래리의 소년기 여자 친구였던 소피도 결혼하고 래리는 편력의 길로 나선다. 탄광에 가서 갱부로 일하기도 하고 독일 농촌에서 농부 노릇을 하기도 한다. 그때마다 삶의 현장에서 연장자에게 많은 것을 배운다. 유럽에서의 지리적 정신적 편력 과정에서 해답을 찾지 못한 그는 인도로 건너가 요가 승의 훈도를 받고 홀로 암자에 들어가 수련을 쌓는다. 그런 연후에 산정에 떠오르는 태양을 보면서 홀연 깨달음과 마음의 평정을 얻게 된다. 십년 만에 파리에 들른 그는 우연히 이자벨 부부를 만나게 되는데 1929년의 대공황 때 파산하고 그 후유증으로 그레이는 신경증 환자가 돼 있었다. 래리는 인도에서 배운 정신 요법으로 그레이의 두통을 고쳐 준다.

한편 소피는 교통사고로 남편과 아이를 한꺼번에 잃어버리고 그 충격으로 알콜 중독자가 되어 파리의 윤락가에서 살고 있다. 래리는 소피와의 결혼을 결심하고 그녀로 하여금 금주를 실천하게 한다. 이를 알게 된 이자벨은 소피를 초청하고 자리를 비워서 소피가 다시 술을 입에 대게 유도한다. 소피와의 결혼이 래리의 삶을 망친다는 논리지만 그를 빼앗기고 싶지 않았기 때문이다. 금주 서약을 어긴 소피는 래리를 대할 염치가 없어 다시 윤락가로 도망가 버린다. 소피를 찾아 나선 래리는 그곳 단골들에게 구타를 당하고 얼마 안 있어 소피의 피살체가 발견되어 그 뒤처리를 맡게 된다. 한편 이자벨은 외숙이 막대한 유산을 남겨 주어 이전의 미국 생활로 돌아가고 래리도 돌아가서 택시 운전수라도 하며 살겠다고 말한다. 내면적으로 그는 마음의 평화를 얻어 흔들림이 없다.

이상이 줄거리의 요약이지만 많은 삽화가 곁들어져 있다. 이자벨의 외숙은 야무지고 노련한 속물의 표본으로서 소설에서나 영화에서나 큰 역할을 한다. 몸의 소설에서 여성은 대부분 부정적 인물로 묘사된다. 알콜 중독증을 활용해서 소피를 래리와 이간시키고 급기야 죽음으로 몰아넣는 이자벨의 행태와 자기합리화는 작가의 냉소적 인간관과 여성관을 잘 드러내 준다.

1946년에 제작된 이 흑백 영화에는 타이론 파워가 주연으로 나온다. 당대의 미남 배우로 통했던 그가 래리 역을 한다는 데서 영화의 한계가 예정되어 있었다고 생각한다. 그는 단순 미남 배우이지 깊이 있는 성격 배우는 아니다. 오래전에 읽었지만 소설 장면 중 잊히지 않는 대목이 있다. 파혼할 무렵 '실제적'이 되라는 충고에 대해서 래리는 반문한다. "어떻게 살 것인가를 모색하는 것처럼 실제적인 일이 또 어디 있는가?"

카사블랑카 Casablanca
(마이클 커티스, 1942)

사랑과 대의가 얽혀 있는 감동의 반전극(反轉劇)

「카사블랑카」는 영화 팬의 선호도 투표에서 늘 최상위권에 오르는 영화다. 「시민 케인」, 「바람과 함께 사라지다」와 더불어 미국 영화의 삼대 걸작으로 치부되기도 한다. 이름만 듣다가 케이블 텔레비전으로 본 것은 샌디에이고 시절이다. 영화를 보고 육체적 감동을 받는 일은 없어진 나이였지만 보고 나서 괜찮은 영화라는 느낌은 상당히 오래 지속되었다. 상황 설정이나 플롯이나 대사나 모두 잘 짜였지만 역시 호화 배역이 일품이다. 터프 가이 험프리 보거트와 이십 대 절정기의 잉그리드 버그먼의 매력이 압도적이지만 조연들도 만만치 않게 좋은 연기를 보여 준다.

표제대로 독일군 점령 하의 프랑스령 모로코 수도인 카사블랑카가 무대가 되어 있다. 영화가 시작되자 지구 모형과 지도가 스크린을 채우면서 자유의 땅 미국으로의 망명 희망자가 가야 할 길을 들려 준다. 비점령 지구인 마르세유로 가서 선편으로 알제리아 오랑으로 가고 거기서 육로로 카사블랑카를 경유해서 항공 편으로 중립국 수도인 리스본으로 가야 한다는 내용이다. 오랑은 카뮈의 장편 『페스트』의 무대가 되어 있는 항구 도시요 카사블랑카는 물론 지명이지만 '하얀 집'이란 뜻이 된다. 루스벨트와 처칠이 1943년 1월 전시(戰時) 회담을 가졌던 곳이기도 하다.

기차에서 독일군이 살해되어 게슈타포 장교가 수사를 위해 카사블랑카에 도착한다. 실제 임무는 카사블랑카로 잠입한 체코 출신의 반(反)나치 저항 운동 투사 라슬로의 미국 망명을 저지하는 것이다. 이튿날 독일군 병사 살해범은 미국인 릭이 경영하는 카페 아메리칸에서 체포되고 그 이전에 통행증 두 장을 주인에게 맡겨 릭은 그것을 피아노에 감추어 둔다. 릭은 과거가 분명치 않은 인물이며 매사에 초연하고 고객과 술을 마시는 법도 없으

나 그의 카페는 늘 성황을 이루고 있다. 여기에 흰 복장 차림의 라슬로와 미모의 아내 일자가 나타난다.

이전 파리에서 일자와 릭은 사랑하는 사이였다. 두 사람은 서로의 과거를 잘 모르는 채 뜨거운 사이가 되고 독일군의 파리 입성이 임박했다는 소식에 마르세유로 가기로 약속을 한다. 파리가 함락한 날 역에서 릭은 일자를 기다렸으나 여인은 나타나지 않았고 약속을 지키지 못한다는 편지를 건네받는다. 그 후 그들은 서로의 소식을 모르던 참이었다. 미국 망명을 위해 라슬로는 아내 것까지 합해 두 장의 통행증이 필요하다. 릭이 두 장의 통행증을 가지고 있다는 것을 안 그는 릭에게 양도를 부탁했으나 거절을 당한다. 이유를 묻자 아내에게 물어보라는 대답을 듣는다.

이번에는 일자가 릭을 찾아가 통행증 양도를 호소하나 릭은 차갑게 거절한다. 릭의 심정은 이해하나 한 여자에게 상처 입었다고 해서 세상에 대해 복수하려는 것은 비겁하다며 대의를 위해 라슬로의 망명을 도와달라고 간청한다. 릭 자신도 똑같은 대의를 위해 싸우지 않았느냐며 호소하나 릭은 이제 자기 자신만을 위해 산다며 막무가내다. 일자는 권총을 들이대지만 릭은 태연히 "죽음은 호의를 베풀어 주는 셈."이라고 말한다.

일자는 약속을 이행 못한 이유를 밝힌다. 라슬로와 결혼했으나 그가 체포된 후 수용소에서 탈출하다가 사살되었다는 소식을 들었다. 그 후 릭을 만나 사랑하게 되었으나 약속대로 역으로 가기 직전에 그가 살아 있다는 것과 그녀의 간호가 필요하다는 것을 알게 되었다. 그러면서 릭에 대한 사랑에는 변함이 없다고 말한다. 앞으로 어떻게 하겠느냐는 물음에 일자는 자기 자신도 모르겠다며 릭이 해답을 마련해 달라고 부탁한다.

릭은 라슬로 부부를 망명시킬 결심을 한다. 그는 경찰서장을 총으로 위협해서 두 사람을 비행기에 태우도록 조처한 후 급거 출동해서 전화로 비행기 출발을 저지하려는 게슈타포 장교를 사살한다. 경찰서장은 부하에게 "용의자를 체포하라."라고 명령함으로써 릭을 눈감아 준다. 마지막 장면에서 경찰서장은 '비시 광천수(Vichy Mineral Water)' 병을 쓰레기통에 처박고 릭에게 빚진 금액을 '우리 일'에 쓰겠다고 말함으로써 두 사람이 독일 점령 지역 밖으로 나갈 것을 시사한다. 비시는 대독 협력을 한 비시 정권의 수도이기 때문이다.

한편 릭은 스페인 내전에서 공화파 전사로 싸웠고 무솔리니가 커피 약탈을 위해 침략한 에티오피아에 무기를 공급하는 등 반(反)파시즘 운동에 헌신한 바 있는 인물이다. 몇 차례의 반전과 곡절 끝에 게슈타포 장교 이외의 주요 등장인물 모두가 해피 엔드를 맞는 것도 매력이지만 릭의 자기 희생적 히로이즘이 관객에게 감동을 주는 것이다. 릭의 선택을 두고 경찰서장은 '감상주의자'라 놀리지만 터프 가이의 선택이기 때문에 더욱 감동적이라 할 수 있다. 기본 줄거리 이외에도 곤경에 처한 불가리아 인 부부에 대한 릭의 배려나 카페 안에서의 노래를 통한 독불 대결 등 삽화도 재미있다. 많은 영화가 그렇긴 하지만 결말을 알고 다시 보아야 일자의 표정과 심정이 파악되는데 두 번 보는 것도 시간이 아깝지 않을 것이다.

베니스에서의 죽음 Morte a Venezia
(루키노 비스콘티, 1971)

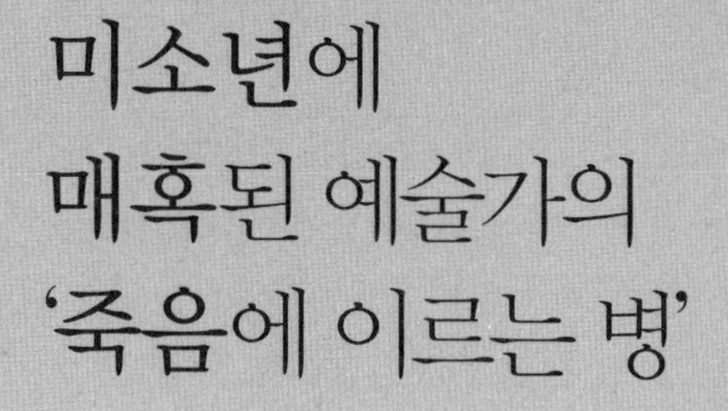

미소년에 매혹된 예술가의 '죽음에 이르는 병'

1970년대 초 버팔로 시절에 독일 영화 「토니오 크뢰거」를 본 적이 있다. 토마스 만의 걸작 단편을 영화화한 것인데 원작에 아주 충실한 점이 놀라웠다. 소설의 영화화는 원작과의 괴리를 빚어내게 마련이지만 이 영화는 일편단심 원작에 충실하였다. 다시 볼 기회가 없었으니 혹 잘못 파악한 점이 있을지도 모른다. 그러나 이 단편에 끌리어 서너 번 읽은 경험이 있기 때문에 그 원작 충실성의 인지가 크게 잘못되지는 않았을 것이다. 토니오 크뢰거가 동급생 한스 한젠과 함께 하교하는 첫 장면에서부터 대화 내용에 이르기까지 줄거리 진행도 작품과 똑같았다. 더 나은 것을 만들어 보겠다는 작가의 포부를 친구 여류 화가에게 토로하는 마지막 장면은 하얀 종이학이 여럿 하늘로 날아가는 것으로 그려져 있었다고 기억한다.

그 후 거의 이십 년 만에 색채 영화로 토마스 만 원작의 「베니스에서의 죽음」을 보게 되었다. 그러나 비스콘티 감독의 이 영화는 원작의 줄거리에 충실하면서도 대담한 삽화 도입이 특색이어서 「토니오 크뢰거」와는 다르다는 느낌을 받았다. 「베니스에서의 죽음」의 줄거리는 아주 단순하다. 뮌헨 거주의 쉰 살 난 작가 구스타프 폰 아셴바흐는 과로 끝의 피로로 여행에 나선다. 첫 체재지에서 잠시 머무른 후 그는 베니스로 향해 리도의 호텔에 머문다.

호텔에는 폴란드 귀족 가족이 있었고 열네 살쯤 돼 보이는 막내 타치오는 빼어난 미소년이다. 소년이 구현하고 있는 완벽한 미에 매혹된 그의 탄복은 점차 격정으로 변해 간다. 아셴바흐가 자기의 사랑을 비밀로 하고 있듯이 베니스는 콜레라가 번지고 있음을 비밀에 부치고 있다. 아셴바흐는 콜레라의 창궐을 확인하지만 미소년 가족에게 알려 주고 스스로 베니스를 떠나는 대신 자기 격정에 몸을 맡긴다. 베니스의 거리로 혹은 성당으로 미소년의 뒤를 따르며 바라보는 것이 그의 낙이다. 도덕적 의지가 망가지고 정신도 혼란해진 그는 바닷가에서 숨을 거둔다. 파란 수평선을 배경으로 하고 물속에 서 있는 타치오가 자기에게 미소를 보내는 것 같은 느낌을 그는 받는다.

큰 줄기에 관한 한 영화는 원작에 충실한 편이다. 면허 없는 곤돌라 사공과의 사단, 베니스를 떠나려다 잘못 탁송된 수하물로 인한 체재 연기, 소독과 관련된 의문에 대해 상례적인 요식 행위라는 호텔 측의 답변, 영국인 여행사 직원에게 들은 콜레라 만연 사실, 사 인조 길거리 악사의 연주, 이발소에서의 화장 등등이 그러하다. 그러나 아셴바흐는 작가가 아니라 작곡과 지휘를 겸한 교수로 되어 있다. 구스타프 말러를 모델로 했다는 것인데 말러 교향곡이 배경 음악으로 나오고 있다. 알프레트라는 분신(alter ego)과의 대화나 토론, 「엘리제를 위하여」 연주 장면에서의 타치오나 창녀의 등장, 아내와의 추억 등을 상상하는 장면은 비스콘티의 해석이요 창작이다.

사변적이고 내성적인 작품의 영화화가 어렵다는 것은 누구나 예감한다. 배우의 내면성 표출 능력, 미소년의 적정한 영상 포착, 정교한 화면의 구성으로 일급의 영화로 만들어 낸 감독의 능력은 탁월하다. 가령 천박한 거리 악사들의 연주에 대해서 냉담한 채 귀족적 기품을 보여 주고 있는 타치오의 표정, 일정 거리를 두고 소년의 뒤를 밟는 베니스 골목길에서의 아셴바흐의 고통스러운 노력, 마지막 장면에서 보여 주는 타치오와 원경의 선박과 카메라 삼각기(三脚器)의 조합 등은 쉬 뇌리에서 사라지지 않는다.

예술이 모든 교육의 원천이며 예술가는 모범적이어야 하고 예술이 모호해서는 안 된다고 생각하면서도 일변 자기 생각에 회의를 갖고 있는 아셴바흐는 음악이 예술 중 가장 모호한 것이라는 분신 알프레트의 공격을 받는다. 지혜, 진실, 인간 위엄을 목표로 상정했지만 실패했다는 지적도 받는다. 모두 아셴바흐 자신의 자의식이다. 타치오의 아름다움에 도저히 다가갈 수 없다는 절망감은 그로 하여금 "노년이 이 세상 불순물 가운데서 가장 불결하다."라고 외치게 한다. "미란 사람을 절망케 하는 것." 이라고 발레리는 말했는데 그 비극적 현상학을 꼼꼼하고 빼근하게 보여 주고 있다. 그러나 의식과 사고에 관한 한 어떠한 내면 표출의 연기도 언어를 통한 표현과 인지를 따르지 못한다. 여기에 지금 퇴락해 가는 문학의 대체할 수 없는 영광이 있다.

널리 읽힌다는 『로마인 이야기』의 저자 시오노는, 현대 이탈리아에서는 지식인이고 경제적으로 유복한 사람이면 대개 좌파로 인식된다고 말하고 있다. 밀라노 귀족 가문 출신인 비스콘티는 그런 유형의 극단적이고 대표적인 사례일 것이다. 귀족적인 생활을 즐기면서 이념적으로는 좌파로 일관했던 그는 이 영화가 보여 주듯 경직된 이념 예술가는 아니다. 이 영화에 나오는 미소년 타치오 역을 맡을 배우를 찾아 유럽 전역을 돌아다녔다는 비스콘티는 수천 명의 후보자 중 스웨덴 태생의 십오 세 소년 비요른 안드레센을 발견했다 한다. 영화에서는 육체파 배우로 유명한 실바나 망가노가 기품 있는 타치오 어머니 역을 맡고 있다. 내면 탐구에서 독자적 경지를 이룬 작가 정찬의 단편 「베니스에서 죽다」는 이 영화에 관심 있는 독자라면 특히 읽어 볼 만한 작품이다.

마지막 황제 **The Last Emperor**
(베르나르도 베르톨루치, 1988)

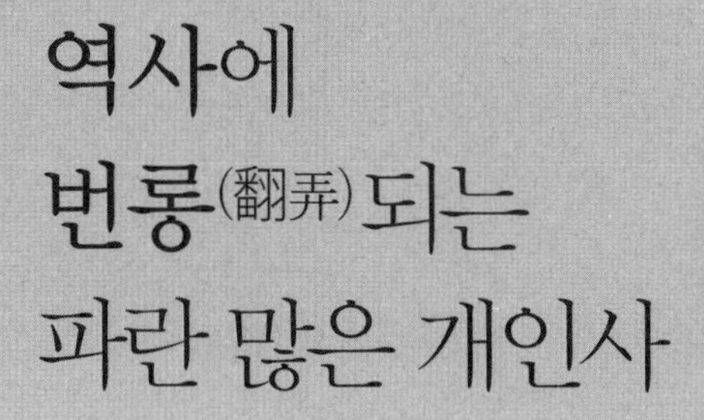

역사에 번롱(翻弄)되는 파란 많은 개인사

때는 1950년 7월, 열차의 이동 장면으로 영화는 시작된다. 열차에는 소련에서 호송되어 하얼빈 역에 도착한 전쟁 범죄자 일단이 타고 있다. 이 가운데는 일본이 만주에 세운 괴뢰 정부인 이른바 '만주국'의 황제였던 부의(溥儀)와 그의 아우가 끼어 있다. 이들은 중국에 인도된 후 자술서를 쓰고 수용소에 수용된다. 죄수 번호 981번인 부의는 자술서를 작성하면서 그때그때 심문을 받는데 자술서 쓰는 과정에 떠올리거나 기술한 생애 주요 사항이 영화의 줄거리를 이루고 있다. 부의의 생애를 통해서 관객들은 20세기 중국 역사의 몇몇 국면을 생생하게 경험하게 된다. 개인사와 중국 역사가 맞물린 장대한 파노라마여서 많은 역사 정보를 보여 주고 쉴 새 없이 흥미진진하다.

1908년 죽음이 임박한 서태후(西太后)는 세 살 난 부의를 황제로 임명하고 이에 따라 자금성(紫禁城)에서 즉위식이 열린다. 세 살짜리 황제는 "집에 가고 싶다."라며 울먹인다. 중국을 지배하는 천자이며 하고 싶은 일은 무어라도 할 수 있다는 것을 측근들은 코흘리개 황제에게 주입한다. 1911년 신해(辛亥)혁명으로 부의는 황제 자리에서 내려온다. 원세개(袁世凱)를 대통령으로 하는 중화민국이 탄생하는데 부의는 자금성에서 그때까지와 같은 생활을 하는 것이 허용된다.

자금성 안에서는 황제이지만 바깥에서는 그렇지가 않다. 그 문제를 놓고 나어린 형제가 실랑이를 벌이다 황제의 힘을 과시하기 위해 측근에게 먹물을 마시라고 명령하자 신하는 먹물을 들이켠다. 이런 기상천외한 세부 삽화가 긴 영화를 지루하지 않게 만들고 있다. 십 대 시절 영국인 가정 교사 레지널드 존스턴이 자금성으로 들어와 부의의 안목과 세계 이해를 넓혀 준다. 열여섯 나던 해에 결혼을 하는데 동갑 여성이 정실로 또 네 살 아래 여성이 후실로 들어온다. 자금성 내의 생활은 외로운 것이어서 두 여성들은 친구처럼 지내고 기이한 동거 생활을 하게 된다.

1919년 불평등 조약 반대 데모로 베이징은 혼란에 빠진다. 부의는 스스로 변발을 자르고 또 의사의 권고로 안경을 쓰게 된다. 그때만 하더라고 1200명에 이르는 환관, 350명의 시녀, 185명의 요리사가 자금성에서 생활하고 있었다. 1924년 쿠데타 발생으로 부의는 자금성에서 쫓겨난다. 존스턴은 영국 대사관으로 가 망명을 요청할 수 있다는 시사를 하나 톈진(天津)의 일본인 조계(租界)에서 외제 피아노, 시계, 껌, 차를 사들이며 향락적인 생활을 한다. 일본 측의 치밀한 이간책으로 국민당과의 관계는 소원하게 된다. 서양으로 가서 공부할 꿈도 가져 보았으나 뜻은 이루지 못한다. 이 무렵 후실은 부의 곁을 떠나고 일본 측 스파이가 정실 부인의 측근이 되어 부인을 아편 중독자로 만들어 버린다.

존스턴도 그때쯤엔 귀국하고 만다.

1932년 일본군의 옹립으로 만주국의 집정(執政)이 되고 이 년 후 황제가 되지만 사실상 허수아비에 지나지 않음을 깨닫게 된다. 부인과의 사이가 소원해지고 부인은 운전수의 아들을 낳게 되나 출산 즉시 살해되고 부의에게는 사산이라고 보고된다. 당시 만주국의 실세는 아마카스(甘粕)란 인물이었다. 헌병대 대위의 신분으로 1923년 수도권 대지진 때 저명한 아나키스트 오스기(大杉榮) 일가를 학살한 위인으로 그 뒤 만주 경영에 깊숙이 개입한 것이다. 1945년 일본이 무조건 항복하자 아마카스는 자살하고 부의는 일단 소련으로 끌려갔다. 수용소에서 '인간 개조' 생활을 하던 부의는 1959년 특사로 석방되어 식물원의 정원사로 일하게 된다. 문화 대혁명 때 부의는 자기에게 그나마 우호적이던 수용소장이 홍위병들에게 끌려다니는 것을 보고 충동적인 변호를 하나 떠밀리고 만다. 어느 날 자금성을 찾은 그는 옥좌에 앉아 보고 귀뚜라미 집을 찾아내 놀러 온 꼬마에게 건네주는 것으로 영화는 끝난다.

가정 교사였던 존스턴은 귀국 후 교수가 되고 뒷날 『자금성의 황혼』이란 책을 써 낸다. 아마 이 책이 영화의 기본 자료의 하나였던 것 같다. 부의는 톈진에서 만주로 일본인에게 납치되어 갔다고 자술서에 적지만 수용소 심문관은 자의로 간 것으로 존스턴 책에 적혀 있다고 말한다. 그러자 부의는 당시 존스턴은 톈진에 없었다고 항변하는 장면이 있다. 부모가 일본군에게 생매장을 당했다며 반역자에 대한 적의가 대단한 심문관이나 문화 대혁명기의 장면도 실감이 간다. 제작 기간 이 년이라는 사실에 걸맞은 장대한 파노라마다.

영화만 봐서는 부의의 참모습은 헤아리기 어렵다. 어린 시절부터 압도적으로 강한 외부의 힘에 의해서 의지박약한 피동적 인간으로 굳어진 것인가? 어느 정도의 세계 및 인간 이해를 가지고 있었는가? 정체성 자각의 수준은 어느 정도였는가? 우리는 이에 대해 판단이 서지 않는다. 너무나 큰 힘에 의해서 끝없이 번롱당하는 약한 인간의 난경을 보게 될 뿐이다.

테스 Tess
(로만 폴란스키, 1979)

영상미가 돋보이는 슬픈 여인의 일생

열네 번째 장편소설인 『이름 없는 주드』를 간행한 후 토마스 하디는 소설을 절필하고 시로 돌아섰다. 산문에서 시로 돌아서는 것은 아주 드문 사례다. 오십 대 중반의 일이다. 인간 운명을 과도히 참혹하게 다루었다는 혹평에 대한 반응이었다. 『테스』는 『이름 없는 주드』와 함께 하디의 후기 소설이다. 비평 쪽에서는 『귀향』, 『캐스터브리지의 시장』 등을 높이 평가하지만 많은 독자를 모은 것은 『테스』이다. 순진 가련형 여성의 슬픈 일생이란 점이 독자에게 호소한 것이리라. 1950년대엔 흔히 대학 교재로 써서 우리 사이에서도 널리 알려진 작품이다. 시인 백석도 해방 전에 우리말로 번역한 바 있다.

하디 소설에선 소소한 우연이 불행 쪽으로 기여하게 되는 사단이 많아 줄거리 요약이 어려워진다. 그러나 기억에 남는 것은 투박한 대로 대강의 줄거리다. 자기네가 명문 집안인 더버빌 가문(家門)의 직계라는 사실을 영락한 부친이 얻어 듣는다. 어머니의 채근에 따라 도움을 구하러 딸은 한집안인 더버빌 가를 방문한다. 그녀는 그 집 아들 알렉이 주선하여 가금(家禽) 사육장에서 일하게 되는데 그것은 알렉의 계획적인 유혹의 한 과정일 뿐이다. 다이아 반지를 끼고 코밑수염을 기르고 두리번거리는 눈을 한 알렉은 빅토리아조(朝) 소설에 나오는 상투형 악한이다. 길을 잃었다며 마차를 안개 낀 숲으로 몰고 가 테스의 순결을 빼앗는다.

알렉 집에서 도망쳐 나온 테스는 모든 것을 실토했지만 왜 결혼을 채근하지 않았느냐는 어머니의 나무람을 듣는다. 임신과 출산을 겪은 그녀는 아기의 죽음을 계기로 도리어 용기를 회복하고 굳세게 살 것을 다짐한다. 다시 집을 나온 테스는 낙농장에서 일하게 되는데 거기서 에인절을 만나게 된다. 성직자의 아들로 집안을 뛰쳐나온 에인절은 청순하고 예쁜 테스에게 끌리어 결혼을 신청한다. 테스는 몇 번이나 자기 과거를 고백하려 하지만 우연의 장난으로 뜻을 이루지 못한다. 결혼 후 자기 과거를 고백한 에인절은 테스의 고백을 듣고 나자 그녀를 용서하지 못한다. "내가 여태껏 사랑해 온 것은 당신이 아니다."라는 것이다.

자살도 이혼도 불가능했던 테스는 다시 친정으로 돌아오나 부모의 반응은 냉랭하다. 다시 집을 나와 농장에서 품팔이꾼으로 일한다. 그사이 에인절은 브라질로 가서 병고와 신산을 겪는다. 곤경에 처해 있는 테스에게 알렉이 다시 나타나 남편이라고 주장한다. 이때 친정 아버지가 죽는데 '종신 소작인'으로서 그의 죽음은 가족이 살던 집에서 떠나야 함을 의미한다. 땅과 집을 잃은 가족 때문에 테스는 알렉에게 돌아간다. 이때 뒤늦게 에인절이 나타난다. 그는 자기 행동을 뉘우치고 테스도 그에 대한 사랑에는 변함이 없지만 때는 너무 늦어 있었다. 테스는 불행의 근원이 된 알렉을 살해하게 되고 두 달 후 교수형을 받는다. 똑같은 과거가 남성에게는 도덕적 경범죄가 되고 여성에게는 중죄가 되는 성차별이 1880년대의 영국에서도 당연시된 것이다.

영화는 원작에 아주 충실하다. 선두에 선 풍악꾼을 따라 흰옷을 차려 입은 여성들의 행렬이 이어지고 이어서 공터에서 그들의 춤 잔치가 벌어지는 장면부터 그러하다. 이른바 '5월 춤'인데 본래는 농업 신(神)을 기리는 행사다. 교구 목사가 테스 부친에게 경칭을 깎듯이 부쳐 명문 자손임을 알리는 삽화가 나오는 대목도 원작 그대로다. 마지막으로 테스가 경관에게 연행되어 가는 장소는 스톤헨지(Stonehenge)인데 영화는 이 대목에서도 원작에

충실하다. 스톤헨지는 영국 남부의 솔즈베리 고원에 실재하는 거대한 돌기둥 떼를 말한다. 석기 시대 후기의 제사 유적이라고 하는데 어떻게 그리 큰 돌기둥을 세우고 그 위에 천정 돌을 얹어 놓았는지 우리의 상상력을 자극한다.

소설에서 스톤헨지는 큰 구실을 하는 것 같지 않다. 그러나 영상 예술인 영화에서 스톤헨지의 역할은 극히 기능적이다. 농촌의 빈민 출신인 테스는 예쁘고 순진하나 고전적 비극에 어울리는 그릇 큰 인물이 아니다. 그런데 거대한 돌기둥 사이에서 움직이는 사이에 어느덧 거대한 돌기둥과 같은 차원으로 올라선다. 스톤헨지가 그녀의 삶에 웅장한 비극적 규모와 울림을 부여하는 것이다. 이 영화는 전체적으로 전원의 풍광과 당대의 생활상을 지극히 은은하고 아름다운 사진으로 보여 준다. 그 가운데서도 이 스톤헨지 장면은 영상으로서 압권이다. 원작자도 이 영화를 본다면 의도하지 않은 효과에 놀라면서 영상 예술 고유의 예술적 효과에 감탄할 것이다. 적정하고 신속한 장면 이동이나 생략도 이 영화의 매력이다. 과연 거장의 작품이구나 하는 실감이 든다.

주연인 나스타샤 킨스키는 폴란드 계 독일인 성격 배우 클라우드 킨스키의 딸로 열 살 때 부모가 이혼했다. 성적 매력 덩어리 소녀 배우로 알려졌고 이십오 년 연상인 폴란스키를 만나 사랑에 빠지고 지도도 받았으나 그 후 숱한 염문을 뿌렸다. 그녀가 주연한 첫 영화가 「테스」인데 그 후 기대한 만큼의 성장을 보여 주지는 못한 것 같다.

내 사랑 히로시마 Hiroshima mon Amour
(알랭 레네, 1959)

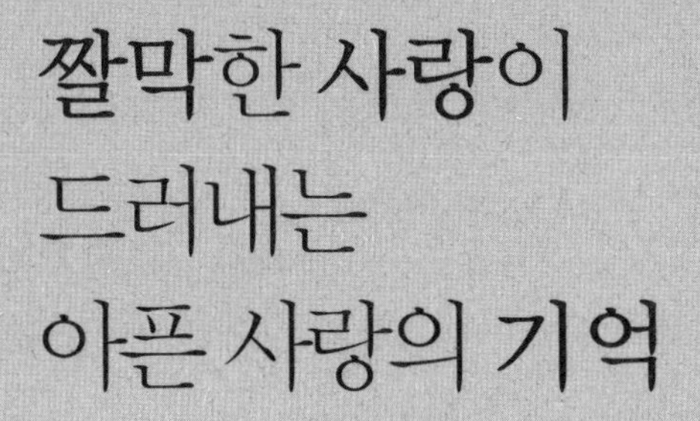

짤막한 사랑이
드러내는
아픈 사랑의 기억

영화는 클로즈업된 팔의 동작으로 시작된다. 처음엔 뭔지 분명치 않지만 끝자락에 가서 더듬는 손길로 미루어 그것이 사람의 팔임을 알게 된다. 또 그것이 애무의 동작임도 짐작하게 된다. 이어서 "당신은 히로시마에서 아무 것도 못 보았다."라는 남자의 목소리가 들려 온다. 그다음 "병원을 보았다. 어찌 안 볼 수가 있느냐."라는 여성의 목소리가 들린다. 그러나 "당신은 아무것도 보지 못했다."라는 남성의 음성은 계속된다. 뒤이어 박물관에 네 번 갔다는 여성의 음성이 들리고 관람객과 전시된 사진과 재현물이 다수 보인다.

뒤틀리고 녹아 버려 살처럼 돼 버린 철제물, 그슬리고 부서진 돌덩이, 꽃다발처럼 뭉쳐진 병마개가 보인다. 이어 '평화 광장'의 사실적인 재현물이 다시 나타난다. 그것을 보고 울었다는 여성의 목소리가 들린다. "히로시마의 운명을 슬퍼했다."라는 소리에 다시 "네가 무얼 안다고 그러느냐?"라는 반론의 소리가 들린다. 뉴스도 보았다며 불구 소녀를 비롯해 생존자들의 모습이 보이고 그럼에도 불구하고 삶은 계속된다는 소리가 들린다.

그다음 피폭일에 벌어진 데모 행렬이 보이고 그들의 분노에 대한 해설이 들린다. 그것은 한 국가가 다른 국가에게, 한 인종이 다른 인종에게, 한 계급이 다른 계급에게 강요한 불평등에 대한 분노라는 소리가 들린다. 그리고 단 구 초 동안에 이십만 명이 사망하고 팔만 명이 부상했으며 지표의 온도가 일만 도에 달했다며 이것을 꼭 기억해야 한다는 소리가 들린다. 여기까지만 보면 히로시마의 참혹한 사례를 들어 반전 운동을 홍보하는 다큐멘터리를 보고 있다는 인상을 받는다. 그러나 애무의 팔과 손 가운데 손 임자가 갑자기 "여기 와서 사랑에 빠질 줄이야."라고 말하면서 영화의 흐름은 바뀐다.

여주인공은 남자가 자기를 황홀하게 해 주었으며 아주 집어삼켜 주기를 바란다. 그리고 죽도록 사랑한다고 생각하며 자기 몸에 맞추어진 남자라고까지 생각한다. 전쟁의 참화와 나란히 격렬한 애정 장면이 평행적으로 그려져 있다. 두 사람은 이제 서로의 신상에 관해서 얘기를 주고받게 되는데 남자는 일본인 건축가이고 아내가 있는 몸이다. 여자는 녹색 눈을 가진 프랑스 인 유부녀이며 평화에 관한 다큐멘터리 영화를 찍으러 히로시마에 온 것이다. 다시 만나자는 남자의 말에 여자는 내일 파리로 돌아간다고 말한다. 자기가 첫 번째 일본인 남자냐는 질문에 여자는 그렇다고 대답하면서 자기가 도덕 불감증에 걸린 것인지도 모른다고 대답한다.

여자의 고향이 느베르이며 거기서 태어나 성장하고 학교에 다녔다는 얘기가 나오면서 여자는 아픈 기억을 토해 낸다. 느베르는 인구 사만의 소도시이고 루아르 강이 흐르고 있다. 독일 군인과 사랑에 빠져 데이트를 했으며 처음엔 헛간에서 다음엔 폐가에서 마지막엔 방 안에서 밀회를 했으며 독일 바바리아로 가서 결혼할 작정이었다. 마지막엔 강가에서 정오에 만나기로 약속했으나 독일군은 뒤에서 저격을 받아 중상을 입었고, 여자가 마지막 시간을 공유했으나 결국 사망했다. 남자는 이십삼 세, 여자는 십팔 세였다. 그가 사망했던 날 해방이 되었고 그녀는 한동안 삭발당한 채 지하실에 갇혀 있었다. 부친은 창피하다며 분노했고 약국 문도 닫았다. 어머니의 권고로 파리로 간 날 히로시마 얘기를 들었다고 느베르의 여인은 털어놓는다. 그 후 십사 년이 흐른 것이다.

그러나 그 얘기가 시간 순서에 따라 일목요연하게 전개되는 것은 아니다. 대화 과정에 조금씩 사랑의 전말(顚末)이 드러나는 것이다. 남편이 여자의 과거를 알고 있느냐는 물음에 여자는 모른다고 대답한다. 그때 남자는 자기가 여자의 생애에서 특별한 존재가 됐다는 생각을 한다. 두 사람이 만난 계기는 확실히 드러나 있지 않지만 결과적으로 남자는 느베르의 여인에게 첫사랑의 남자로 다가간 것이다. 십사 년 동안 운명적인 사랑은 느껴 보지 못했다고 여자는 생각한다. "잠시만 더 머물러 달라, 일주일 아니 며칠만 더 머물러 달라."라는 남자의 간청에 대해 여자는 "당신을 잊을 거야, 아니 벌써 잊었다."라고 말한다. 서로의 이름도 알지 못하는 두 사람에게 히로시마는 남자, 느베르는 여자의 지칭 기호가 된다.

여주인공 역을 하는 에마뉴엘 리바의 표정극(表情劇)이 주요 매력이다. 마르그리트 뒤라스의 대사도 운치 있고 감칠맛이 난다. 서서히 드러나는 여주인공의 사랑에 얽힌 트라우마를 재구성하는 것이 관객의 몫으로 남아 있다. 열여덟 소녀의 사랑의 자전거 행각이나 마지막 다시 느베르를 보고 싶다며 떠올리는 고향의 서정적 정경도 인상적이다. 우리의 과거는 기억으로 남아 있지만 그 기억도 종당엔 퇴색한다는 전언은 망각에 대한 경종으로 들린다. 시간과 기억에 대한 관심이 돋보이는 레네는 한때 누벨바그의 대표적 감독이었다. 일본인 건축가로 나오는 오카다(岡田)는 「모래의 여인」에서 곤충 채집자로 나온 배우이다.

시민 케인 Citizen Kane
(오선 웰스, 1941)

미국인과 '미국의 꿈'에 대한 흥미진진한 **탐구**

감독과 배우로 다채로운 활동을 한 오선 웰스는 전설적인 귀재이다. 최근에 두 권짜리를 포함해서 두 종류의 평전이 새로 간행된 것으로도 그의 무게를 엿볼 수 있다. 자기 재능을 효과적이고 집약적으로 사용하지 못한 천재라는 의견이 있는가 하면 근본적으로는「시민 케인」한 편만을 보여 주었을 뿐 그 이후의 작품은 내리막길이라는 평은 전혀 맞지 않는다는 의견도 있다. 사실 그는 허먼 맨키비츠와 함께「시민 케인」에서 각본상을 탄 것 이외엔 오스카상을 탄 적이 없다. 그러한 사실이 내리막길을 간 천재라는 일부의 통념을 확산시켰다는 혐의도 없지 않다.

십육 세에 고교를 마치자 그는 에이레로 건너가 진학 문제를 검토했다는데 결국 대학은 가지 않았다. 그때만 하더라도 화가가 될 꿈을 가지고 있었다. 그의 만화풍의 그림이 영화 곳곳에 보이는 것은 널리 알려져 있다. 그는 영화가 현대 예술의 맥락 속에서 고려돼야한다면서 다른 예술 분야와의 연관성을 강조하였다. 이십삼 세에 《타임》 커버스토리의 주인공이 된 그는 연기론에 관한 저서 이외에 인종 차별을 규탄하는 칼럼을 쓰기도 하고 고향인 위스콘신 주에서 상원 의원 출마를 고려하기도 했다. 재능 백화점 같은 만능 인간이었던 그의 영속적인 업적은 그러나 영화감독으로서의 성취였다.

약관 이십오 세 때에 감독했다는 「시민 케인」의 성가는 진작부터 들은 바 있다. 그러나 이 영화를 보고 싶었던 것은 좋아하던 조지프 코튼이 출연한다는 사실 때문이었다. 영화의 매력이 줄어든 나이에 뒤늦게 본 영화는 갖가지 특이한 기법이 조금은 호들갑스럽게 여겨졌고 그가 최고의 영화감독으로 장 르누아르를 꼽았다는 사실이 얼마쯤 생소하게 느껴졌다. 그러나 그것은 과도한 기대 때문이었고 영화의 박력과 강렬한 인상은 부인할 수 없다. 보고 나서도 풀리지 않는 궁금증도 영화의 매력이다.

주인공 찰스 케인의 죽음 장면으로 영화는 시작한다. 그는 신문왕으로서 막강한 영향력을 행사했으며 막대한 부를 축적해서 주지사 선거에도 나선 실업가이다. 그의 죽음이 알려지자 기자 톰슨이 수수께끼 같은 그의 삶에 대한 추적을 시작한다. 케인과 가까웠던 인물들을 찾아가 증언을 듣고 그 사람됨의 참모습을 파악하려 한다. 특히 케인이 임종 때 남겼다는 '장미꽃 봉오리(rosebud)'에 대해서 궁금증을 갖는데 거기에 그의 삶의 비밀이 숨어 있다고 생각하기 때문이다. 톰슨의 노력으로 우리가 재구성하게 되는 케인의 삶은 그 자체가 흥미진진하고 또 극적이기도 하다.

그의 어릴 적 환경은 별 볼일 없는 것이었지만 부모가 헐값으로 사 놓은 산에서 금광이 발견되어 벼락부자가 된다. 그는 물려

받은 재산으로 파산 직전에 있던 뉴욕의 신문사를 인수해서 친구 릴런드와 함께 수단을 가리지 않고 신문사를 키워 나간다. 발행 부수 칠십만 부에 이르는 대신문으로 키워 놓았으나 진실 전달이라는 최초의 의도와는 거리가 먼 상업 신문이 돼 버렸다. 그는 많은 지방 신문을 인수해서 말 그대로 신문왕이 돼 버린다. 부와 권력 추구에 열중한 그는 대통령의 질녀와 결혼하였으나 사생활은 행복하지 못했고 술집에서 알게 된 수전과의 애정 행각으로 이혼하게 된다. 뿐만 아니라 정계 진출의 꿈도 좌절되고 만다.

오페라 가수를 꿈꾸는 수전을 프리마 돈나로 만들기 위해 오페라 하우스도 지어 주고 언론의 힘을 빌리지만 뜻대로 되지 않는다. 오페라 가수로서의 수전을 과대평가하는 평을 쓰게 하는 바람에 오랜 친구 릴런드와도 결별하게 된다. 그는 플로리다 주에 거대한 저택을 짓고 사설 동물원을 만들고 많은 물건을 수집하면서 수전과 함께 산다. 그러나 1929년의 대공황으로 그가 경영하던 신문도 폐간하기에 이른다.

거대한 저택에서 사실상 유폐 생활을 하는 수전은 케인의 간청에도 불구하고 그의 곁을 떠난다. 그가 결국은 자신만을 사랑한 자기중심의 인물이란 것이 그녀의 판단이다. 고독한 노인이 된 케인이 세상을 뜨면서 마지막으로 남긴 말이 '장미꽃 봉오리'다. 사후 유품을 정리하는 과정에 벽난로에 내던진 물건 가운데는 그가 어릴 때 쓴 설매가 있었고 거기 새겨진 글씨가 '장미꽃 봉오리'다. 단어 하나가 사람의 일생을 요약할 수 없다는 말을 톰슨은 남기지만 그것이 꼭 영화의 전언이라고 할 수는 없다. 인간사의 수수께끼에 대한 기호라고 보면 될 것이다.

영화에는 쉬 잊히지 않는 극적 장면이 많다. 아내와 정부(情婦) 중 택일해야 할 상황에서 아내와 정치적 장래를 포기하는 장면, 친구 릴런드와 결별하는 장면, 마지막으로 수전과 헤어지는 장면은 극적 긴장으로 차 있다. 각본 원제는 '미국인'였다고 하는데 영화를 이해하는데 아주 시사적인 삽화이다. 시민 케인은 철저하게 미국적 현상이기 때문이다. 이십오 세의 오선 웰스가 청년에서 노년에 이르는 주인공 역할을 하는 것도 놀랍고 같은 말은 릴런드 역할을 하는 조지프 코튼에게도 해당된다.

부운 浮雲
(나루세 미키오, 1955)

질기고 얄궂고 슬픈 인연의 굴레

나루세(成瀨) 감독은 서민들의 일상생활을 꼼꼼히 다룬 영화를 다수 보여 주었다. 초년에 지독한 가난을 경험한 그에겐 어둡고 비관적인 작품이 많은데 여성의 사회적 위치와 곤경에 대해 각별한 관심을 기울였다. 역시 지독한 가난을 겪은 여류 작가 하야시 후미코(林芙美子)의 소설을 영화화한 「밥」, 「번개」, 「늦국화」 등으로 성가를 굳혔는데 2차 대전 종료 후에 나온 하야시의 동명 소설을 영화화한 「부운」은 그의 대표작이라는 평가를 얻고 있다.

1946년 초겨울 배에서 내리는 귀국자의 대열 사진으로 영화는 시작된다. 귀국자 가운데는 유키코라는 젊은 여성이 끼어 있고 그녀는 도쿄의 도미오카의 집을 찾아간다. 유키코를 맞는 도미오카는 별 반가워하는 기색이 아니나 옷을 갈아입고 나와 함께 시내로 나간다. 왜 답장을 하지 않았느냐는 유키코의 물음에 남자는 도쿄로 올 줄 알았다고 대답한다. 어디서 유하느냐는 물음에 유키코는 부모가 소개(疏開)지에서 돌아오지 않아 먼 친척 집에서 유했다는 말을 한다. 이들은 전쟁 중 지금의 베트남에서 만나 사랑하는 사이가 되었다. 아내가 있는 남자는 도쿄에서 온 스물두 살 난 유키코에게 처음엔 짓궂게 대하지만 이내 가까워진 것이다.

좋은 영화가 으레 그렇듯이 대사가 간결하면서도 함축적이다. 유키코는 "남자는 좋겠다."라고 말한다. 아내를 두고 자기 같은 미혼녀를 건드리고도 이렇게 태평하다는 것에 대한 원망과 항의의 함의가 있다. 이에 대해 남자는 "여자란 참 느긋하다."라고 받는다. 피차간에 어려운 처지인데 시비를 걸 참이냐는 질책과 회피의 함의가 있다. 남자는 옛날 생각을 말라며 베트남에서의 일은 꿈을 꾼 것이니 헤어지자고 말한다. 유키코의 등장이 아무래도 부담스럽다는 기색을 감추지 않는다. 사실 남자도 이전에 근무하던 농림부에서 퇴직한 터였다.

이번엔 남자가 유키코를 찾아간 장면이 나온다. 아주 허술한 집 한구석이지만 얼마쯤 여유 있어 보인다. 남자는 부럽다고 말하고 유키코는 참 밉상이라고 받는다. 방문객이 찾아오는데 바로 미군 병사다. 유키코는 나가서 그를 돌려보내고 들어온다. 그 사이 그녀는 '빵빵' 생활을 한 것이다. 2차 대전 직후 매춘 행위를 가리키는 '빵빵'이라는 말이 크게 유행했는데 그 어원은 불명이다. 영업 방해하는 것 아니냐는 남자의 말에 여자는 객을 돌려보냈으니 상관없다고 말한다. 어떻게 알게 됐느냐고 하자 여자는 알 것 없다면서 그도 적적한 처지여서 알게 된 것일 뿐이라고 응수한다. 묵어가도 좋으냐는 남자의 말에 긴장된 대화가 진행되는데 남자가 가끔 들르겠다고 하자 유키코는 그건 싫다고 단호히 말해서 남자는 돌아간다.

두 사람은 이렇게 간헐적으로 만나곤 하는데 바람둥이인 남자는 심심찮게 바람을 피워 유키코의 마음을 아프게 한다. 한번은 어렵사리 찾아가니 그는 여자의 거처에서 살고 있었다. 그사이 남자의 아내가 폐결핵으로 세상을 뜬다. 안대를 하고 찾아온 남자는 유키코에게서 장례 비용을 마련해 가기도 한다. 그 후 유키코는 작심하고 장래 얘기를 꺼내 보지만 남자는 늘 핵심을 피하고 각자의 길을 가자고 답할 뿐이다. 유키코는 그러는 남자에게 정나미가 떨어지기도 하지만 일편단심에는 변함이 없다.

마침내 유키코는 유하고 있던 친척집에서 돈을 챙기고 빠져나와 여관을 정하고 전보로 남자를 불러낸다. 결판을 낼 작정이었으나 남자는 끝내 회피한다. 그러면서 옛 직장 일과 관련해 야쿠시마(屋久島)로 가겠다고 한다. 수령 천 년이 넘는 삼나무 숲이 있는 규슈 남단의 섬이다. 유키코는 같이 가겠다며 따라가나 병이 난 몸인 데다 빗속에 배를 탄 사정도 가세하여 결국 섬에서 죽게 된다. 산에 올랐다가 달려온 남자는 유키코의 입술에 립스틱을 발라 주며 울음을 터트린다.

지겨워하면서도 인연을 끊지 못하는 남녀 간 애증의 집념이 기복 많은 줄거리를 통해 이어진다. 남자의 꿍꿍이속을 잘 알면서도 헤어나지 못하고 적극적인 행보를 보여 주는 유키코의 여성상도 흥미 있다. 무책임하고 불성실하나 악당은 못 되는 남자 역의 모리는 「라쇼몽」에서 사무라이로 나온 배우다. 유키코 역의 다카미네 히데코(高峰秀子)는 아역으로부터 성장해 간 일본의 대표적 여배우인데 눈치 빠르고 맹렬하면서도 여성스러운 역할을 잘 해낸다. 두 사람 사이의 감정의 대립과 음영이 박진감을 얻고 있으며 패전 직후의 일본 사회상도 구경감이다.

작가 하야시의 모친은 규슈 사쿠라지마 온천 여관집의 딸이었다. 그래서 사쿠라지마에는 하야시의 문학 기념관이 있고 그녀의 시를 곳곳에서 볼 수 있다. "꽃의 목숨 짧막하고 괴로움만 많아라." 영화 「부운」의 끝자락에도 이 단시가 적혀 나온다. 출세작이며 1930년대에 육십만 부가 나간 『방랑기』는 영남대학교 최연 교수의 번역으로 우리나라에서도 간행된 바 있다.

제인 에어 Jane Eyre
(델버트 만, 1970)

낭만적
순애보이자
정신적 성장 기록

일본 소설이 쳐들어오기 이전 사실상 여학생의 필독서로 되어 있던 외국 소설은 『제인 에어』, 『폭풍의 언덕』, 『좁은 문』 등이었다. 기세가 많이 꺾인 듯하지만 고전 소설로서의 위치는 요즘에도 큰 변화가 없다. 이들은 일종의 순정 소설로 읽혔던 것인데 수용 양식에는 점차적인 변화가 감지된다. 이 가운데서도 『제인 에어』는 감동적인 순애보(純愛譜)로 수용되었으나 요즘엔 여성의 자기발견과 자아실현의 한 모형으로 간주되는 감이 없지 않다. 그것은 여성주의적 관점의 보급과 관련된다고 생각된다. 또 자녀 교육상의 남녀 차별처럼 한 세대 전만 하더라도 널리 퍼져 있던 현상이 사실상 소멸한 것과 직접 연관된다.

세계적 바이올리니스트 정경화는 「내 생의 첫 책」이란 글에서 이렇게 적고 있다. "제인 에어는 여성을 억압하거나 아니면 무턱대고 이상화하기만 하던 소설 주인공과는 달리 인간 냄새가 나는 여주인공이었고 자신의 삶을 자신의 의지대로 살았던 여성이었다. 이 책을 읽고 난 얼마 후 십이 세에 나는 홀로 미국 유학길에 올랐다. 그리고 줄리아드 음악원에서 공부를 시작했다. 외롭거나 힘들 때마다 '당신의 의지가 당신의 운명을 결정할 것.'이라는 제인 에어의 한 구절을 떠올리곤 했다." 제인 에어는 나어린 신동 음악 지망자에게 자기실현과 극기의 모형으로 비쳤던 것이다.

영어로 쓰인 최초의 낭만주의 소설이란 평가를 받고 있는 『제인 에어』는 사실 낭만적 사랑의 순애보이다. 사회 경험이 넓지 못했던 작자의 필치는 상상 속에서 시종 독자들을 매혹시키며 작품을 끌어간다. 작품 속의 모든 것은 작자의 감수성에 대한 진실성에 의존하고 있다. 여주인공이 일인칭으로 이야기를 전개하는 서술적 특징이 잘 살려져 있어 독자들은 매력 있는 개성 소유자의 정열을 하나의 고백과 같은 직접성으로 받아들이게 된다. 해묵은 저택의 위풍이나 정체를 알 수 없는 괴상한 웃음소리 등 고딕 소설적 장치는 스릴러 같은 긴장감을 안겨 주어 독자의 흥미를 배가시킨다. 그런 점에서 젊은 독자들을 당기는 매혹의 힘은 아주 강력하다.

1950년대에 오선 웰스와 조앤 폰테인이 출연하는 「제인 에어」를 본 적이 있다. 1940년대 중반에 제작된 흑백 영화였고 오선 웰스란 특이한 영화적 개성이 화면을 압도하고 있었다. 로체스터는 크나큰 슬픔과 격정을 지닌 낭만적 인물의 전형인데 오선 웰스의 특이한 풍모가 거기에 어울려 강렬한 인상을 준 것은 사실이다. 그렇지만 괴팍한 특이성이 조금은 과장되었다는 혐의가 없지 않았다. 삼십 년 후에 구경한 델버트 만 감독의 「제인 에어」는 색채 영화로서 고딕 소설적 측면이 한결 누그러진 감이 있었다. 로체스터 역을 맡은 조지 C. 스콧도 한결 비근해졌다는 느낌이다.

까다롭고 쌀쌀맞은 외숙모 밑에서 자란 유년은 제인에게 고통스러운 십 년이다. 영화는 이 부분을 건너뛰어 제인이 로드 학교에 입학하는 것으로 시작한다. 학교생활도 압축적으로 처리된 후 제인이 가정 교사로 손필드 저택으로 들어가면서 줄거리는 원작에 충실해진다. 방화, 연회, 처남의 내방과 부상, 결혼식, 그리고 처남의 결혼 이의 신청, 제인의 탈출, 존 리버스의 구혼, 그리고 일종의 텔레파시 현상에 따른 제인의 손필드 방문과 해피 엔드가 속도감 있게 이어진다. 실명한 로체스터와 결혼하고 아이를 갖게 되고 이 년 후에 로체스터는 한쪽 시력을 회복하는 것이 원작의 줄거리지만 영화에서는 이 부분은 생략되어 있다. 재회와 결혼 약속 장면으로 끝냄으로써 사족을 없앤 것이다.

영화가 사랑 얘기만으로 축소되어 있는 것은 장르의 속성상 불가피한 귀결이다. 델버트 만은 많은 고전을 텔레비전 영화로 만들었는데 「제인 에어」도 그중의 하나다. 그래서 더욱 사랑 얘기가 전경화되었다고 할 수 있다. 원작에는 리버스 목사의 강력한 호소 때문에 그와 결혼하여 인도로 동행하려는 때 제인이 꿈속에서 로체스터가 부르는 소리를 듣는 것으로 되어 있다. 이 맥락에서 리버스 목사의 도덕적 자기중심주의의 오류와 근본주의적 사고의 편향성이 원작에서는 비판적으로 그려져 있다. 당연히 영화에서는 그러한 국면이 가려져 있다. 그리하여 제인의 대담하고 전복적인 여성주의적 사고도 많이 사상되어 있음이 사실이다.

그러나 고집 세고 반항적인 소녀가 섬세한 감수성과 강력한 인품으로 되어 가는 정신적 성장의 궤적은 영화를 통해서도 충분히 인지할 수 있다. 영국의 기숙 학교나 장원 저택을 시각적으로 재현해 보임으로써 영화는 그 자체로서도 흥미 있는 문화적 경험이 된다. 고립된 채 위용을 자랑하는 장원 저택은 소설만 읽어서는 상상하기가 조금은 어렵다. 그림을 그리고 피아노를 치는 제인의 모습에서 기숙 학교 교육의 윤곽도 짐작하게 된다. 가정 교사의 신분적 특수성도 화면에서 더 잘 드러난다. 그런 의미에서 영화는 소설 이해를 위한 좋은 보충 자료가 된다.

양철북 Die Blechtrommel
(폴커 슐뢴도르프, 1979)

나치 시대를 다룬 신랄한 사회 비판

카루소가 고음을 내면 오페라 극장의 유리창에 금이 갔다고 한다. 곧이들리지 않지만 신선하게 들린다. 귄터 그라스의 우의 소설 『양철북』의 화자이자 주인공인 오스카가 소리를 지르면 유리가 깨진다. 태어나면서부터 말짱한 지각을 갖춘 그는 세 살 때 어른들의 추잡한 행동거지에 실망하여 성장을 않기로 결심한다. 지하실 층계에서 뛰어내려 신체 성장이 정지되지만 초능력을 갖게 된 것이다. 어른 세계에 대한 항의나 거부를 위해 그는 이 초능력을 구사한다. 세 살이 되면 양철북을 사 주겠다는 말을 듣고 그는 어머니의 자궁 속으로 다시 돌아가려던 욕구를 포기한 터다.

소설은 오스카 미체라트가 정신 병원에서 얘기를 하는 것으로 시작되지만 영화는 그의 외조모가 남자를 만나는 장면으로 시작된다. 누런 들판과 감자 자루와 전신주가 서 있는 것이 보이고 감자를 구어 먹는 건장한 여인이 보인다. 멀리 달음박질치는 사내가 보이고 한참 뒤에 두 사람이 따라가는 것이 보인다. 한참 뒤 땅딸막한 사내가 다가와 숨겨 달라 한다. 여인은 네 벌의 치마폭 속에 숨겨 주고 추적해 온 두 사람의 경관에게는 거짓 대답을 해 준다. 아주 매혹적인 도입부다. 이렇게 해서 방화범인 사내와 생명의 은인은 뗏목 꾼 사이에 숨어 살며 딸 아그네스를 낳는다. 한 해도 안 되어 경찰의 추적으로 사내는 강물 속으로 뛰어든 뒤 행방이 묘연해진다. 때는 1899년이고 장소는 폴란드와 독일의 접경지대인 단치히다.

소설은 오스카가 태어난 1925년부터 1955년까지를 정식으로 다룬다. 꼬마의 눈을 통해 나치의 지배로부터 전쟁에 이르는 시기의 단치히 소시민의 생활을 꼼꼼하게 보여 준다. 정확한 역사적 사실과 그로테스크한 판타지가 대담하게 혼합되어 있어 정독을 요구한다. 소설 후반은 뒤셀도르프가 무대이고 전후의 세태에 초점이 맞추어져 있는데 영화는 1945년까지만 다루고 있다. 장면 전환이 신속하고 워낙 황당무계한 삽화가 많아 긴장된 관람을 요구한다. 충격적이고 기상천외한 장면으로 차 있어 완전히 몰입하게 된다.

아그네스는 목요일마다 아들 오스카를 데리고 거리로 나가 마커스의 인형 상점에 맡겨 두고 호텔에서 정사를 즐긴다. 상대는 폴란드 인 남편이었던 우체국 직원 브론스키다. 정사 장면은 요즘엔 진부할지 모르지만 1979년이란 시점에선 획기적으로 대담했을 터이다. 아그네스에게 연정을 품고 있는 마커스나 오스카는 아그네스의 불륜을 잘 알고 있다. 오스카의 분노는 성당의 유리를 산산조각 나게 한다. 꼬마들의 잔혹 행위도 충격적이다. 한 떼의 남녀 꼬마들이 개구리를 잡아 국을 끓이고 거기에 소변까지 눈 뒤에 난쟁이 오스카에게 억지로 먹게 한다. 오스카는 한사코 도망치지만 결국 다수파에게 붙잡혀 곤욕을 치른다. 이러한 집단적 잔혹 행위는 아그네스의 장례 때 들른 마커스를 유대 인이라며 쫓아내는 성인들의 행위와 평행 현상을 이룬다.

바다에서 건져 올린 목 잘린 말(馬) 머리에서 고기잡이가 수많은 굵직한 뱀장어를 꺼낸다. 독일인 남편 알프레트 마체라트가 헐값으로 사와 요리를 해 주지만 아그네스는 한사코 먹기를 거부해서 부부 싸움까지 벌인다. 그러던 아그네스가 상점에서 생선 통조림을 뜯어먹기 시작하더니 날 생선을 걸귀 들린 듯이 먹어치워 모두를 놀라게 한다. 오스카의 외조모만이 임신한 것이라고 말하는데 아그네스는 결국 날생선 과식으로 사망하게 된다. 프랑스 작가 라블레를 연상케 하는데 어쨌건 이 영화에서나 볼 수 있는 장면이다. 서커스의 난쟁이 베브라와의 상봉 장면도 기상천외한 발상의 소산이다. 얼굴은 늙어 뵈는 베브라가 몇 살쯤 되어 보이느냐 묻자 오스카는 서른다섯 살로 보인다고 대답한다. 베브라는 쉰 살이며 루이 14세의 직계 자손이라고 말한다. 오스카는 한참 후에 베브라의 전선 위문단에 참여하게 되는데 난쟁이 일단의 행동은 앙증하기 짝이 없다.

아그네스가 죽은 후 집안일을 거들기 위해 어린 소녀 마리아가 들어온다. 나치 집회 출석에 바쁜 알프레트의 부재중에 오스카와 마리아는 최음제를 복용하고 정사를 벌인다. 이로 해서 쿠르트가 태어나는데 알프레트는 그를 오스카의 동생이라 생각한다. 알프레트의 일방통행적 성행위에 마리아는 거세게 항의한다. 소련군이 진주해 오자 나치 배지를 삼켜 알프레트는 질식 직전에 사살당하고 장례 때 아들 쿠르트가 던진 돌에 맞아 오스카는 피를 흘리며 쓰러진다. 그러나 이를 계기로 해서 오스카는 신체적 성장을 하게 된다.

오스카가 단치히를 떠나는 장면으로 영화는 끝나는데 오스카 역은 열두 살 소년이 해내었다. 표현주의 기법이 현저한 원작에 걸맞게 기발하고 충격적인 장면이 많다. 나치 시대 비판이 작품의 취지이지만 여기 보이는 인간 행태가 특정 전체주의 사회에 특유한 현상이 아니라는 데 문제가 있다. 많은 것을 생각게 하는 무게 있는 영화로 「지옥의 묵시록」과 함께 칸 영화제에서 황금종려상을 받았다.

정사 L'avventura
(미켈란젤로 안토니오니, 1960)

삶의
공허함과
삭막한 인간관계

고전의 특징은 반복적 향수가 가능하다는 것이다. 또 반복적인 향수가 필요하기도 하다. 읽을 때마다 전에 간과한 것을 발견하고 새로운 의미 차원을 접하게 된다. 또 문체 자체의 매력 때문에 다시 읽게 된다. 이에 반해 통속적인 작품은 반복적 향수를 견디지 못한다. 줄거리에 거의 전부를 의존하고 있기 때문이다. 영화의 경우도 마찬가지다. 줄거리를 알고 나면 또 보고 싶은 생각은 없어진다. 영상미나 연기가 탁월하면 그 때문에 다시 보고 싶은 경우도 있다. 그러나 광적인 영화 팬이 아니고선 같은 영화를 두 번 보고 싶은 생각은 없을 것이다. 회고 취향이 아니고선 말이다.

기술적 측면에 우수성이 달려 있는 영화의 경우 고전의 매력은 여타 예술과 경쟁이 안 된다. 속성상 시간의 풍화 작용 앞에서 가장 취약하기 때문이다. 그럼에도 불구하고 명작 영화란 것이 있고 다시 보면 전에 간과한 것을 인지하게 되는 경우가 있다. 두 번은 보아야 의미가 뚜렷해지는 영화는 많지 않지만 이탈리아 영화 「정사(情事)」는 그런 영화다. 한 번만으로는 의미를 넉넉히 실감하지 못한다. 문학에서 문체가 시라면 영화의 시는 영상이고 사진이다. 「정사」에는 독특한 시가 곳곳에 박혀 있다. 거의 반세기 전에 제작된 이 영화는 가령 그보다 이십 년 후에 제작된 「양철북」과 비교할 때 템포가 느리고 진부한 구석이 있는 것은 사실이다.

부유층 일행이 요트를 타고 시칠리아 근처로 행락을 간다. 주요 인물은 안나와 그녀의 애인 산드로, 그녀의 친구 클라우디아다. 그밖에 산드로의 사업 관계 지인 부부들이 있다. 이들은 요트를 근처에 정박시키고 조그만 섬으로 간다. 이내 안나가 보이지 않아 수색에 나서지만 찾아지지 않는다. 안나와 애인 사이엔 어떤 괴리가 있다. 영화 도입부에서 안나의 아버지는 산드로가 너와 결혼하지 않을 것이라고 딸에게 말하기도 한다. 요트는 도움을 청하러 가고 일행은 섬을 샅샅이 뒤진다. 바위가 많고 바다가 아니라면 자못 황량한 감이 드는 섬이다. 그들은 멀리 보트를 보지만 거기 안나가 타고 간다는 시사는 전혀 없다.

요트가 경찰과 안나의 아버지를 데리고 돌아온다. 안나의 짐 속에 성서가 있는 것을 알고 아버지는 딸이 성급한 짓을 했을 것 같지 않다고 말하지만 크게 걱정하는 투도 아니다. 일행은 요트로 돌아가는데 산드로는 클라우디아를 잡고 입을 맞춘다. 그녀는 몸을 빼지만 속생각은 헤아리기 어렵다. 육지에 당도하자 산드로는 경찰에 신고한 뒤 기차를 탄 클라우디아를 뒤쫓아 간다.

산드로는 클라우디아에게 사랑한다고 말한다. 그녀는 그를 애인으로 받아들인다. 실종 며칠밖에 안 되었는데 애인도 친구도 안나 생각은 하지 않는 것으로 보인다. 두 사람은 호텔에 들고 남자는 파티장으로 내려가고 몹시 고단하다며 여자는 잠자리에 든다. 잠이 깬 클라우디아가 산드로 방으로 가 보니 보이지 않는다. 아래층으로 내려간 그녀는 소파 위에서 창녀와 동침하고 있는 산드로를 발견하고 돌아선다. 당황한 산드로는 여자에게 지폐를 던져 주고 밖으로 나와 벤치에 앉아 눈물을 흘린다. 클라우디아가 다가와서 손을 서서히 그의 머리에 얹는 것으로 영화는 끝난다.

굳이 적어 보면 이렇게 되지만 영화는 정연한 플롯을 가지고 있지 않다. 안나의 실종 후에 주변 사람들은 마치 그녀가 존재하지 않았던 것처럼 처신한다. 영화는 그녀의 행방과 운명에 관해

© Cinema Photo

서는 무심하다. 인간관계의 근본적인 피상성과 인간 존재의 허망함이 화면을 통해 생생하게 전달된다. 가장 가까운 부친, 애인, 친구의 거동이 그것을 단적으로 말해 준다. 그러나 결혼 후 석 달밖에 안 되는 약제사 부부의 싸움질이 보여 주듯이 영화에서의 인간관계는 냉소적이고 삭막하다. 그렇다고 이들에 대한 경멸이나 도덕적 비난을 유도하지 않는다. 그들의 거동은 지극히 자연스럽고 당연한 것으로 보인다. 그것은 그들이 일용할 양식을 위해 전전긍긍하지 않는 부유층이기 때문일지도 모른다.

영화의 마지막 장면은 그런 의미에서 수수께끼다. 벤치에 앉아 눈물짓는 산드로는 왜 울고 있는 것일까? 정사 장면을 들키고 돈을 달라는 여자에게 지폐를 던져 주는 자신에 대한 혐오감 때문인가? 한때 천재 소리를 들은 건축가였으나 이제 돈벌이로 나선 중년 남자의 자기 연민인가? 애인이 실종되어 생사가 불명한 터에 애인 친구에게 성적 접근을 하는 남성이 진정한 사랑을 알게 되었다고 말하는 것도 무리다. 그런데 그는 콧물까지 흘리며 눈물을 짜는 것이다. 클라우디아가 그를 용서함으로써 영화는 비정한 인간관계를 넘어서는 화해의 지평을 시사하는 것은 사실이다. 그러나 그것은 그야말로 영화적인 끝내기라고 할 수밖에 없다. 삭막한 인간관계를 보여 주는 영화에서 클라우디아 역을 맡은 모니카 비티의 표정과 연기가 구원의 빛을 던지고 있다. 그래서 영원히 여성적인 것이 우리를 인도한다는 말이 생겨났는지도 모른다.

7년 만의 외출 **The Seven Year Itch**
(빌리 와일더, 1955)

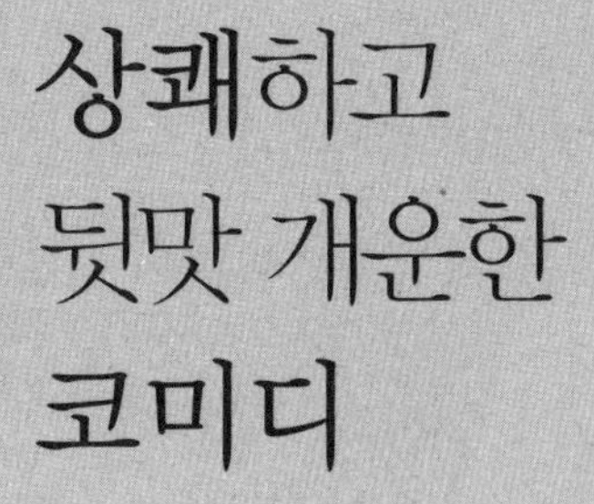

상쾌하고 뒷맛 개운한 코미디

현대는 변주와 덧그림과 패러디의 시대다. 『로미오와 줄리엣』을 직접적으로 체험하고 향수하기보다는 「웨스트사이드 스토리」를 통해 간접 경험한다. 「지옥의 묵시록」을 통해 콘래드의 『암흑의 핵심』을 대충 짐작한다. 모차르트 교향곡 40번의 1악장이나 베토벤 교향곡 7번의 2악장의 주제를 상업 광고 음악 속에서 처음으로 접한다. 보티첼리의 「비너스의 탄생」도 저 유명한 모나리자의 신비한 미소도 그 재현 복제품이 아니라 앤디 워홀이 바꾸어 놓은 변형 복제품을 통해서 알게 된다. 앤디 워홀의 홍보용 사진에서 가장 익숙한 인물은 아마도 메릴린 먼로와 엘비스 프레슬리가 아닌가 생각된다. 팝 아트를 통해 먼로는 비너스나 모나리자의 모델이라는 조콘다 부인과 같은 반열에 오른 것이다.

메릴린 먼로는 1950년대 할리우드의 전설적인 스타로 그녀의 금발과 웃는 모습은 모르는 사람이 없다시피 하다. 정신 병력이 있는 모친의 사생아였던 그녀는 어려서부터 양부모 집을 전전하며 구박과 홀대를 받았다. 거기서 벗어나기 위해 일찌감치 결혼하였고 사진사에 발견되어 핀업 사진의 얼굴이 되었다. 이내 모델이 되었고 영화에도 출연하였다. 유명 야구 선수 조 디마지오와 결혼한 1954년에는 할리우드의 새 여신이 되어 있었고 출연하는 영화가 모두 관객을 크게 모았다. 이어 극작가 아더 밀러와 결혼하여 화제를 모았고 1962년의 죽음은 이 20세기의 신데렐라에게 비극적 후광을 안겨 주었다. 진정제 과용이 사인이며 자살일지도 모른다고 발표되었으나 수다한 소문이 나돌았다.

육체파 배우라는 선입견 때문인지 학생 때 먼로 출연 영화에 별로 관심이 없었다. 조지프 코튼이 출연한 탓에 「나이아가라」

를 용산의 성남극장에서 구경했을 뿐이다. 그러다가 샌디에이고 시절에 케이블 텔레비전으로 보게 된 것이 빌리 와일더 감독의 「7년 만의 외출」이다. 지금의 눈으로 보면 순진하고 경쾌하기 짝이 없는 코미디 영화다. 먼로의 관능미나 이른바 도발적인 연기도 요즘 와서 보면 차라리 청순하다고 해야 할 것이다. 지하철 환풍기에서 나오는 바람에 스커트 자락이 얼굴까지 올라오는 유명한 장면도 도무지 순진하고 깨끗하기만 하다. 한 세대 사이에 성 풍속이나 영화의 취향이 완전히 바뀐 것이라는 느낌을 받는다.

영화는 뉴욕 맨해튼에 거주하던 인디언 원주민들의 여름 풍습을 묘사하는 것으로 시작된다. 더위를 피해 여성과 가족은 시원한 산이나 강으로 가고 남자들만 남아서 사냥이나 고기잡이에 종사한다. 남자들만 남은 맨해튼에 여인이라도 나타나면 일제히 사내들이 모여들어 구경을 하고 뒤따라가기도 한다. 첫머리의 이국적 풍습 사진이 지나가면 현대의 뉴욕으로 장면이 옮겨진다. 역시 현대 미국인들도 여름이 되면 피서를 가는데 남자들은 남아서 직장엘 나간다. 출판사 간부인 셔먼의 집에서도 아내와 아들은 강가로 피서를 가고 가장만이 집에 남는다. 피서를 가는 아내는 의사의 지시대로 금연과 금주를 이행하라고 남편에게 이른다. 셔먼도 그러겠다고 다짐한다.

삼십 대 후반인 셔먼은 삼십 대 초반인 아내와 결혼한 지 칠 년이 된다. 나르시시즘 성향에다 과대망상 기운도 있는 셔먼은 아내가 떠나자마자 백일몽에 탐닉한다. 회사의 여비서가 자기를 좋아해 성적인 접근을 해 와서 사무실에서 이를 물리친다. 혹은 맹장 수술로 입원했을 때 기회가 없다며 간호사가 달려들어 대경실색한 그가 비상벨을 누른다. 병원 관계자들이 몰려와 그녀를 끌고 나간다. 그에게서 인간적인 매력을 느낀다는 게 여성들의 공통적인 고백인데 모두 셔먼 자신의 환상임은 물론이다. 아내도 그의 상상력이 왕성하고 뛰어나다고 우스갯소리로 지적한다.

그런 그에게 칠 년간의 무의식적 갈망을 충족시킬 수 있는 절호의 기회가 찾아온다. 아파트 위층 휴가를 간 이의 집에 광고 모델로 일하는 묘령의 여성이 기거하고 있다. 그녀가 토마토 화분을 떨어트려 하마터면 셔먼이 맞을 뻔하였다. 이를 계기로 내려온 여성과 담소를 나누는데 셔먼은 아내의 부재중에 여성을 만나는 것에 가책을 느낀다. 셔먼의 집에 에어컨 설비가 되어 있어 더위에 시달리는 여성은 거기서 유하게 해 달라고 청한다. 셔먼은 침대를 그녀에게 내 주고 자기는 소파에서 새우잠을 자기도 한다. 또 여성과 피아노 의자에 앉아서 피아노 장난을 하다가 입맞춤을 시도하지만 지레 겁을 먹고 사과하는 등 셔먼은 코미디의 주인공다운 언행을 시종 보여 준다.

한편 공처가인 셔먼은 여성과 같이 있는 것을 양탄자 관리인에게 들켜 혹시 아내에게 이르지 않나 전전긍긍한다. 아내가 옛 전우와 바람을 피우는 것은 아닌가 의심하고 옛 전우에게 대들기도 한다. 1950년대 미국 중산층에 유행하던 정신 분석 요법의 책을 쓴 저자도 등장하는데 환상과 현실의 대조에서 웃음이 나온다. 톰 이웰의 셔먼 역이 괜찮고 절정기 먼로의 매력이 물씬 풍긴다. 무장 해제시키는 먼로의 웃음은 지금 보아도 일품이다.

위대한 개츠비 The Great Gatsby
(잭 클레이튼, 1974)

가난한 청년의 낭만적 환상과 그 행방

피츠제럴드란 이름은 생소하지 않다. "미국 작가인 피츠제럴드를 좋아한다고 하는 그 후배는 그러나 피츠제럴드의 팬답지 않게 아주 얌전하고 매사에 엄숙하고 그리고 가난하였다." 김승옥의 「무진 기행」에 보이는 대목이다. 젊은이들이 애독하는 무라카미 하루키 소설 『노르웨이의 숲』의 주인공은 F. 스콧 피츠제럴드의 애독자다. 화자이기도 한 그는 이렇게 적고 있다. "1968년에 스콧 피츠제럴드를 읽는다는 것은 반동까지는 안 가더라도 결코 권장될 행위는 아니었다." 동양 문화권에서도 그는 이렇게 하나의 살아 있는 전설이다.

비평가 라이어넬 트릴링은 『젊은 베르테르의 슬픔』을 쓴 스물네 살의 괴테와 『낙원의 이쪽』을 쓴 스물네 살의 피츠제럴드 사이에는 언뜻 보기와는 달리 유사성이 있다고 말한다. 두 청년이 모두 미남이고 책이 곧 성공했고 예술보다도 삶에 더 관심이 많았으며 제가끔 들뜬 그들 세대의 대변자이자 상징이었다는 것이다. 피츠제럴드는 재즈의 시대라는 1920년대 미국을 표상한다. 또 힘과 꿈 사이에서 분열된 개츠비야말로 바로 미국 그 자체라는 의견은 거의 정설이 돼 버렸다. 그의 명성과 직결된 것이 『위대한 개츠비』다.

중서부 출신의 가난한 청년 제이 개츠비는 군 복무 중 미모의 데이지 페이를 만나 사랑에 빠진다. 그러나 1차 대전 중 그는 유럽 전선으로 떠나고 기다린다던 데이지는 곧 시카고 출신의 부자 톰 뷰캐넌과 결혼한다. 종전 후 귀국한 개츠비는 데이지의 결혼 사실을 알고 그녀를 되찾고자 롱아일랜드에 대저택을 산다. 여성 관계가 복잡한 톰에게는 머틀 윌슨이라는 정부가 있고 데이지도 알고 있으나 풍족한 생활이 주는 안락함 때문에 톰의 결에 머물러 있다. 여기에 개츠비가 나타난 것이다. 아내의 부정을 알게 된 윌슨이 서부로 가자고 채근하자 광란 상태에 빠진 머틀은 거리로 뛰쳐나가다 데이지가 운전하는 차에 치어 사망하고 윌슨은 아내를 죽인 사람을 찾아 나선다. 머틀을 죽게 한 것이 개츠비라고 알고 있는 톰은 윌슨에게 개츠비의 집을 가르쳐줌으로써 자기 가정의 위험 분자를 제거할 기회로 삼는다. 윌슨의 총을 맞고 개츠비는 젊은 나이에 비명횡사하고 만다.

개츠비는 삼 년 동안 번 돈으로 큰 저택을 사고 호사 주말 파티를 열어 객을 모은다. 첫사랑을 만나 보려는 일편단심에서다. 혹 데이지가 들르지 않나 기다리다 결국 그녀의 친척인 닉 캘러웨이 집에서 그녀를 만나게 되는데 이 장면은 아주 극적이다. 아무것도 모르는 닉은 두 사람을 소개하지만 두 사람은 한동안 말없이 바라보기만 한다. 그러자 개츠비는 우리는 전에 만났다고 말하고 이를 받아 데이지는 여러 해 동안 보지 못했다고 받는다. 개츠비는 팔 년• 만에 보는 것이라 말하고 오는 11월이면 꼭 팔 년이 된다고 덧붙인다. 데이지와 헤어진 후의 날짜를 꼬박꼬박 세고 있었던 것이다. 개츠비의 집을 본 데이지는 그 규모에 놀란다. 집 구경을 시켜준 개츠비는 영국 주재원이 사 보냈다는 호화 셔츠를 방안에 던지며 과시한다. 데이지는 그중 하나를 잡고 이렇게 아름다운 셔츠는 처음 본다며 울음을 터트린다. 왜 자기를 기다리지 않았느냐는 물음에 오랫동안 기다렸다고 말하며 덧붙인다. "부잣집 딸은 가난한 남자와 결혼하지 않지요."

• 원작에는 오 년이라 되어 있는데 영화에서는 팔 년으로 돼 있다. 가난뱅이에서 졸부가 되기까지 오 년이 너무 짧게 생각되어 고친 것이 아닌가 생각된다. 이 밖에 세부에서는 으레 그렇듯이 사소한 변경이 보인다.

개츠비가 죽은 후 신문을 본 고향의 부친이 찾아온다. 수많던 파티 참석자는 다 어디 가고 조문객도 없다. 부친은 아들이 어렸을 때 보았던 책의 빈 페이지에 적힌 '계획표'와 '결심'을 닉에게 들려 준다. 성공을 위해서 노력한 그의 결의와 사람됨이 엿보여 가슴을 뭉클하게 한다. 그가 밀주 제조나 조직 폭력과 연계되어 있다 하더라도 탓하고 싶은 생각은 일지 않는다. 이에 비하면 상속받은 재산으로 호화 생활을 하며 바람이나 피우고 개츠비의 뒷조사나 하는 이중 생활자 톰은 경멸에 값하는 인물이다. 머틀의 죽음에 직접 책임이 있으면서 입을 다물고 아무 일도 없었다는 듯이 남편과 유럽 여행을 떠나는 데이지는 톰과 천생연분이다. 이런 여자를 일편단심으로 사랑한 개츠비가 더욱 딱해 보인다.

영화에는 극적 장면이 많다. 데이지의 요청에 따라 보관해 둔 제복을 입고 춤을 추는 장면이나 호텔에서 데이지를 두고 개츠비와 톰이 기 싸움을 벌이는 장면 등이 모두 흥미 있다. 가끔 나타나는 안과 의사의 광고판도 하나의 상징이다. 호화 배역으로 짜였지만 닉으로 나오는 샘 워터스톤이 인상적이다. 호화판 파티 장면이나 춤 장면도 재즈 시대를 실감케 한다. 그런데도 무언가 공허하다는 느낌을 주는데 그것이 원작에 대한 충직성에서 오는 것인지 다소 상투적인 각색 탓인지는 분명치 않다. 개인적 야심의 낭만적 환상은 시대착오로 보이기도 하지만 매혹적이다. 곧이들리지 않는 인물이라는 개츠비 비판은 미국의 표상이라는 큰 의미 앞에서는 하찮은 것으로 보이기도 한다.

목로주점 Gervaise
(르네 클레망, 1956)

파리 노동 계층 **여성의** 가파른 삶과 전략

1877년에 나온 에밀 졸라의 『목로주점』은 여태 읽지 못했다. 『나나』나 『제르미나르』와는 달리 널리 읽히지 않은 작품이 아닌가 생각된다. 그러나 1980년대 초반에 나온 정명환 교수의 연구서 「졸라와 자연주의」를 통해서 대충 내용은 짐작하고 있었다. 정명환 교수는 『목로주점』 서문 중에서 다음 대목을 인용하고 있다. "나는 우리 변두리의 누추한 환경 속에서 사는 한 노동자 가족의 숙명적인 타락상을 그려 보려고 했다. 주정과 나태의 결과로서 가족 관계의 해체, 남녀 혼거(混居)의 난맥상, 정직한 감정의 점차적인 망각, 그리고 결국에는 수치와 죽음이 온다." 이것이 작품 집필의 동기에 대한 졸라 자신의 설명이다. 여기서 작가의 비판적 안목과 책임 추궁은 사회가 아니라 노동자라는 하층민을 향해 조준되어 있다.

르네 클레망 감독의 영화라 해서 보게 된 「목로주점」의 원제는 다리를 저는 여주인공 이름을 따서 '제르베즈'이다. 아침이 되어 파리의 노동자가 출근하는 장면으로 영화는 시작되는데 파리에 온 지 두 달밖에 안 되는 제르베즈는 동거 중인 랑티에가 외박해서 속이 상한다. 랑티에는 길 건너 싸구려 여관에 투숙 중인 비르지니 자매의 거처에서 밤을 지낸 것이다. 세탁소에서 작업 중 자기를 놀려 대는 비르지니와 싸움이 붙는데 곧 육박전으로 발전하고 제르베즈는 상대의 아랫도리를 벗겨서 볼기를 세탁 기구로 친다. 그사이 랑티에는 비르지니의 동생과 함께 거처를 떠난다. 제르베즈가 열다섯에 만난 랑티에는 모자 제조공이었으나 제르베즈에 기생하고 있으며 정식 결혼을 하지 않은 처지에 남매를 두었다.

혼자된 제르베즈는 기와공인 쿠포와 결혼식을 올린다. 저축한 돈으로 세탁소를 사는데 남편의 서명이 필요해서 부르러 갔으나 쿠포는 지붕에서 추락해 중상을 입는다. 구제 병원으로 보내라는 주위의 권고를 마다하고 남편을 간호하는 제르베즈는 일을 못해 저축한 돈을 다 날려 버린다. 반년 후에 남편은 완쾌하지만 일을 하지 않는다. 이때 그녀에게 호감을 갖고 있는 철공소 노동자인 구제의 제의로 오백 프랑을 빌려 세탁소를 산 제르베즈는 빚을 갚기 위해 저축을 하지만 쿠포는 돈을 몰래 빼돌려 술타령이나 한다. 그사이 파업 관계로 구제는 투옥된다. 순경 부인이 된 비르지니가 찾아와 화해한 것처럼 위장하고 제르베즈에게 복수를 꾀한다. 자기 동생과 헤어진 랑티에를 끌어들여 결국 쿠포는 남자 사이의 우정이라며 아내의 반대에도 불구하고 그를 집 안에서 기거하게 한다. 실망한 구제는 제르베즈의 맏아들을 데리고 떠나고 쿠포는 집 안 물건을 전당포에 맡기고 술타령이나 하다 죽는다. 완전히 영락한 제르베즈는 목로주점에서 일하나 차라리 죽어 버리지 저게 뭐냐는 이웃 사람의 손가락질이나 받는 처지가 된다.

영화는 제르베즈를 주인공으로 한 기구한 여자의 일생 얘기로 요약된다. 성격이 운명이란 명제가 자연주의 소설에서 환경이 곧 운명이라는 명제로 바뀐다는 게 정설이다. 영화만 봐 가지고는 '노동자 가족의 숙명적인 타락상'이라는 생각은 생기지 않는다. 제르베즈는 생활력도 강하고 열심히 일하고 인정도 있는 여성이다. 문제는 주변의 남성들이다. 이들은 제르베즈에게 기생하며 철저히 그녀를 착취하고 있다. 이들은 도대체 염치나 수치심이나 인간 됨의 기본을 모른다. 제르베즈의 약점은 무지하고 구제 말대로 "누구의 말도 거스르지 못한다."라는 점일 것이다.

철저히 착취당하고 있는데도 자기를 방어할 수단을 갖고 있지 못하다. 어쨌건 제르베즈가 영화에서 긍정적 인물로 그려진 것은 사실이다. 여성주의의 관점에서 보면 19세기의 프랑스가 동시대의 아시아보다 앞서 있다고는 생각되지 않는다.

영화에는 제르베즈가 생일을 자축해서 이웃을 초대하고 식사를 하는 장면이 나온다. 거위 고기와 샐러드를 푸짐하게 나누어 먹는다. 모두들 열심히 먹고 화기애애한데 그들에게 가장 보람 있는 즐거움의 순간일 것이다. 하층 노동자라지만 모두들 옷차림은 그럴듯하다. 영화이기 때문에 그런 것인지 아니면 19세기 파리의 노동자가 그 정도의 수준은 된 것인지 가늠하기 어려우나 모든 것이 우리 쪽보다는 한결 풍족해 보인다. 19세기 파리 하층민 생활을 엿볼 수 있어 재미있고 제르베즈의 억척스러우나 보람 없는 삶이 구경거리다. 복잡한 얘기를 이만큼 정연하게 보여 주는 감독의 솜씨는 만만치 않다.

제르베즈 역의 마리아 셸은 빈에서 출생했고 1950년대의 대스타였다. 원제는 알 수 없으나 「고엽(枯葉)」이라고 번역된 표제의 영화가 우리나라에서도 상영되었다. 라프 바르네와 공연한 이 영화를 통해서 마리아 셸의 이름이 널리 알려지게 되었다. 「목로주점」의 연기로 1956년 베니스 영화제에서 여우 주연상을 받은 그녀는 1960년대에 들어서면서 쇠운의 길을 가게 된다. 불운의 여주인공을 다룬 영화가 새 세대에게 먹히지 않게 된 풍조와 관련이 있다.

오만한 자들 Les Orgueilleux
(이브 알레그레, 1953)

뜻하지 않은 외방에서 만난 두 동포

올드 팬들에게 미셸 모르강과 제라르 필리프는 저 건너편의 그리운 이름이다. 「그리운 눈동자」, 「안개 낀 부두」에 나온 미셸 모르강은 그 커다란 눈망울과 그윽한 눈길로 팬들을 매혹시켰다. 1950년대에 라프 바르네와 함께 곡예사로 나오는 영화를 본 일도 있다. 「사랑의 미로」인가 하는 수상한 제목이었는데 원제는 '강박 관념'이 아니었나 생각된다. 그러나 자신은 없다. 제라르 필리프는 스탕달의 소설을 영화화한 「파르마의 수도원」, 「적과 흑」에 각각 주인공으로 나왔으니 문예 영화 팬들은 기억하는 이들이 많을 것이다. 후자는 색채 영화였다. 섬세함과 매혹적인 미소가 특징이어서 장 가뱅과 좋은 대조가 되었지만 애석하게도 마흔도 안 되는 젊은 나이에 세상을 떴다. 두 이름이 겹쳐 있어서 벼르고 보았는데 영어 제목은 '오만한 자와 아름다운 자(The Proud and the Beautiful)'였다.

외침 소리가 섞인 낯선 음악과 바닷가의 한미한 시골 풍경으로 영화는 시작된다. 멕시코의 바닷가 소읍에서 여행 중인 프랑스 인이 구토 증세가 있는 전염병에 감염된다. 그의 아내 넬리는 베라쿠르스 소재 병원으로 가야겠다며 택시를 부르러 나간다. 한낮인데도 술에 취해 비틀거리는 초라한 행색의 주정뱅이 조르주는 주문해 둔 돼지머리를 얻어서 술을 먹으러 가다가 여인과 거의 부딪칠 뻔한다. 재수 없다는 듯이 넬리는 조르주를 쳐다보지만 그것이 운명적인 만남임을 그때 두 사람은 알지 못한다. 환자는 곧 사망하고 혼자 남은 미망인은 남편의 시체를 프랑스로 이송하려 하나 전염 위험 때문에 허용되지 않는다. 남편의 사망에도 불구하고 눈물이 나오지 않아 미망인은 곤혹스러워 한다.

영화에는 네 사람의 주요 인물이 등장한다. 현지인 의사가 나오는데 그 나름으로 헌신적이고 책임감도 있고 능률적이다. 또 새 미망인에게 호의를 베푸는 현지인 사업가가 있는데 호텔과 카페를 경영한다. 그는 그녀에게 일과성 이상의 관심을 가지고 있으며 조르주에게 질투를 느낀다. 조르주는 프랑스 인 의사이지만 멕시코에 와서 산고로 아내를 잃은 뒤 술로 나날을 보내고 허드렛일이나 해서 멕시코 인 유지들의 놀림감이 되어 있다. 미망인은 상류층 여성답게 처음엔 조르주에게 경멸과 혐오감을 갖지만 아내와 사별한 후 달라진 사실을 알고는 일말의 동정과 함께 생각이 달라진다. 성당에서 남편의 관을 운구 중이던 현지인이 쓰러지자 조르주가 자진해서 그 자리를 떠맡는 것도 그녀를 움직인다.

그가 술을 얻어먹기 위해 현지인 호텔 주인이 시키는 대로 광대 춤을 추는 것을 보고 미망인은 연민과 함께 분노를 느낀다. 전염병에 감염된 어린이의 격리 수용을 거절하며 총으로 의사를 위협하는 가장을 본 조르주는 뒷문으로 들어가 감염의 위험을 무릅쓰고 어린이를 안고 병원으로 옮긴다. 그것을 본 미망인은 감동을 받고 뒤따라간다. 밑창이 거덜 난 구두를 벗겨 보이기도 한다. 이에 조르주도 곧 장마철이 되면 바닷게가 육지로 올라오는데 그것을 보여 주고 싶지만 당신은 이제 떠나지 않느냐고 마음 한 자락을 드러내 보이기도 한다. 미망인은 어린이를 위한 헌신을 보고 기대했던 사람을 발견한 느낌이라며 프랑스로 돌아가지 않겠느냐고 권해 본다. 남자는 이대로가 좋다면서 돌아가지 않겠노라고 말한다. 배 표가 있다는데도 끔쩍 않지만 그러면 나는 어떻게 하란 말이냐는 미망인의 말에는 찔끔한다.

호텔로 돌아간 미망인은 가게에서 신사 구두를 사서 호텔 주인을 놀라게 한다. 조르주에게 선물할 것임을 알아차린 주인은 심한 질투를 느끼고 그가 구제 불능의 위인임을 강조하면서 폭력을 행사하고 협박을 가한다. 그러나 미망인의 단호한 의지를 알아차리고 물러선다. 미망인이 보인 관심에 마음이 동한 조르주는 조수 노릇을 해 달라는 의사의 소청을 받아들이고 변모의 낌새를 보여 준다. 선착장에서 일하는 그에게 미망인이 구두를 들고 달려가고 이를 본 웃통 벗은 홀아비 조르주도 마주 달려와 뜨거운 포옹을 하는 것으로 영화는 끝난다.

이브 알레그레 감독의 이 영화는 1953년에 제작된 것이다. 반세기 전에 나온 영화이니 만큼 예스러운 구석이 많다. 그러나 바로 그러하기 때문에 반듯한 영화가 주는 예스러운 감동을 안겨 준다. 과장이 없는 세목도 치밀하게 짜여 있고 인간 본성에 대한 탐구도 역력하다. 남편의 죽음에도 눈물을 흘리지 않았지만 잃어버린 지갑을 찾고 눈물을 흘린 죄 많은 여인이라는 미망인의 고해(告解) 장면을 비롯해 세목들이 실감 있게 전개된다. 우체국의 경관이나 호텔 프런트의 프랑스 여인 안나도 모두 살아 있다. 무시로 터져 나오는 폭죽 소리도 현장감을 준다.

과거의 프랑스 영화는 대체로 중후한 주제를 다루지만 비관론적 색채가 농후하다는 게 특색이었다. 그러나 이 영화는 중후하면서도 어둡지 않아 보기에도 재미있고 뒷맛도 개운하다. 멕시코의 소읍에서 미셸 모르강이 발산하는 고전미가 단연 매혹적이다. 제라르 필리프의 폐인 역할도 그의 다양한 연기력을 보여 주어 그의 요절을 새삼 안타깝게 상기시켜 준다.

디브이디 시대에 들어서서 본 영화

1991~2009

20세기의 중요한 특징의 하나는 기술 공학의 휘황한 발전이다. 그 속도가 너무 빨라 현기증이 날 정도이다. 초기 축음기 음반에서 엘피판을 거쳐 시디에 이르는 변화도 하나의 일상 사례가 된다. 팔일오 이전의 대중 가요 가사가 대체로 삼 절로 되어 있는 것은 음반 일 면을 채우기 위해서였다고 한다. 수동으로 밥을 주고, '트는' 음반은 대체로 삼 분 길이의 노래를 담을 수 있었다. 그러니까 그 불편은 말할 수 없었다. 그나마 그런 축음기를 틀고 즐기는 것은 부자가 아니고서는 엄두도 못 내는 호화판 사치였다.

1950년대 엘피판이 들어왔을 때 그것은 하나의 경이였다. 음악다방 같은 데서도 그것을 아껴 두고 옛 음반을 틀어 주고는 하였다. 불과 이십 년 후에 묵직한 옛 음반 쪽이 희소 가치를 갖게 되리라는 것은 생각하지 못했던 것이다. 1980년대 초에 손바닥만한 디스크에 교향곡 두 곡을 담을 수 있는 시디가 나온다는 보도를 접하고 아직도 우리에겐 먼 얘기라고 생각했다. 그러나 그것은 너무나 빨리 우리의 생활 속에 침투해 들어왔다. 가격도 싸졌다.

1950년대 중반에 명동에 있는 음악다방 '돌체'에서 텔레비전을 설치했다. 미팔군 방영을 시청할 수 있을 뿐이었지만 그래도 그것을 구경하러 가는 사람이 많았다. 불과 십 년 후에 서울 지역에서는 우리 쪽 방영 시청자가 많아졌고 다시 십 년 후에는 보급률이 크게 늘어났다. 다시 십 년도 채 안 되어 이제 컬러텔레비전이 주류가 되었다. 우리는 이 사실에 익숙해 있어서 그 변화 혹은 발전 속도의 놀라움을 실감하지 못한다. 최근에 「와사등」의 시인 김광균의 만년 시집을 읽다가 시인의 고향인 개성에 전기가 들어온 것이 1922년이었다는 사실을 알고 새삼 놀라웠다. 그러니까 삼일 운동이 일어났던 1919년만 하더라도 전국 대부분의 지역에 전기가 들어오지 않았던 것이다. 나 자신도 초등학교에 들어가기 전의 어린 시절에는 전기 구경을 하지 못했다. 1960년대에 들어서야 제한 송전 없이 언제나 전기를 사용할 수 있게 되었다.

젊어서나 나이 들어서나 학생 신분이었을 때 영화를 많이 본 셈이다. 샌디에이고 시절엔 케이블 텔레비전을 통해서 괜찮다는 영화를 선별적으로 볼 수 있었다. 그러나 만 사십에 시작한 서울 생활에서 작심하고 극장에 가서 구경한 것은 불과 몇 번밖에 되지 않는다. 시사회나 프랑스 문화원의 특별 행사 때 구경한 것을 제외하고는 두어 번을 가 보았을 뿐이다. 성가가 높았던 「지옥의 묵시록」을 1980년대에 보았고 최근에 「페인티드 베일」을 구경한 정도이다. 후자는 거주 지역 안의 백화점에 영화관이 생겼다고 해서 겸사겸사 가 보았다. 편안하고 아늑해서 고급이라는 느낌이 들어 자리를 잘못 잡으면 지린내가 나던 오십 년 전의 변두리 극장 생각이 나 다시 한 번 격세지감을 느꼈다. 오십 년 전에 읽은 서머싯 몸의 소설을 대본으로 한 영화를 보는 것도 감회가 깊었다.

그러나 시간을 맞추어 나가야 하는 극장엘 굳이 갈 필요는 느끼지 않는다. 물론 다수 관람객이 커다란 스크린 앞에서 현실 도피의 집단적 공동 최면에 빠져 들어가는 영화관에는 그 고유 매력이 있다. 그렇지만 거기에 이르는 과정과 절차가 너무 성가시고 소모적이다. 그래서 디브이디로 보고 싶은 영화를 본다. 케이블 텔레비전이 있지만 시간 맞추기도 성가시고 또 허드레 영화가 너무나 많다. 디브이디의 장점은 자투리 시간을 선용할 수 있다는 점에 있다. 보고 싶은 때에 볼 만큼 보면 된다. 눈이 피로하면 중간에 쉴 수 있고 또 두었다 볼 수 있어 편리하다. 또 고전의 반열에 드는 영화를 구해 볼 수 있어 좋다. 가격도 상대적으로 저렴해서 전자 민주주의 시대란 말이 실감이 난다. 근대 소설 같은 것은 사실상 '빈민의 고전'이란 성격을 가지고 있지만 영화야말로 대중의 예술이며 향수자의 의지에 따라 '빈민의 새 고전'이 될 수 있다

아직 「망향」을 보지 못했다는 내 글을 읽은 대학원생이 그 디브이디를 구해주어 덕분에 오랜 아쉬움을 풀 수 있었다. 세평대로 볼만한 영화였고 역사적 흥미도 있으나 예상한 대로 옛 영화의 한계도 두루 갖추고 있었다. 영화는 첨단 기술의 예술이다. 나날이 발전하는 기술을 선용한 영화와 초보 단계 영화의 수평 비교는 공정할 수 없다. 더구나 선행 영화를 통해 많은 것을 습득한 후발 영화인의 행운도 간과할 수 없다. 예술에서 전통의 위력은 막강하다. 그러나 관람자는 옛 영화를 오늘의 영화와 같은 차원에 서 수용하게 마련이다. 이럴 때 옛 영화의 더딘 템포나 미숙한 기술적 처리가 불리하게 작용하는 것은 당연하다. 영화의 고전이 다른 예술 고전과 같은 강도의 풍화 작용에 대한 내구성을 갖지 못하는 것은 당연하다.

대학원 학생의 호의로 「심야의 탈주」 같은 영화도 처음으로 구경할 수 있었고 또 「인생 유전」, 「지옥의 묵시록」을 다시 볼 수 있었던 것은 근자의 내 커다란 '낙'의 하나였다.

택시 드라이버 Taxi Driver
(마틴 스콜세지, 1976)

한 외톨이 청년이 보여 준 모험과 '영웅적' 행동의 역정

주인공 트래비스가 택시 운전 자리를 구하는 장면으로 영화는 시작한다. 나이는 이십육 세이고 73년 5월에 제대를 했다. 택시 운전사로 취직하려는 것은 불면증 때문이다. 다소 희롱조의 대답에 취업 담당자가 기분을 상하지만 같은 해병대 출신임을 알고 곧 웃음과 악수를 나눈다. 언제 어디라도 좋다는 트래비스는 오후 여섯 시에서 이튿날 여덟 시까지 밤일을 하게 된다. 뉴욕 거리에서 택시를 몰며 트래비스가 발견한 것은 밤이 되면 창녀, 남창, 마약 밀매인, 동성애자 등 그의 말을 빌면 인간 허드레들이 일제히 활개를 친다는 것이다. 그는 언젠가 뒷거리의 허드레와 쓰레기들이 깨끗이 청소되어야 한다고 생각한다.

대화를 나눌 친구도 없이 고독과 소외감에 싸인 그는 택시를 탄 어린 창녀를 끌어내리는 남자에 경악하고 황당해한다. 대통령 후보 지명전에 뛰어든 팰런타인의 선거 운동 본부에서 일하는 여성 베치에게 끌리어 다짜고짜로 찾아가 자원봉사를 하겠다고 털어놓는다. 그런 저돌적인 자세로 베치와 커피를 마시게 되고 영화 약속까지 하지만 베치와 함께 구경 간 곳은 포르노 영화관이다. 베치는 영화가 시작되자마자 자리를 박차고 나와 택시를 타고 가 버린다. 그는 전화로 사과도 하고 꽃다발도 보내 보지만 꽃은 되돌아오고 베치는 상대를 하지 않는다. 선거 본부로 베치를 찾아가지만 거기서 쫓겨나다시피 하며 "너도 다른 사람과 똑같이 형편없는 허드레."라는 욕설을 퍼붓는다.

우연히 팰런타인을 승객으로 태운 트래비스는 그에게 호의적인 태도를 보이며 '쓰레기'를 말끔히 청소해 달라고 말해서 그를 의아하게 만들기도 한다. 지저분한 뒷거리의 정경이 그를 분노로 몰아가지만 승객 경험도 그의 혐오감을 불린다. 창문에 비치는 여인의 그림자를 가리키며 자기 아내인데 흑인 아파트에서 저러고 있다며 죽여 버리겠다고 말하는 거의 발광 사태의 승객도 있다. 그는 혼란을 느끼고 의욕을 상실한 채 커피점에서 만난 동업자 선배에게 충고를 구하지만 젊음을 즐기라는 말에 실망할 뿐이다.

변화가 필요하다는 생각을 한 트래비스는 뭔가를 하고 싶다는 생각에 권총을 사 들고 체련 단련과 사격 연습을 한다. 정의를 구현하기 위한 힘을 소유하기 위해서다. 상점에 들렀다가 주인을 총으로 위협하는 흑인 강도를 쏘아 쓰러트리기도 한다. 이어 팰런타인 저격을 시도하나 실패하고 어린 창녀 아이리스를 구해 내겠다고 사창굴의 뚜쟁이와 방 주인에게 총격을 가하고 자신도 총상으로 의식 불명 상태가 된다. 끝자락에서는 어린 창녀를 마의 소굴에서 구한 영웅으로 부각된 신문 기사와 딸을 구해 주어 고맙다는 아이리스 부모의 편지를 보여 준다. 아이리스는 학교에 다니며 열심히 공부하고 다시는 가출하지 않겠다는 약속을 했다는 것이다. 택시를 탄 베치가 신문 기사를 잘 보았다며 몸이 어떠냐고 묻자 트래비스는 기사가 과장되어 있다고 대답하며 요금도 받지 않고 자리를 뜨는 것으로 영화는 끝난다.

베트남 전쟁의 후유증이기도 하지만 불면증을 앓다가 대도시의 범죄 다발 지구에서 택시를 모는 청년의 좌절감과 분노와 소외감을 다루어 시종 관객의 허를 찌른다. 흥미 있고 실감 나는 삽화가 연속된다. 19세기 사실주의 그림에서 도시는 왕왕 세속판(世俗版) 지옥으로 나오곤 했는데 영화에 나오는 뉴욕의 정경도 갈데없는 지옥도이다. 택시 거울에 비치는 풍경이 현란하면서도 효과 있게 처리되어 있다. 열두 살짜리 창녀나 그 뚜쟁이가 사창굴

© Steve Schapiro

의 실태나 충격이다. 이 모든 것을 싹쓸이해야겠다는 청년의 심정이야말로 파시즘에 동원되는 대중들이 공유하는 것이다. 그런 맥락에서 파시즘의 심리학 탐구라 불러도 상관없을 것이다. 이들에게 팰런타인 같은 정치인의 구호는 미적지근하기 짝이 없을 것이다. 아이리스의 핌프이자 동업자인 매튜의 두발이나 팰런타인 저격을 결심하고 나서의 트래비스의 스킨헤드 흐름의 두발도 더없이 효과적이다. 총기 및 마약사의 행태도 그렇다.

사실주의 미학의 관점으로 보면 마지막 장면은 모호하다. 총격으로 살상을 저지른 트래비스가 아무리 아이리스 쪽의 호의적 증언이 있다 할지라도 어린 소녀를 구해 준 영웅이라 해서 법의 제재로부터 자유로울 수 있을 것인가? 아니면 그것은 트래비스의 생전의 꿈을 보여 주는 초현실의 희망적 관측의 장면인 것인가? 그것은 아마도 옛 서부 영화의 진실성을 묻는 것과 같은 어리석은 질문일지도 모른다.

이 영화에 대해서는 존 포드 감독의 「수색자」와의 유사성이 지적되고는 했다. 그보다는 악당을 물리치고 황금 마차와 미녀를 얻게 되는 서부 영화의 영웅상이나 그 패러디를 트래비스에게서 발견한다는 점을 음미해야 할 것이다. 베트남 전쟁을 다룬 전쟁 영화 같은 것이 서부 영화를 흡수했기 때문에 서부 영화가 소멸했다는 설명을 방증해 주는 영화다. 한편 그것은 영화의 상호 텍스트성을 확인시켜 주기도 한다. 뉴욕 같은 도시의 사회적 암흑면을 가지고 있으면서 그 여실한 묘사가 가능한 것이 아마도 미국 문화의 강점일 것이다. 배우 로버트 드 니로의 이력을 단단하게 해 준 영화란 면에서도 기억할 만하다.

쇼생크 탈출 **The Shawshank Redemption**
(프랭크 다라봉, 1994)

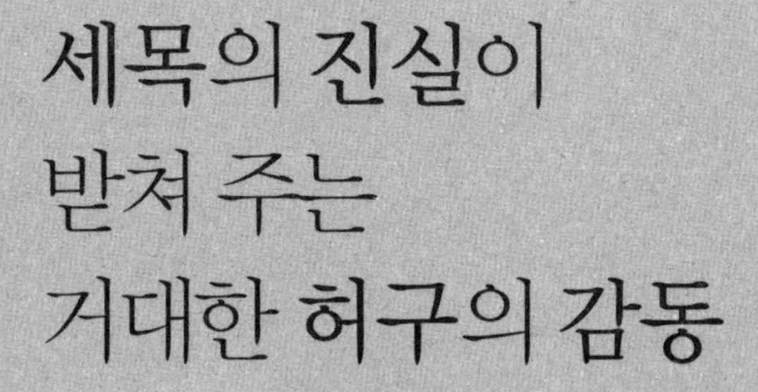

세목의 진실이 받쳐 주는 거대한 허구의 감동

전도유망한 젊은 은행가 앤디가 아내와 그 정부 살인범이란 누명을 쓰고 종신형을 받아 메인 주 소재 쇼생크 형무소에 수감된다. 적응을 못하리라는 첫인상을 뒤집고 그는 잘 견디어 내고 재소자 사이에서 인망조차 얻는다. 주 의회에 매일 탄원서를 보내 도서실을 차리게 되고 또 형무소장의 회계 부정을 잘 처리해 주면서 유령 인물을 내세워 그 저금을 자기가 찾을 수 있도록 한다. 그는 같은 종신형의 흑인 재소자 레드와 우정을 쌓으며 교감하는 처지다. 재소 이십 년 후 그는 조금씩 진행한 굴 파기 끝에 탈옥에 성공하고 때마침 사십 년 감옥 생활 끝에 감형받고 출소한 레드를 멕시코에서 만나 옛 꿈을 이룬다는 줄거리다.

레드가 화자로 들려주는 얘기의 큰 줄거리만 보면 황당무계하다. 아무리 용의주도하다 하더라도 어떻게 그 철통같은 형무소를 벗어나며 더구나 옥중에서 설정한 계좌에서 거금을 찾아내 메인 주에서 멕시코로 탈출할 수 있단 말인가? 그러나 세목의 진실이 너무나 리얼해서 우리는 그 개연성 여부는 따지지 않는다. 영화의 설득력이 그만큼 강력한 것이다. 우리는 "소설이라는 거대한 허위는 세부의 진실에 의해서 성립된다."라는 발자크의 말을 재확인하게 된다. 장구한 시간이 걸리긴 하지만 결국 소원 성취를 하기 때문에 이 영화는 아주 개운한 느낌을 준다. 악질적인 중죄인이나 상습적 비행자가 아닌 이상 관객들은 주인공의 성공에 후련한 카타르시스를 경험하게 마련이다.

모든 수작들이 그렇듯이 빈틈없는 구성, 생동하는 삽화, 박진감 있는 인물 묘사로 시종 관객을 압도한다. 용의주도하고 치밀하면서 과단성 있는 앤디와 사십 년 수감 생활에도 훈훈한 인품을 잃지 않은 레드 사이의 지속적인 교감과 우정이 훌륭한 연기자의 튀지 않는 연기로 생생하게 살아 있다. 형무소 내의 폭력 특히 동성애자들의 폭력도 끔찍하지만 간수들의 체질화된 폭력 행사도 박진감 있다. 좋은 영화의 기초가 좋은 각본에 있다는 것도 다시 확인하게 된다. 가령 뚫린 벽면을 가리고 있는 리타 헤이워즈의 포스터가 메릴린 먼로, 레이첼 웰치의 그것으로 변하는 것도 사소하지만 치밀한 구상의 소산이다.

수용된 지 얼마 안 되어 앤디는 식사 중에 빵에서 구더기를 발견한다. 그것을 본 고령의 브룩스가 구더기를 건네받아 안주머니에 넣고 있는 새에게 먹이는 장면도 실감나는 세목이다. 이 노인은 도서계를 맡고 있다가 오십 년 재소 생활 끝에 감형 받고 출소하게 된다. 그러나 사회에 나가는 것이 두려운 그는 형무소에 남아 있기 위해 동료를 칼로 위협하고 위해를 가하려 하다가 결국 소기의 목적을 이루지 못한다. 출옥 후 보호 감찰 대상자의 숙소에서 그는 "부룩스가 여기에 있었다."라는 말을 새겨 놓고 자살하고 만다. 위협 장면이나 자살 장면이나 관객의 의표를 찌르며 극히 충격적이다.

영화에서 커다란 충격은 타미의 사살이다. 어려서부터 감화원을 전전했던 그는 문맹이지만 쇼생크에서 앤디에게 학습을 받은 후 검정 시험을 치러 합격한다. 그는 형무소 생활 중에 들은 어느 살인자의 고백을 얘기한다. 어떤 클럽에서 일하다가 홧김에 한 골퍼와 유부녀인 그의 정부를 사살했고 그 죄목은 엉뚱하게 정부의 남편이 뒤집어썼다는 것이다. 이것을 실토하는 장면이 나오는데 몸서리쳐질 만큼 실감이 난다. 이 얘기를 들은 앤디는 곧 소장에게 경위를 얘기하고 그자를 확인해 달라고 간청한다. 소장은 그런 말을 곧이듣느냐며 그냥 넘기려 든다. 타미의 말이 틀림없으며 살인자를 찾아내기는 쉬운 일인데 그걸 모른다는 것은 미련한 일이라며 설사 석방된다 하더라도 소장의 회계 부정은 절대 입 밖에 내지 않겠다고 말한다. 격노한 소장은 그를 독방 감금에 처한다.

타미와의 면담을 자청한 형무소장은 형무소 마당가에서 타미에게 살인자의 고백을 다시 확인한다. 법정에서 증언할 수 있느냐는 물음에 타미는 증언할 수 있다고 자신 있게 답변한다. 소장은 얼굴로 신호를 보내고 미리 대기하고 있던 간수가 사격을 가해 타미는 영문도 모르고 쓰러진다. 출소가 임박했는데 그걸 못 참고 탈출을 시도하다 사살됐다고 소장은 앤디에게 말한다. 전율할 만한 장면이요 삽화이다. 이십 년 복역 후, 또 삼십 년 복역 후 레드는 감형 여부의 심사를 받게 되는데 두 차례 모두 보기 좋게 각하된다. 사십 년 복역 후의 심사 자리에서 레드는 제도 자체에 대한 의혹을 원색적으로 토로하는데 이번엔 감형 승인이 내려진다. 제도 운영의 자의성이 실감나게 드러난다.

앤디가 보낸 탄원서 때문에 형무소에 우송된 「피가로의 결혼」의 아리아 음반을 틀어 들려주는 장면도 압권이다. 앤디가 규칙을 위반하고 들려주는 아리아에 형무소 광장을 서성이던 재소자들이 일제히 멈춰 서서 귀를 기울인다. 음악에 굶주렸던 그들은 모두 천상의 소리에 도취되는 것이다. 음악의 힘을 보여 주는 가장 감동적인 영화 장면이라 생각된다. 극장가에서 성적을 못 올리다가 비디오 출시 후 베스트셀러가 되었다는데 영화의 재미와 위력을 보여 주는 상쾌한 감동의 수작이다. 원제의 충실한 번역은 '쇼생크 구제'가 될 것이다. 여러 가지 함의가 있지만 앤디가 레드를 구제해 주는 얘기로 보는 것도 하나의 해석일 것이다.

밀리언 달러 베이비 Million Dollar Baby
(클린트 이스트우드, 2004)

프로 여자 권투 선수의 영광과 비참의 내면

권투 선수를 소재로 한 영화는 적지 않다. 그러나 별로 본 것이 없다. 권투를 좋아하지 않기 때문이다. 우리가 출전하는 국제 경기가 아니라면 스포츠 중계도 보지 않는 편이다. 특히 권투에 대해서는 거리감을 두고 있다. 올림픽 경기장에서 승자가 껑충껑충 뛰면서 좋아하는 장면도 보기 싫다. 유도 선수가 그러는 일은 드물다. 역시 권투에 비해서 유도가 윗길이란 생각을 하게 된다. 모든 운동 경기는 생존 경쟁의 유희적 형태라는 점에서 각박한 면이 있지만 권투는 야만적이다. 「밀리언 달러 베이비」를 보게 된 것은 권투 얘기가 아니라는 얘기를 들었기 때문이다.

로스앤젤레스 소재 체육관이 무대가 되어 영화는 시작된다. 세 사람의 주요 인물이 나온다. 매기라는 여성 권투 챔피언 지망자가 있다. 열세살부터 식당 종업원으로 일해 온 매기의 나이는 서른하나다. 부친은 사망했고 모친은 140킬로그램 나가는 비만증이다. 오빠는 형무소에 있고 여동생도 사단을 안고 있는 문제 가정 출신이다. 그녀는 틈을 내어 펀칭 백 두드리기에 열중이다. 트레이너의 교습을 받으려고 열심이지만 여성은 받지 않는다는 원칙에 따라 프랭키는 그녀를 거부한다.

트레이너인 프랭키는 본래 지혈사였다. 노련한 만큼 신중하고 까다로운 편이다. 가족도 없는 것 같고 외동딸과는 사이가 좋지 않다. 딸에게 꾸준히 편지를 보내지만 그대로 반송되어 온다. 주일마다 거르지 않고 성당에 다니며 고대 아일랜드의 언어인 게일 어 책을 보는 괴짜이기도 한데 인생의 실패자라 자임하고 있다. 한편 스크랩이라는 호칭으로 통하는 체육관의 잡역부가 있다. 왕년의 권투 선수로 이십삼 년간의 선수 생활 중 109회 출전한 이력이 있다. 타이틀전에서 패배하고 한쪽 눈을 실명한 채 삼십구 세에 은퇴한 불우한 인물이다. 그는 프랭키에게 매기를 맡아 훈련시키라고 채근한다. 훈련시킨 선수를 타이틀전에 내세우길 주저하는 프랭키를 챔피언 훼방꾼이라고 비판하기도 한다.

어느 날 프랭키가 충격을 받는다. 경기를 두 번만 더 하고 타이틀전에 나가라고 했던 지도 선수가 매니저를 바꾸고 출전해서 챔피언이 된 것이다. 이런 사단이 있은 데다가 스크랩의 권고와 매기의 열성에 감동한 프랭키는 결국 매기의 훈련을 떠맡게 된다. 기초부터 단단히 익혀야 한다며 프랭키는 그때까지 배운 것을 잊어버리고 오직 트레이너 목소리만 들리도록 해야 한다고 세 가지 조건을 내세운다. 첫째 어떤 지시에도 질문하지 말 것, 둘째 여성임을 잊어버릴 것, 셋째 부상당해도 울지 말 것. 이를 수용하면 트레이너가 되어 주겠다는 것이다.

맹훈련과 악착같은 투지로 매기는 불패의 선수로 성장한다. 번번이 상대방을 일회전에서 쓰러트리는 쾌거였다. 체급을 올렸을 때는 코가 부러지는 시련도 겪었지만 투지를 잃지 않는다. 프랭키는 등에 '모쿠슐라(Mo Cuishle)'란 글씨가 수놓여 있는 실크로브를 사준다. 승승장구 끝에 세계 챔피언에 도전하고 잘 싸웠으나 상대방의 파울과 불의의 공격으로 패하고 척추까지 다치게 된다. 매기는 평생 휠체어 생활에 산소 호흡기를 달고 살아야 한다는 것을 알고 삶을 끝내 달라고 호소하지만 프랭키는 거절한다. 그러나 자책감에 괴로워하는 그에게 스크랩은 자기가 하고 싶었던 일을 성취하고 환호도 받은 매기의 삶은 괜찮은 것이었다며 위로한다. 결국 프랭키는 그녀의 산소 호흡기를 떼어 안락사시킨 후 행방을 감춘다.

관객들은 세 권투인의 역정을 통해서 삶의 의미와 성공과 실

© Merie W. Wallace

패의 의미를 곰곰이 되새기게 된다. 매기의 별명이 된 '모쿠슐라'는 '내 사랑 내 혈육'이란 뜻의 게일 어였다. 친딸과 소원한 프랭키는 매기를 딸이라 생각했고 매기도 프랭키를 아버지처럼 생각했다. 그 자초지종이 가슴을 찡하게 한다. 프로 권투계의 내면도 처절하고 각박하다. 프랭키와 스크랩 사이의 애증 병존의 심리적 교류도 실감 있고 깊이 있다. 좌절한 삶의 회한과 슬픔이 잔잔한 공감을 불러일으킨다.

영화에서 가장 핍진감 있는 장면은 매기 가족의 행태다. 집을 사 주었을 때 보조금 끊어진다며 냉담했던 모친은 불행을 당한 딸의 병실에 변호사를 대동하고 나타나 다짜고짜 재산 양도 서류에 서명하라 채근한다. 손을 못 쓰자 입에다 펜대를 물려준다. 매기는 거절하지만 몸에 문신을 한 오빠와 언니에 대한 연민을 모르는 동생 등 모두 야박하기 짝이 없다. 문학에서나 영화에서나 악이나 비인간적 묘사는 몸서리처질 만큼 박진감이 넘친다.

악의 묘사가 쉽게 성취하는 리얼리즘은 인간 본성의 문제성을 생생하게 보여 준다. 선의 묘사가 쉽게 곧이들리지 않는 것과 대조적이다.

스파게티 웨스턴에서 처음 접했던 감독 클린튼 이스트우드의 듬직한 변모와 노숙한 연기가 감동적이다. 그는 노년에 더할 나위 없는 품위와 긍지를 부여했으며 노년의 가능성에 희망을 주게 한다. 모건 프리먼의 중후하고 원숙한 연기나 힐러리 스웽크의 열연도 볼만하다.

글루미 썬데이 **Ein Lied von Liebe und Tod**
(롤프 쉬벨, 1999)

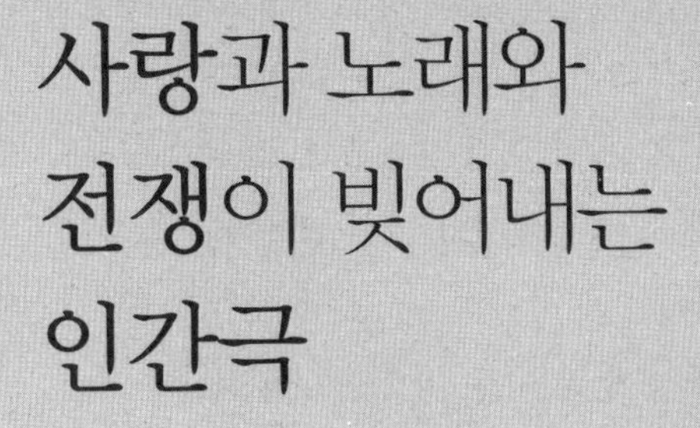

사랑과 노래와 전쟁이 빚어내는 인간극

문학 작품이나 영화에 따라붙는 전설이 있다. 가령 『톰 아저씨의 오두막』이 미국 남북 전쟁 발발에 기여했다는 얘기가 있다. 파란 상의에 노랑 조끼와 바지를 유럽 전역에 유행시키고 많은 청년들을 자살로 몰아넣었다는 것은 『젊은 베르테르의 슬픔』에 따라붙는 얘기다. 이런 전설은 사실에 맞는 것도 있고 과장된 것도 있고 허무맹랑한 것도 있다. 그러나 그 정확도를 가늠하기가 어려운 게 사실이다. 헝가리의 레죄 세레스가 1930년대에 작곡해서 유럽 전역에 퍼져나간 「글루미 썬데이」도 많은 자살자를 낳았다고 알려져 있다.

1960년대에 명문 여고생 몇이 가출 자살했는데 동급생 사이에서는 카뮈 애독자라고 알려져 있었고 소지품에 카뮈 책이 있었다. 곧 카뮈를 읽고 자살했다는 투의 보도가 나가 화제가 되었다. 그러나 사람은 단일한 원인으로 자살하지 않는다. 조건이 구비되어 있는데 또 다른 계기가 도화선이 되어 자살 결행을 하게 되는 것이리라. 이 영화에는 「글루미 썬데이」 때문에 자살자가 속출했다는 얘기를 듣고 작곡자가 고민하는 장면이 있다. 그러자 식당 경영자인 고용주는 이렇게 위로의 말을 해 준다. "작곡자 책임이 아니다. 마지막 가는 길을 즐겁게 해 주었을 뿐."

제목 때문에 보게 된 이 영화에는 몇 개의 화소(話素)가 있다. 레스토랑에서 피아노 연주자로 일하는 안드라스가 작곡한 노래에 얽힌 여러 사연, 역시 레스토랑에서 일하는 미모의 일로나를 둘러싼 젊은 연주자와 레스토랑 주인인 유대 계 라슬로 자보의 사랑, 일로나에게 구혼해서 거절당하고 투신한 이력이 있는 독일군 대령 한스 비크의 행적, 그의 유대 인 색출 작업과 라슬로 및 안드라스와 일로나의 대응이 그것이다. 주제곡이 전편을 통해 연주되고 불리면서 영화의 초점이 되고 분위기를 끌고 간다.

일로나의 생일을 맞아 안드라스는 작곡한 곡을 그녀에게 헌정한다. 일로나 편에서도 청년에게 열렬하게 끌린다. 「글루미 썬데이」 연주가 소문이 나서 많은 고객이 레스토랑을 찾는다. 재벌 가족도 일부러 찾아오는데 재벌 여동생은 자살을 결행한다. 레스토랑에서 곧잘 스케치를 하던 화가도 자살하고 이를 안 안드라스는 자책감에 빠진다. 자신도 자살을 궁리하지만 라슬로와 일로나의 위로를 받고 마음을 고쳐먹는다. 빈의 음반 회사 간부들이 우연히 곡을 듣고 계약을 해서 많은 수익금을 벌게 되지만 백여 명이 자살했다 해서 화제가 된다. 그러나 독일군 대령이 되어 나타난 한스의 연주 부탁과 안드라스의 거절, 난감한 상황을 타개하기 위한 일로나의 가창으로 굴욕감과 절망감에 쌓인 안드라스는 현장에서 자살하고 만다.

일로나를 사이에 둔 삼각관계로 라슬로와 안드라스 사이에는 긴장감이 돈다. 두 사람의 대립에 난처한 입장이 된 일로나는 두 사람의 곁을 아주 떠나겠다고 해서 모두를 당황하게 한다. 두 사람은 일로나를 잃기보다는 반쪽 사랑에 만족하겠다고 해서 기묘한 삼각관계는 지속된다. 일로나는 두 사람을 모두 받아들여 균등하게 사랑을 배분한다. 이 우정 있는 삼각관계는 한스가 독일군 대령으로 등장하면서 사각 구도로 발전한다.

유대 계인 라슬로를 구하기 위해 일로나는 한스에게 달려가지만 그녀의 육체만 탐할 뿐 구해 주지 않는다. 생명의 은인인 라슬로를 도와주지 않는 것은 연적인 탓도 있지만 라슬로가 존엄을 지키면서, 저자세를 취하지 않았기 때문이다. 유대 인 처리 담당이었던 대령 앞에서 라슬로는 기막힌 농담을 들려준다. 나치의 수용소장은 의안의 소유자인데 툭하면 유대 인에게 어느 쪽이 의안인가를 물어서 맞히지 못하면 즉결 처분한다. 한 유대인이 단박에 알아맞혔다. 어찌 그리 단박에 알아차렸느냐는 물음에 그는 대답했다. "따뜻해 보여서 의안인지를 알았지요." 나치의 잔학성에 대한 가장 신랄한 비판이 아닌가 생각한다.

한스는 돈과 귀중품을 받고 부다페스트에서 유대 인 천 명을 구해 주고 그것을 밑천으로 해서 전후의 독일에서 가장 큰 무역업자로 성장한다. 팔십 세 생일을 보내기 위해 부다페스트로 온 한스는, 이제는 일로나의 아들이 경영하는 옛 라슬로 소유의 레스토랑에서 일로나의 사진을 보며 쓰러진다. 그때까지 살아 있던 일로나가 라슬로가 남긴 독약을 타서 복수한 것임이 끝에서 시사된다. 생일이 한스와 같은 그녀는 아들의 생일 축하를 받고, 한스의 시신은 부타페스트를 떠나는 것으로 영화는 끝난다.

노래를 둘러싼 실화라고 디브이디 표지 광고에 적혀 있다. 그러나 노래가 많은 자살자를 낳았다는 사실 이외의 삽화는 대부분 허구일 것이다. 파격적인 삼각관계도 재미있고 일로나의 인간상도 매혹적이다. 잘 짜여진 극적인 순간으로 가득 차 있어 시종 흥미진진하게 보게 된다. 주제 음악의 되풀이도 분위기를 돋워 주고 다뉴브 강에 놓인 다리에서 시작되는 화면 전체가 극히 아름답고 생생하다. 사랑과 죽음과 뒤늦은 복수와 역사적 배경을 적절히 배합한 볼만한 영화다. 주요 인물의 연기도 쉬 잊히지 않는다.

프라하의 봄 The Unbearable Lightness of Being
(필립 카우프먼, 1988)

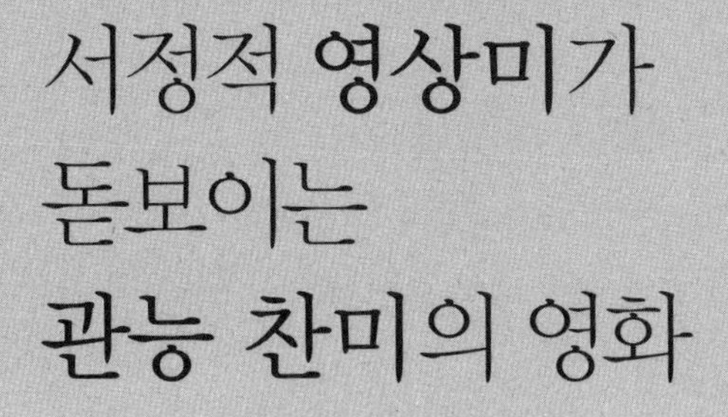

서정적 영상미가 돋보이는 관능 찬미의 영화

원제는 '참을 수 없는 존재의 가벼움(L'insoutenable légèreté de l'êre)'인데 디브이디에는 '프라하의 봄'으로 되어 있다. 이 영화에는 몇 가지 특색이 있다. 액션 영화에서처럼 템포가 빠르지 않다. 등장인물들의 표정이나 동작을 천천히 음미하라는 듯 완만히 진행되는 장면이 많다. 또 비속어나 욕설의 남발이 보이지 않는다. 제네바의 레스토랑에서 여류 화가가 소음을 꺼 달라고 하자 주인이 나와서 고객들이 음악을 좋아하기 때문에 끌 수 없다고 거절한다. 이에 음악이 소음으로 변해 가고 있다고 생각하는 화가는 "쉿(shit)" 하고 나와 버린다. 그밖에 강조형 부사로 "댐(damn)"이란 말이 몇 번 나오는 정도다.

또 서정적 영상미가 아주 빼어나다. 무대가 프라하나 제네바인 탓도 있지만 고풍스러운 건물이 주로 나오고 현대식 빌딩은 보이지 않는다. 최근의 건물이 "세계의 추악화"라고 작중 인물은 말하는데 그런 심미감이 반영되어 있다. 차창의 풍경, 호수의 백조, 체코의 농촌, 늦가을의 벤치, 수확기의 전원과 트랙터, 여성의 누드 등의 영상미가 모두 일품이다. 그래서 마음이 편안해진다.

영화는 병원에서 백의의 천사가 담뱃불을 붙이는 장면으로 시작된다. 수술실에서 방금 나온 젊은 외과 의사 토마스는 "옷을 벗어요."라고 말한다. 그리고 체크할 것이 있다면서 삼 초만 벗어 보라고 말한다. 두 사람은 전날 밤을 함께 보낸 사이이다. 옆방에서 휘장을 통해 이 광경을 바라보는 동료는 절로 혀를 찬다. 외과 의사는 곧 수술 관계로 온천 요양소로 가게 되고 호텔 레스토랑에서 웨이트리스로 일하는 테레사를 처음 보게 된다. 그녀는 두툼한 『안나 카레니나』를 읽고 있었다.

의사의 이름은 토마스이고 이골이 난 바람둥이다. 쿤데라는 소설에서 바람둥이에는 서정형과 서사형의 두 종류가 있다고 말하고 있다. 서정형은 자기의 이상적 여성을 상대 여성에게서 찾고 서사형은 여성의 무한한 다양성을 찾는다는 것이다. 이것은 서정적인 것과 서사적인 것의 고전적 구분과 일치한다. 즉 서정시는 자기 계시적인 주관성의 표현이고 서사시는 세계의 객관성을 포착하려는 충동에서 나온다는 헤겔의 구분과 일치한다는 것이다. 토마스는 서사적 충동의 바람둥이로서 여성 편력을 통해 그 무한한 다양성을 음미하는 것이다.

테레사를 유혹하는 장면에서도 도사의 기량을 보여 준다. 시골이 답답하다며 일자리를 찾아 프라하로 올라온 그녀는 토마스의 아파트를 찾는다. 그녀가 기침을 하자 진찰을 한답시고 얼굴에 손도 대 보고 등에 얼굴도 대고 하더니 눈도 살핀다. 테레사가 경계의 내색을 보이자 자기는 의사라고 안심시킨다. 그러고 나서 입을 벌려 보라 하고 혀를 내밀라 하더니 곧 입맞춤을 하고 침대에 눕힌다. 그리고 쉽게 그녀와 몸을 나누는데 그 과정이 자연스럽고 유려하게 진행된다. 테레사의 출현에도 불구하고 토마스는 사비나와의 정사를 계속한다. 화가인 그녀는 독립 생활을 하며 성에서도 자유로운 삶을 실천한다.

때마침 두브체크가 등장해서 '사람 얼굴을 한 사회주의'가 표방되고 자유화 열기가 지식인 사이에 팽배한다. 러시아 민요 스텐카라친의 연주가 계속되는 무도장이 딸린 레스토랑에서 과거 공산당 간부들이 소련인들과 식사를 한다. 토마스는 자신의 결과적인 죄과를 알고 스스로 맹목이 되는 오이디푸스왕과 대비하면서 그들의 비양심을 규탄한다. 동료들이 발표하라고 채근하는 바람에 그의 글이 신문에 발표된다.

테레사의 요청을 받아들여 결혼을 한 후에도 토마스의 여성 편력은 계속된다. 당연한 항변에 사랑과 성은 다르며 성은 한갓 오락일 뿐이라고 말한다. 사진작가로 일하는 테레사는 집을 나가고 때마침 소련군 탱크가 프라하에 진입한다. 테레사는 탱크에 항의하는 시민들의 모습을 카메라에 담고 나중에 그것을 외국 기자에게 건넨다. 이를 경찰이 파악하고 총살될 수 있다고 위협한다. 마침 사비나가 국외로 나가는 것을 본 토마스 부부도 전에 말이 있었던 제네바의 병원을 목표 삼아 프라하를 떠난다.

먼저 제네바로 온 사비나는 어느 모임에서 목숨을 던져 싸우지 않는 자들은 자유를 누릴 자격이 없다며 항쟁을 역설하는 망명자에게 쏘아붙인다. "그런 당신은 왜 돌아가 싸우지 않느냐." 그녀가 자리를 뜨자 한 신사가 따라와 왜 그런 말을 했느냐고 묻는다. 사비나가 의아해하자 신사는 자기는 경찰이 아니며 대학교수라고 말한다. 이것이 인연이 되어 사비나는 프란츠와 정사에 빠진다. 사비나는 토마스에게 지금껏 만난 남자 중 최고의 남자라고 말한다. 그러나 프란츠가 막상 이혼을 결심하고 집을 나오자 구속이 싫은 그녀는 이사를 해서 행방을 감춰 버린다.

프라하 시민의 항의 사진을 본 제네바의 관계자들이 누드 사진을 권고해서 테레사는 그것을 시도하기도 한다. 바람둥이 버릇을 버리지 못하는 토마스에게 모든 것을 의지하고 있다는 자각은 불안하고 허약한 존재라는 자의식에 이르게 한다. 그녀는 쪽지만 남기고 귀국해 버린다. 혼외정사라는 오락을 탐하긴 하지만 테레사를 사랑한다고 생각하는 토마스도 뒤따라 귀국한다. 그러나 짤막했던 자유화 시절에 발표한 견해를 철회하라는 조건을 거부함으로써 병원 근무가 허용되지 않는다. 그는 유리창 청소나 잡역부로 일하면서 생활한다.

한편 테레사는 술집 웨이트리스로 일한다. 어느 날 미성년이 들어와 술을 요구하자 거절하고 주스를 준다. 그가 나간 후 한 노인 단골이 다가와 왜 미성년자에게 술을 주느냐고 따진다. 주스를 주었을 뿐이라고 해명하는데도 막무가내로 법규 위반이라며 시비를 건다. 이를 한구석에서 지켜보던 건장한 중년 남자가 다가와 테레사 편을 들자 남의 일에 참견하지 말라고 소리를 지른다. 당신이야말로 남의 일에 참견 말라며 시비꾼을 밀쳐 버린다. 그리고 자기는 엔지니어라며 명함을 준다.

이런 일이 있은 후 테레사는 성은 오락일 뿐이라는 토마스에 대한 시위 겸 실험 삼아 엔지니어를 찾아가 정사를 벌인다. 그러나 미성년자와 기사의 사단이 사실은 미리 계획된 함정일지도 모른다는 전직 대사인 노인의 말에 테레사는 불안감을 느낀다. 협박용으로 일을 꾸민 것일지도 모르고 엔지니어의 거처도 아마 여러 군데가 있을지도 모른다는 설명이다. 통제 사회의 한 모서리를 잘 드러내는 삽화인데 불안감을 느낀 테레사는 토마스를 부추겨 프라하를 떠나 농촌으로 내려간다.

오래 기르던 애완견 카레닌이 암에 걸려 안락사를 시킨 후 매장을 한다. 동물에 대한 한없는 연민은 두 사람의 따뜻한 일면과 함께 타인들과 참으로 인간적 유대를 갖지 못한다는 일면을 드러내 주기도 한다. 어쨌든 토마스는 농촌에서 테레사와 함께 참으로 행복하다는 말을 하게 된다. 그러나 한참 떨어져 있는 곳에서 유쾌한 하룻밤을 지낸 후 돌아오는 길에 두 사람은 교통사고로 세상을 뜨게 된다. 사비나는 그 소식을 우편으로 접하게 되는데 실제 죽음의 장면은 제일 마지막에 처리되어 시간이 전도되어 있다.

쿤데라의 원작 소설은 토마스와 테레사, 사비나와 프란츠라는 두 쌍의 생활을 대조적으로 보여 주고 있다. 그것은 『안나 카레니나』가 안나와 카레닌, 키티와 레빈의 생활을 대조적으로 보여 주고 있는 것과 평행을 이룬다. 그러나 영화에서는 사비나와 프란츠의 관계가 최소한으로 축소되어 있어 마치 토마스, 테레사, 사비나의 삼각관계를 보여 주는 듯한 인상을 준다. 또 원작 곳곳에 박혀 있는 사색과 성찰의 요소가 사상(捨象)돼 있어 '존재의 가벼움'이 막상 무얼 의미하는 것인지 모호하다. 전경화되어 있는 것은 관능과 성애가 기본적인 삶의 동력이라는 전언이 담긴 기탄없는 성의 찬미이다. 수려한 영상미라는 장점에도 불구하고 영화가 갖는 한계성은 문학의 강점과 덕목이 무엇인가를 분명히 말해 준다.

1988년에 제작된 이 영화의 감독 필립 카우프먼은 유대 계 미국인이다. 테레사 역은 프랑스 배우가 맡았고 사비나 역은 스웨덴 출신이 맡았다. 토마스 역을 하는 장신의 대니얼 데이 루이스는 영국인이다. 그의 부친은 1930년대에 '오든 그룹'이라고 알려진 좌파 시인 중의 한 사람이었던 C. 데이 루이스이다. 이들 동반자 시인들이 스페인 내전을 경험한 후 사상적 전향을 하게 된 것은 널리 알려진 사실이다.

지옥의 묵시록 Apocalypse Now
(프랜시스 포드 코폴라, 1979)

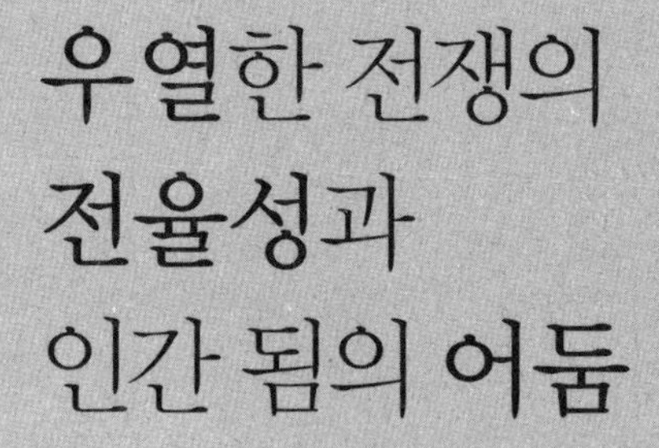

우열한 전쟁의 전율성과 인간 됨의 어둠

널리 알려져 있듯이 1979년에 제작된 이 영화는 1899년에 발표된 콘래드의 중편『암흑의 핵심』을 밑그림으로 가지고 있다. 소설은 젊은 시절 아프리카의 벨기에령(領) 콩고의 회사 소속 기선의 선장으로 일했던 말로가 들려주는 경험담의 형식을 취하고 있다. 선장은 콩고 강 상류의 오지로 배를 몰고 가서 커츠라는 주재원을 데리고 나오는 임무를 받았다. 커츠는 아주 능률적인 사람이나 원주민에겐 가혹한 상아 수집상이다. 영화는 윌러드 대위가 들려주는 월남전 경험담의 형식을 취하고 있다. 순찰선을 타고 올라가 캄보디아 접경의 오지에 있는 커츠 대령을 암살하라는 비밀 지령을 받고 이를 수행한다. 커츠 대령은 유능한 군인이지만 상부의 허가가 없는 상태에서 작전을 하거나 이중간첩의 증거를 잡고 월남군 대령을 포함해 네 명을 처형해서 문제가 된 후 부하를 이끌고 무단 이탈해서 오지로 잠적한 것이다.

상아 수집상이나 대령이나 모두 현지인에게 신과 같은 존재가 되어 있다. 두 사람 모두 죽음에 임해서 "무서워라! 무서워라!" 하는 외마디 소리를 낸다. 두 사람에 대해 각각 상사들은 건전하지 못한 방법을 쓴다고 말하고 있다. 두 사람 모두 예외적인 인물이며 뛰어난 능력자라는 평가를 받은 바 있다. 느슨하기는 하나 두 사람의 커츠 사이에는 진한 친연성이 보인다. 말로나 윌러드 대위나 모두 커츠라는 인물을 통해서 자기 발견에 이르게 된다. 외관상 소설이 전경화하고 있는 것은 서구 제국주의자들의 아프리카 원주민 착취다. 영화가 전경화하고 있는 것은 말할 것도 없이 전쟁의 우열함과 인간의 잔학성이다.

"아침 녘의 네이팜 냄새를 좋아한다."라는 파도타기 애호자인

킬 고어 대령에게서 우리는 전쟁이 파도타기와 같은 취미나 스포츠가 되어 있다는 느낌을 받는다. 항상적인 생명의 위협에 대처하는 한 방식일지도 모르지만 고급 지휘관의 행보로서는 우리를 아연케 한다. 베트콩 장악 마을에 대한 공격에 대해선 수다한 소문이 있었지만 다시 한 번 전쟁의 전율성을 실감케 한다. 윌러드 대위가 탄 플라스틱 순찰선 승무원들의 행태나 긴장 관계도 전쟁터의 현장감을 생생하게 전해 준다. 민간인이 탄 목선을 발견하자 기관장은 목선의 수색을 명령한다. 즉각적이고 신속한 명령 수행이 이루어지지 않자 기관장은 부하를 닦달하고 화가 난 부하는 난폭한 행동으로 대응한다. 명령 계통도 느슨하고 복종심도 엷고 사기가 떨어진 군대의 모습이 잘 드러난다. 같은 흑인인 십칠 세 초년병이 죽었을 때 보이는 기관장의 슬픔이 그나마 희망이다.

전쟁 현장의 구체와 세목이 세심한 구성을 통해 잘 드러난다. 위문 공연단의 공연 장면이나 헬리콥터에서의 성매매 장면이나 핍진감에 차 있다. 특히 관객의 의표를 찌르는 것은 전쟁의 와중에도 끝까지 남아서 농원(農園) 사수를 다짐하고 있는 프랑스 인들의 등장이다. 그들은 세계의 변화에도 불구하고 옛 꿈에 사로잡혀 있는 시대착오적인 인물들이지만 베트남에 와서 전투 중인 미국인도 머지않아 그 같은 존재가 되리라는 것을 암묵적으로 시사하고 있다. 달걀의 노른자와 흰자로 인종주의적 고정 관념을 설명하는 장면도 재미있다.

기관장이 투창에 찔려 죽는 등 가자가지 신고 끝에 윌러드 대위는 커츠 대령의 근거지에 이른다. 반나체의 원주민 추종자들이 모여 있는 장면은 위압감을 준다. 그나마 트릭스터(trickster)인 미국인 사진 기자가 대령과 대위 사이의 매개 역할을 한다. 처음 감금당했으나 곧 풀리어 대위는 풍문과 문서를 통해서만 상상하던 대령을 대면하게 된다. 미국이 낳은 최고의 장교이며 만능이라는 평가를 받았던 그는 결국 한계점에 도달해 제정신이 아니라는 게 상부의 판단이다. 달팽이가 면도칼 위로 기어가는 것을 보았다며 그것이 자신이 악몽이라는 육성은 이미 대위가 들은 바 있다. 대령은 살인마가 타인을 살인마라고 비난한다고 생각하며 그 위선을 견딜 수 없어 한다.

암살자인가 혹은 군인 배달부인가를 묻던 대령은 소아마비 접종을 해 주었더니 어린이의 팔을 모조리 절단하더라는 현장 경험담을 들려준다. 자기가 결코 본분을 망각한 모반자가 아니며 진정한 군인이었다는 것을 아들이 이해해 주기를 그는 바란다. 대위가 암살자이기를 마음 한구석에선 바라고 있으며 엘리엇의 「텅 빈 사람들」을 읊조린다. "무서워라!"가 그의 마지막 말이 된다. 원주민들이 황소 도축의 의례를 치르는 동안 대령도 대위에게 살해된다. 대위가 임무를 수행하고 나서자 원주민들은 길을 비켜 주고 대위가 타고 온 순찰선에 오르는 것으로 영화는 끝난다.

1980년대 초에 명보극장에서 이 영화를 본 적이 있다. 커츠 대령 역의 말런 브랜도가 너무 비대하고 끝 처리가 모호했다. 음향 장치가 잘된 탓인지 요란한 헬리콥터 소리에 머리가 지끈지끈 아파 왔다. 시판되는 디브이디에는 새 장면이 추가되어 있으며 결말의 모호함도 많이 완화되어 있다. 영화 때는 호랑이의 등장 때문에 정말 놀랐는데 디브이디로는 스크린이 작아 전혀 놀라지 않았다. 중편 『암흑의 핵심』과 겹쳐 읽으면 "무서워라!"

의 의미가 더 분명해진다. 월남 전쟁의 한 모서리가 새삼 물리칠 길 없는 전율로 다가온다.

안나 카레니나 Anna Karenina
(버나드 로즈, 1997)

기성 도덕률에
도전한
사랑의 종말

이십 년 전 샌디에이고 체류 때 독일 영화 「로자 룩셈부르크」를 본 적이 있다. '붉은 로자'로 알려졌고 조명희 단편 「낙동강」에 나오는 여주인공 이름의 출처가 되어 준 여류 혁명가의 삶을 다룬 전기 영화다. 묘하게 기억에 남아 있는 장면이 있다. 투옥되었을 때 그녀는 한 여성 교도관의 각별한 배려를 받게 된다. 인품에 끌리어 로자를 존경하게 된 교도관은 성심성의껏 대하고 편의를 보아준다. 한번은 교도관이 로자에게 읽을 책을 추천해 달라고 청한다. 로자가 추천해 준 책은 혁명 이론서나 계급 의식을 고취하는 서적이 아니라 소설 『안나 카레니나』였다. 『마담 보바리』와 함께 누구나 특히 여성 독자들이 읽어야 할 고전이다.

1950년대에 뒤비비에 감독의 「안나 카레니나」를 본 적이 있다. 1940년대 말에 제작된 이 영화에서는 여주인공 역인 절정기 비비안 리의 철도 자살이 기억에 남아 있다. 97년에 나온 로즈 감독의 영화를 보면서 색채 영화의 거역할 길 없는 매력을 실감했다. 꼭 오십 년의 시차를 두고 나온 것인데 영화에서 기술적 첨단성이 갖는 우월성은 너무 막강해서 경쟁을 배제한다. 시대적 고려라는 정상 참작과 감독 고유의 개성이 그나마 비교와 대조를 가능하게 하는 것 같다. 호화로운 의상과 무도장, 길고 긴 복도, 웅장한 교회의 안팎, 농민들의 풀베기, 눈 덮인 광야, 예스러운 승용 마차, 환상적인 발레 장면 등이 색채 영화에서 강력한 효과를 나타낸다. 이번 영화에서는 백조의 호수, 제6번 교향곡, 바이올린 협주곡 등 차이코프스키 음악의 선율 활용도 두드러진 특색이다.

영화는 눈 덮인 평원을 한 줄로 달려오는 이리 떼의 원경(遠景)으로 시작된다. 가만히 보니 한 사내가 쫓기고 있다. 쫓기는 사람이 방향을 바꾸어 점점 가까이 오자 이리 떼의 추적도 바짝 가까워진다. 사내는 황급히 덮개를 치우고 흡사 우물 같은 깊은 구렁으로 몸을 던져 추락하다가 가까스로 나무 뿌리를 잡고 매달린다. 위에서는 이리가 무섭게 으르렁거린다. 사내는 독백한다. "언제나 꿈속에서 나뭇가지에 매달려 있다. 죽음이 어쩔 수 없게 나를 기다리고 있음을 알기에 사랑을 알지 못하고 죽는다는 공포가 죽음 자체보다도 더 두렵다. 이 어둠 속의 공포는 나만의 것이 아니고 안나 카레니나의 두려움도 마찬가지였다." 악몽을 꾸는 이 사내가 레빈인데 안나의 처지와 앞날을 예고해 준다.

스케이트장에서 레빈과 키티가 스케이트 타는 장면으로 옮겨진 화면은 이어서 키티의 저택을 보여 준다. 스스로 못생기고 늙었다고 생각하는 레빈의 구혼 신청을 거절하는데 이어 브론스키 백작이 등장한다. 레빈은 한눈에 키티의 마음이 브론스키에게 쏠려 있음을 알아차리고 자존심이 상한 채 그 집을 나선다. 전원생활을 하는 귀족 지주인 그를 키티의 어머니는 농민 옷을 입고 지낸다며 못마땅하게 생각한다.

이번에는 안나와 브론스키가 역에서 만나는 장면이 나온다. 가정 교사와의 불륜 때문에 난리가 난 오빠 집안을 수습하기 위해 모스크바로 온 안나는 기차 속에서 우연히 브론스키 모친과 동행하게 되었다. 생기에 차 있는 안나의 모습에 끌린 브론스키에게 안나도 무감하지는 않다. 마침 역무원이 기차에서 역사(轢死)하는 참사가 생긴다. 참혹한 모습을 본 안나는 오빠 스티브의 마차 속에서 무언가 불길한 징조라고 말한다. 이 예감은 뒷날 안나 자신의 철도 자살로 정당화된다는 감을 준다.

그 후 안나와 브론스키 사이는 급속히 뜨거워진다. 처음 안나는 브론스키의 열정적인 접근에 잊어 달라고 호소한다. 그런 말에 귀 기울일 청년 장교도 아니고 스무 살 이상 나이 차이가 나며 점잖기는 하나 독선적이고 딱딱한 남편에 대해 불만이었던 안나도 자신을 제어하지 못한다. 그다음의 진전은 아주 흔해 빠진 과정을 밟는데 평범한 사실에 더할 나위없는 실감과 범접하기 어려운 진실성을 부여한 점에 톨스토이의 위대함이 있다. 영화는 사건 진행을 잘 요약해서 보여 준다. 유명한 장애물 경마 장면에서 브론스키가 낙마하자 구경하고 있던 안나는 부지중 소리를 지르고 그것은 남편에게 의혹 확신의 계기가 된다. 이어 남편의 경고, 사교계에서의 왕따, 병상에서의 화해, 남편의 이혼 거절 등으로 두 사람은 이탈리아로 가서 그런대로 괜찮은 나날을 보낸다. 그러나 아들을 보고 싶어하는 안나는 귀국해서 사전 통고 없이 아들을 만난다. 아들은 죽었다던 어머니를 만나 "살아 있는 줄 알았다."라고 말해서 안나를 절망케 한다.

남편의 이혼 거절은 계속되고 사교계로의 길이 막힌 안나는 점점 초조해진다. 게다가 브론스키의 모친은 가차 없이 대하며 젊은 며느리를 얻고자 아들을 설득하려 든다. 안나는 신경 과민이 되어 생짜를 피우고 필경엔 마약까지 손댄다. 브론스키 편에서도 지겨워지면서 자기가 안나 때문에 출셋길을 포기한 것을 후회하게 된다. 파국은 이제 시간문제다. 그리하여 불길한 징조였던 역사를 자진해서 선택하게 된다. 브론스키를 마지막으로 보게 되는 것도 자살적인 선택 장면에서다. 사랑의 파국으로 엉망이 된 그는 터키와 싸우는 세르비아에서의 복무를 지원해 군인 수송 열차에 오르는 것이다.

물론 소설이나 영화에서나 안나의 역정과는 달리 행복한 가정을 꾸려 가는 레빈과 키티의 도정도 상호보완적인 대위법을 이루고 있다. 브론스키에 실망한 키티는 결국 소박하며 진실한 레빈과 결혼해서 아들을 낳고 삶의 행복을 맛본다. 그러나 표제에 끌리어 안나와 브론스키의 도정에 관심이 쏠리는 것이 사실이다. 영화는 화려하면서도 시적인 영상미로 관객을 매료시킨다. 다만 영화만 가지고 본다면 여느 대중 소설의 줄거리와 뭐가 다르냐는 의문이 들 수도 있을 것이다. 남편에게 불륜을 고백한 직후 안나의 생각을 적은 다음과 같은 소설 대목은 그런 의문에 대한 답변이 되어 준다.

"사람들은 남편이 이제까지의 팔 년 동안 얼마나 내 목숨을 억눌러 왔으며 내 속에 살아 있던 것을 눌러 왔는가를 알지 못한다. 즉 내가 사랑 없이는 살 수 없는 여자라는 것을 그가 단 한번도 살펴 준 적이 없다는 것을."

소피 마르소의 매력은 압도적이지만 이십 대 초 미혼 여성의 이미지란 생각을 금할 수 없다. 이십여 년의 차이라고는 하나 카레닌은 너무 늙어 보여 연령 차이에서 온 가정 파탄이란 인상을 주기 쉽다. 버나드 로즈는 「불멸의 연인」을 감독한 영국인이고 주연인 숀 빈도 영국인이다.

처녀의 샘 The Virgin Spring
(잉마르 베리만, 1960)

처참한 죽음과
처참한 복수극

2007년 7월에 작고한 잉마르 베리만은 20세기 최고의 영화감독의 한 사람이다. 형이상학적 주제와 인간 내면의 탐색이라는 면에서 독보적인 존재인데 외국 체류 때 「수치」, 「애너의 수난」 등을 본 적이 있다. 특히 「수치」는 베트남에서의 승려 분신 자살 장면도 나오는가 하면 사랑도 예술도 불가능한 사회에서 인간의 타락상을 극단적으로 보여 주어 충격이었다. 최근 디브이디를 통해 「가을 소나타」를 보았는데 모성과 여성 심리 천착이라는 베리만 특유의 주제 의식이 엿보이나 조금은 단조한 편이다. 그래서 옛날 시사 주간지 《타임》 영화란을 통해 처음 알게 되었던 「처녀의 샘」을 얘기해 보고 싶다.

1960년에 제작된 「처녀의 샘」은 중세가 시대 배경이지만 13세기의 스웨덴 담시(譚詩)를 밑그림으로 하고 있다. 농장 주인 집에서 잉그리가 불을 지피는 장면으로 영화는 시작된다. 주인집에서 사생아를 거두어들여 수양딸 겸 하녀로 잉그리를 부리고 있다. 어쩐지 야만인 같은 모습의 잉그리는 오딘 신(神)에게 기도를 드리는데 "어서 오십시오, 도와주세요." 하는 것이 기도 내용이다. 잉그리의 이교(異敎) 성향은 "악의 유혹에서 우리를 구하시고 굴욕과 위협으로부터 저희를 지켜 주소서."라 기도하는 주인의 기독교와 대비가 되어 있다.

주인 내외와 집안의 일꾼들이 식탁에 함께 앉아 식사를 하지만 잉그리는 뒤쪽에 앉아 여주인 마레타가 주는 것을 받아먹는다. 딸 카린의 모습이 보이지 않자 주인은 성당에 초를 가져가야 할 터이니 깨우라고 채근한다. 마레타가 몸이 성치 않은 모양이라고 하자 딸을 너무 감싼다며 엄격히 길러야 한다고 나무란다. 마레타는 딸의 방으로 가서 몸이 성치 않으면 안 가도 좋다고 말하지만 딸은 그런 것은 아니라고 대답한다. 노란 슈미즈와 주일용 가운과 파랑 망토를 입게 하면 성당에 가겠다고 말한다. 마레타는 딸이 원하는 대로 입게 하고 머리를 빗겨 준다. 그리고 빵을 준비하게 한다. 잉그리는 주방에서 발견한 두꺼비를 산 채로 빵 속에 집어넣는다. 카린이 잉그리와 함께 가겠다고 해서 두 사람은 각각 말을 타고 성당을 향해 떠난다.

그들은 농경지를 지나 산길로 들어선다. 자기를 임신시킨 사내와 춤춘 것을 두고 카린에게 잉그리가 억지를 부린다. 카린은 청하는 사람 모두와 춤을 추었다며 잉그리의 뺨을 때린다. 그다음부터 전개되는 상황은 단순하고 명쾌하다. 호화롭게 단장한 카린을 본 숲 속의 도둑 세 사람이 다가선다. 키다리 반벙어리, 보통 사내, 꼬마 등 세 사람은 형제임을 자처하고 염소지기 행색이지만 사실은 도둑이다. 두 사내는 카린에게 성적 폭행을 가하고 타살하고 나서 모조리 옷을 벗겨 챙긴다. 구경하던 꼬마는 카린의 시체로 다가가 몇 줌의 흙을 덮어 준다. 그사이 잉그리는 숨어서 자초지종을 목격하는데 애초엔 돌을 집어 들었지만 슬며시 놓아 버린다.

밤이 되자 농장 주인 집에 세 도둑이 나타난다. 일자리를 구해 남으로 간다며 주인에게 추위를 호소한다. 주인은 저녁을 대접하는데 식사 때의 기도가 카린의 그것과 같음을 알아차린 꼬마는 낮에 있었던 죽음이 생각나 구역질을 한다. 주인집에서 유하게 된 도둑은 죽은 여동생의 옷을 사 달라고 마레타에게 말한다. 카린의 옷인 데다 피가 묻어 있어 사태를 짐작한 주인은 잉그리를 추궁해서 딸의 죽음을 알게 된다. 주인은 세 도둑을 모조리 살해한다. 그리고 딸의 시체를 찾으러 간 주인은 신에게 기도를 드리는데 딸이 누워 있던 자리에서 샘물이 흐르는 것으로 영화는 끝난다.

참혹하기 짝이 없는 자초지종인데 주인의 복수 행위도 도둑들의 소행과 진배없이 잔혹하다. 그것은 무고한 꼬마마저 태기를 쳐 살해하는 장면에 잘 드러난다. "눈에는 눈, 이에는 이."라는 말이 실감난다. 살해 전에 나무를 쓰러뜨려 가지를 처낸 후 나뭇가지로 몸을 치며 목욕하고 나서 복수 행위로 나서는 것에서 보복이 의식(儀式)화되어 있음을 느끼게 된다. 카린에 대한 잉그리의 적의와 질투도 끔찍하다. 카린의 빵에 두꺼비를 집어넣는 것에도 드러나지만 성폭행과 살해 장면을 보면서도 돌을 슬그머니 내려놓는 장면에서도 잘 드러난다. 두꺼비는 그쪽에서 악과 성의 상징이었다.

카린의 죽음을 두고 소원 성취했다고 생각하는 잉그리는 오딘 신(神)에게 기도를 드린 것이 주효했다고 생각한다. 한편 마레타는 신보다도 딸을 더 사랑했고 자기보다 아버지를 따르는 것에 질투를 느끼는 자기를 징벌하기 위해 딸이 죽은 것이라고 생각한다. 딸의 피살 장면에서 딸의 죽음을 허락한 신을 도저히 이해 못하지만 회개하겠다고 아버지는 외친다. 다른 방도가 없다며 딸의 주검을 두고 "석고와 돌로 된 교회를 이 손으로 세우겠습니다."라고 맹서한다. 새로 생긴 샘에서 솟아나는 샘물로 마레타는 죽은 딸의 얼굴을 씻어 준다. 잉그리도 제 얼굴을 씻는데 죄의 사면을 위한 것이겠지만 우리가 느끼는 것은 인간의 한없는 잔학성이다. 중세의 궁핍한 생활 조건은 이 잔학성을 더욱 돋보이게 한다. 인간에 대한 환상이 없는 이 느린 템포의 영화는 삶의 가혹성을 전율적으로 보여 준다.

구름 저편에 **Al di Là delle Nuvole**
(미켈란젤로 안토니오니, 1995)

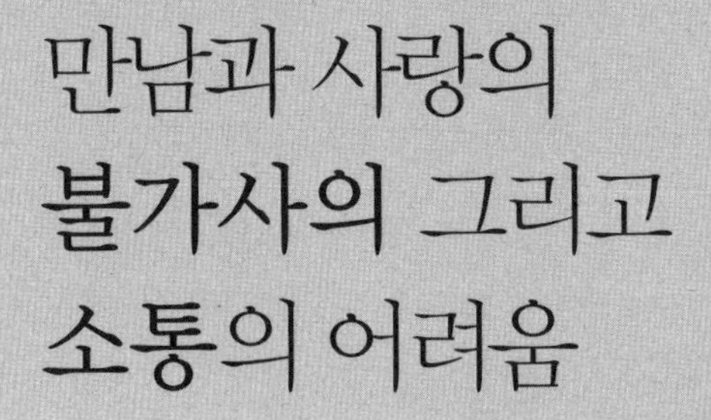

만남과 사랑의 불가사의 그리고 소통의 어려움

도하 신문이 잉마르 베리만의 타계를 일제히 보도한 이튿날 다시 미켈란젤로 안토니오니의 타계를 보도했다. 사망 날짜는 모두 7월 31일로 되어 있다. 20세기 최상급 영화감독 두 사람이 같은 날짜에 세상을 뜬 것이다. 영국의《가디언 위클리》8월 첫 호를 보니 잉마르 베리만의 사망 기사가 한 페이지를 가뜩 채우고 있지만 안토니오니 사망에 대한 언급은 전혀 없다. 본 바 대로 인간 조건의 진실을 말하려고 했다는 베리만의 삶과 영화를 요약한 기사에는 안토니오니, 구로사와, 레이, 와일더, 비스콘티와 동일한 재능의 반열에 베리만을 올려놓고 있다. 그렇기 때문에 더욱 안토니오니의 언급이 없는 것이 돋보였다.•

안토니오니는 유명한「정사」를 통해 알게 되었고 소감을 적은 바가 있다. 그 후 많은 수작을 냈다지만 디브이디로 근자에 구경한 것은「구름 저편에」정도다. 색채 영화여서 더욱 돋보이는 서정적 화면은 더할 나위 없이 일품이지만 모더니스트의 '예술 영화'답게 모호한 구석도 적지 않다. 관객 쪽에서도 적극적으로 동참해서 영화의 의미를 완성해야 하는, 말하자면 열린 텍스트이다. 그러나 그림엽서 같은 유서 깊은 도시의 운치 있는 거리나 건물의 정경은 그것만으로도 압권이다.

영화는 비행기 날개의 클로즈업 장면으로 시작한다. 이어 구름이 보이고 비행기 안에 앉아 있는 승객이 보인다. 그는 영화감독이고 한 작품을 막 끝낸 처지로 다음 작품을 구상하기 위해 여행 중이다. 그는 이미지에 집착하는 사람으로 자처하고 있는데 사진은 주변의 피사체의 표면을 찍는 것일 뿐이요 그 이면의 것

• 그러나 일주일 후의《가디언 위클리》에는 안토니오니에 관한 장문의 사망 기사가 나 있다. 아마 시간상으로 베리만의 사망이 앞섰던 것 같다.

을 찾는 게 자기의 과업이라 여기고 있다. 그는 친구에게 들은 얘기라며 한 쌍의 남녀 얘기를 보여 주려는데 자기에게는 이상하게 들리지만 페라라에서는 그렇지 않은 것 같다고 말한다. 페라라는 이탈리아 북부, 베니스에서 서남쪽으로 조금 떨어져 있는 도시로 안토니오니의 고향이기도 하다.

안개 자욱한 페라라에서 한 청년이 자기 차에서 내린다. 긴 회랑 저편에서 자전거를 탄 젊은 여성이 오고 청년은 다가가 근처에 호텔이 있느냐고 묻는다. 여성은 손가락질로 가르쳐 주고 청년은 그 호텔에 방을 정한다. 나중에 보니 그 젊은 여성이 호텔 식당에서 식사를 하고 있다. 청년이 다가가 배수펌프 기술자라며 인사를 하고 여성은 교사라고 신분을 밝힌다. 청년은 여성의 눈빛에 끌린다며 입맞춤을 나누지만 두 사람은 각각 자기 방에서 밤을 보낸다. 이튿날 아침 청년이 여성의 방을 두드려도 대답이 없다. 프런트에 물어보니 아침 일찍 출근했다고 말한다.

삼 년 뒤 그들은 다른 도시에서 해후한다. 영화 구경을 끝내고 나오던 청년은 역시 영화관에서 나와 친구와 얘기 중인 여성을 본다. 다시 만나 보는 게 기적이라고 청년이 말하자 여성은 세상에 우연은 없다고 받는다. 그동안 죽 생각했다며 왜 그때 인사도 않고 호텔을 나갔느냐고 청년이 묻는다. 그날 밤 자기는 내내 기다리고 있었다고 여성이 받는다. 두 사람은 자연스럽게 여성의 거처로 가서 얘기를 나눈다. 혼자냐는 물음에 지금은 혼자이지만 일 년 동안 남자와 동서생활을 했다며 그에게서 얼마 전에 온 편지 내용을 들려준다. 입맞춤의 시도에 여성은 외면을 한다. 청년은 방을 나와 한참 걷다가 발길을 돌려 여성의 거처로 다시 간다. 두 사람은 침대로 가지만 벌거숭이인 채로 청년은 애무 직전의 동작만 계속하다가 방을 나와 버린다. 황당한 처지가 된 여성이 창가에 가 내다보니 청년도 걸음을 멈추고 여성 쪽을 바라본다. 그러고 나서 자기 길을 가 버린다. 소유한 적이 없는 그 여성을 청년은 계속 사랑했는데 그것은 바보 같은 자존심이거나 그 도시의 고요한 어리석음 때문이었을 것이라고 감독이 소감을 말한다.

대화가 간결하면서도 감칠맛이 있고 이 기묘한 사랑에 대해서 관객은 여러모로 생각을 하게 된다. 그러나 어떤 단정적인 결론에 이르지 못한다. 청년의 여체 단념 혹은 포기의 이유는 무엇일까? 오직 여러 가지 개연성이 열려 있을 뿐이다. 쉽게 설명할 수 없고 납득할 수 없는 어떤 것이 인간관계에는 따르게 마련이라고 생각할 수밖에 없다. 이 페라라의 남녀가 영화의 첫 번째 삽화를 보여주고 있는데 두 번째 삽화는 감독의 정사를 다루고 있다. 조그만 항구의 물가에 있는 양장점에서 근무하는 젊은 여성에 끌리어 감독은 그녀를 따라 간다. 그녀는 부친 살해로 삼 개월 간 감방 생활을 한 이력이 있다. 열 두 번이나 찔러서 척살했다는 것인데 그 이유는 알 길이 없다. 죄책감 때문에 범행 장소를 찾는다지만 자기는 정반대의 이유로 현장을 찾는다고 그녀는 말한다. 감독은 결국 그녀와 진한 정사를 나누고 헤어진다.

삼 년이나 남편의 외도를 견디다가 견딜 수 없어 집을 뛰쳐나온 중년 부인, 골목길에서 만난 여성을 성당까지 끈질기게 따라가며 접근을 시도하지만 그 이튿날이면 수녀원으로 들어간다는 말에 낙망하는 청년이 각각 제3과 제4의 삽화가 되어 있다. 네 개의 삽화를 그리면서 영화가 보여 주는 것은 인간관계의 불가사의와 인간 사이의 소통의 어려움이다. 우리가 얼마만큼 우리에게 일어난 일을 이해할 수 있는 것일까를 반성하고 숙고하게 한다. 영화는 현상을 보여 주기만 할 뿐 유권적인 논평은 가하지 않는다. 그러한 의미에서 철학적인 예술 영화다.

옛 정취가 고스란히 남아 있는 도시의 뒷골목 그리고 거기에 내리는 비가 환상적이다. 거주 공간이 얼마나 중요하며 우리의 생활 환경이 얼마나 황량한 것인가를 실감케 한다. 다시 한 번 보면 처음 놓쳤던 많은 것을 볼 수 있을 것 같다는 생각이 든다. 거푸 보기를 요청하는 영화다.

디어 헌터 The Deer Hunter
(마이클 치미노, 1978)

참전 군인들의 그 전날 밤과 일자 이후

조금 더 길었다면 좋을 뻔했다는 느낌이 드는 영화가 사실은 알찬 영화다. 너무 길면 다소 지루해지고 산만하다는 인상을 남긴다. 「디어 헌터」는 그런 면에서 압축이 요망되는 영화다. 그렇다고 영화에 불필요한 장면이 많다든가 긴장감이 없다든가 한 것은 전혀 아니다. 베트남 전쟁 장면으로 급속한 전환을 하면서 영화는 사실 숨 막히는 박진삼을 준다. 그럼에도 서두의 장면이 너무 떠들썩하고 장황해서 정신이 어지럽다.

영화는 유조차의 육중한 모습과 더불어 제철소와 불빛과 노동자의 모습과 사이렌 소리로 시작한다. 장소는 펜실베니아 주의 클레어튼이란 조그만 우크라이나 출신의 러시아 인 이민촌으로 시기는 베트남 전쟁이 한창이던 1960년대 말이다. 제철소에서 일하는 마이클, 닉, 스티븐이란 세 청년이 곧 입대하기로 되어 있다. 그리고 스티븐은 안젤라와 결혼하는데 러시아 정교회에서 결혼식은 화려하게 거행된다. 그 피로연과 무도 장면과 사슴 사냥 장면이 이어진다. 허술해 보여도 정교하게 조직되고 삽입된 뜻깊은 세부 장면이 많은 것은 사실이다.

입대와 참전을 얘기하며 마이클이 "우리가 살아올 수 있을까?" 하고 말을 꺼내자 닉은 "여기는 내 터전."이라며 꼭 돌아온다고 말한다. 스티븐은 "무슨 일이 있어도 꼭 날 데려온다고 약속해 달라."라고 말한다. 나무를 사랑하며 수목들이 제가끔 서 있는 것을 좋아한다던 닉은 결국 돌아오지 못하고 자기를 꼭 데려와 달라던 스티븐은 다리가 잘린 상이군인으로 돌아온다. 그리고 화제를 꺼냈던 마이크만이 정신적 외상은 컸지만 육신은 멀쩡해서 돌아오게 된다. 결혼식장에서 신부가 던진 꽃다발을 받은 것은 들러리 선 린다이지만 그녀는 닉과 결혼하지 못하게 된다. 한 방울도 흘리지 않고 마시면 행운이 온다는 포도주를 신랑 신부가 마시는데 몇 방울이 신부 안젤라의 드레스에 떨어진다. 그녀는 결국 불행한 아내가 되고 만다. 술집에서 본 공수 부대 하사관에게 전쟁 얘기를 묻자 외마디 상소리를 내뱉을 뿐이다. 몇 번을 물어도 얼굴도 들지 않고 상소리뿐이다. 이 모든 것이 정교히 계산된 구성의 산물이다. 스티븐의 결혼식으로 시작해서 닉의 장례식으로 끝나는 끝막음, 한 방에 사슴을 쓰러트리는 장면과 끝자락에서 사슴을 그냥 놓아주는 장면의 대비가 모두 계산된 것이다. 난장판에 가까운 생기발랄한 첫머리와 끝자락의 침통한 분위기 또한 좋은 대조를 이루고 있다. 그렇지만 도입부가 너무 장황하다는 느낌은 떨칠 수가 없다.

베트남으로 장면을 옮기면서 분위기는 일전한다. 특히 러시안 룰렛을 하는 장면에서 긴장이 고조된다. 전쟁터에서 과연 그런 러시안 룰렛 도박판이 벌어졌느냐 하는 것은 문제가 되지 않는다. 어떤 일도 가능한 것이 전쟁판이고 그러기에 우리는 전쟁이 두려운 것이다. 겁 많은 스티븐이 방아쇠를 당기지 못하자 사슴 사냥의 영웅인 마이크가 그를 격려하는 장면에서부터 긴박감은 계속된다. 마이크가 탄환 세 개를 넣어 달라 부탁해서 번개처럼 일당을 처리하고 탈주에 성공하는 장면까지 스릴 만점이다. 어찌 보면 첫머리의 다소 장황한 장면도 실은 탈주 장면을 돋보이게 하기 위한 방책이 아니었나 하는 생각이 들 정도다. 생나무에 의지해서 강 하류로 표류하다가 헬기 구조를 청하나 닉만이 구조되고 마이크와 스티븐은 물속으로 추락한다. 추락 지점에서 바위에 부닥친 스티븐은 결국 휠체어 생활자가 된다.

일단 무사히 귀향한 마이크는 린다를 만나 보지만 닉에 관해

들은 것은 탈영했다는 얘기뿐이다. 스티븐은 참전 용사 요양소에서 불편한 날을 보내며 아내가 있는 집으로 가기를 거부한다. 안젤라는 집으로 오는 송금액을 스티븐에게 보낸다. 그것을 본 마이크는 닉의 소행임을 직감하고 다시 사이공을 찾아 고액을 지불하고 러시안 룰렛 도박판을 찾아간다. 거기 있는 닉에게 함께 귀국하자고 필사적으로 간청하지만 마이크 얼굴에 침을 뱉는 그는 결국 방아쇠를 당겨 사실상의 자살을 하게 된다. 마이크는 닉의 시신을 탁송하고 장례식과 추모회로 영화는 마감한다. 추모 회식에서 모두 「신이여 미국을 보우해 주소서」를 제창하고 닉에게 건배를 드는 것으로 영화는 끝난다.

사실 「디어 헌터」는 베트남 전쟁을 정공으로 다룬 영화가 아니다. 참전했던 세 병사의 후일담을 적은 전쟁 외상에 관한 영화다. 겁 많고 소심하고 선량한 스티븐은 결국 육체적 장애인이 되지만 수목을 사랑한다던 닉은 극심한 정신적 타격으로 사실상의 폐인이 되어 구조의 손길을 뿌리치고 만다. 그런 그도 도박장에서 번 돈을 부상한 친구에게 보내 주는 온정을 가지고 있다. 인간의 잔혹성에 대한 절망이 그를 반역적이고 절망적인 도박 중독자로 만든 것이다. 신체적으로나 정신적으로나 강인한 맏형 기질의 마이크만이 온전히 살아남아 친구의 뒷바라지를 해 주지만 그 또한 정신적 외상이 컸다. 그는 이제 영웅도 용사도 맏형도 아니다. 그가 사슴을 잡지 못하는 것은 영웅 실격의 상징이라 해도 좋을 것이다. 항례적인 미국 비판과 반전 주의에서 벗어나 있지만 전쟁의 악마성을 고발하고 있다는 점에선 또 하나의 압권이다.

쉰들러 리스트 Schindler's List
(스티븐 스티븐스, 1993)

한 생명을 구하는 자는 세계 전체를 구한다

20세기 인간 최대 죄악의 하나는 나치 독일의 유대 인 학살이다. 영어 사용권에서 유대 인 대량 학살은 흔히 홀로코스트라 한다. 홀로코스트란 본래 고대 이스라엘에서 동물을 통째로 구어서 신에게 바친 제물을 가리키는 그리스 말이다. 따라서 가스실과 소각로(燒却爐)를 거치는 대량 학살을 홀로코스트라 부르는 것은 적정성에 문제가 있다. 그래서 재난을 의미하는 히브리 말인 쇼아(Shoah)가 프랑스 어권에서는 널리 사용되고 있다.

다큐멘터리 말고도 홀로코스트와 연관된 영화는 많다. 「소피의 선택」이나 「피아니스트」와 같이 제가끔 다른 관점으로 다룬 수작들이 있다. 「쉰들러 리스트」도 그런 계열의 영화에서 우선 떠오르는 이름이다. 우리 쪽에서도 아주 높은 흥행 성적을 올린 것으로 알려졌다. 홀로코스트를 정면으로 다루었다기보다는 예외적인 상황을 다루고 있는 것이 특색인데 스필버그 감독의 솜씨와 역량을 여실히 보여 주는 압권이다. 흑백으로 되어 있는 것이 도리어 효과적이고 그것은 끝자락 쉰들러 추모 장면이 컬러로 되어 있는 것과 상호 보색(補色)적인 역할을 한다.

1939년 9월 독일군이 폴란드 남부 도시 크라코프로 진주해 온다. 크라코프는 폴란드 제2의 대도시이자 교황 요한 바오로 2세의 고향이다. 이내 독일인 사업가 오스카 쉰들러가 한몫 보려고 이곳을 찾는다. 그는 독일군 간부에게 뇌물을 주고 유대 인 소유의 공장을 불하받아 주방 용기 제조를 시작한다. 빼어난 의사와 성직자와 회계사를 만나는 것이 중요하다지만 자기는 유능한 회계사를 제일로 친다며 유대 인 회계사를 심복으로 앉히고 공장 운영 자금을 조달하게 한다.

1941년 3월 유대 인은 게토에 거주하는 것이 의무화된다. 게

© James David

토 거주의 유대 인은 공장의 무보수 노동력이 되고 쉰들러의 사업은 자리를 잡아 간다. 그러나 1943년 2월 유대 인 게토가 해체되고 이들은 플라초프 강제 수용소에 수용된다. 나치 친위 대원들이 유대 인 수송에 나서 저항하는 자는 가차 없이 사살한다. 유대 인들은 쉰들러의 공장에서 일하기를 바란다. 공장이 그들의 피난처가 되어 주었기 때문이다. 심복 회계사는 많은 유대 인을 공장으로 데려와 생명을 구해 준다. 쉰들러는 생산성 향상을 구실로 내세워 독일군에게서 유대 인을 양도받아 사설 공장을 만드는 허가를 얻는다.

1944년 독일군은 유대 인을 아우슈비츠를 비롯한 죽음의 강제 수용소에 보내고 있었다. 쉰들러는 체코로 공장을 이전한다는 구실로 플라초프 수용소장에게 돈을 주고 유대 인을 산다. 약 천백 명에 이르는 유대 인 명부 작성이 이루어지고 이들은 체코로 이송된다. 여성들이 잘못 아우슈비츠로 이송되자 쉰들러는 아우슈비츠로 달려가 소장에게 보석을 주고 다시 이들을 체코로 송환하게 한다. 그의 공장은 무기 탄약과 탄창을 제조하였지만 불량품을 만들어 사실상 전쟁 노력에 태업(怠業)으로 맞섰다.

나치 당원인 쉰들러는 결국 군수 사업을 위장해서 많은 유대인을 구출해 준 것이다. 그의 대담한 배포와 수완은 독일군 간부를 완전히 속인다. 쉰들러와 대조를 이루는 자는 수용소장 괴트이다. 그는 자기 사택의 발코니에서 무작위로 유대 인을 조준해서 사살하는 취미를 가지고 있다. 유대 인을 광적으로 증오하는 그는 잡역부로 쓰고 있는 유대 인 여성에게 끌려 접근하고는 자기를 유혹하려 한다고 폭력을 행사하는 병적 인물이다. 청소가 제대로 안 됐다고 소년을 사살하기도 한다. 두 인물의 대위법적 행동거지가 흥미 있다.

홀로코스트 관련 영화가 그렇듯이 유대 인 수난 세목도 다채롭다. 선별 작업을 위해 완전히 나체가 된 남성들의 거동, 수시로 사살당하는 모습, 숨을 곳을 찾는 소년들을 물리치는 은신처의 선행 은신자, 시체 발굴 후의 소각 등 참혹한 장면이 지천으로 깔려 있다. 그러나 영화에서 가장 감동적인 것은 마지막 쉰들러의 연설 장면과 그의 추모 장면이다. 쉰들러는 유대 인을 모아놓고 독일의 무조건 항복을 알리며 군인들에게 사살 명령을 받았을 테니 이를 수행하려면 지금이 기회라고 말한다. 그러면서 공연한 살인자가 되지 말라고 하자 군인들은 차례로 그곳을 떠나고 마지막에 홀로 남은 지휘관도 그곳을 뜬다. 자기는 나치 당원이고 군수품 생산업자이니 도망가야 할 처지라고 말한다. 떠나는 그에게 유대 인 회계사는 희망자의 금니를 빼서 만든 반지를 사은품으로 증정한다.

컬러로 처리된 추모 장면에선 그의 노력으로 살아남은 유대인들이 쉰들러의 무덤에 돌멩이를 바치러 긴 행렬을 이루고 있다. 폴란드에 살고 있는 유대 인은 사천 명이 안 되지만 쉰들러가 구해 준 유대 인의 자손은 육천 명을 넘는다는 말이 하나의 감동으로 다가온다. 육백만의 희생자를 염두에 둘 때 천백 명은 있으나 마나 한 숫자라고 할지도 모른다. 사실 쉰들러의 구조 행위나 혹은 이 영화의 전언을 두고 감상적 인도주의라고 몰아붙일 수 없는 것은 아니다.

그러나 그에게 건네준 사은 반지에 새겨진 탈무드의 말을 우리는 부정할 수도 거역할 수도 없다. "한 생명을 구하는 자는 세계 전체를 구한다." 광기와 착란의 시기에도 야만적 폭력에 맞서는 힘이 인간에게 있다는 것은 분명 희망의 전언이다. 그것은 미약하고 왜소할지 모르지만 인간 구원의 가능성을 회태하고 있다. 장장 세 시간에 걸치는 영화는 실화 소설에 근거한 것으로 쉰들러의 무덤에는 '1908~1974'라고 생몰 연대가 적혀 있다.

사막의 여우 롬멜 The Desert Fox
(헨리 해서웨이, 1951)

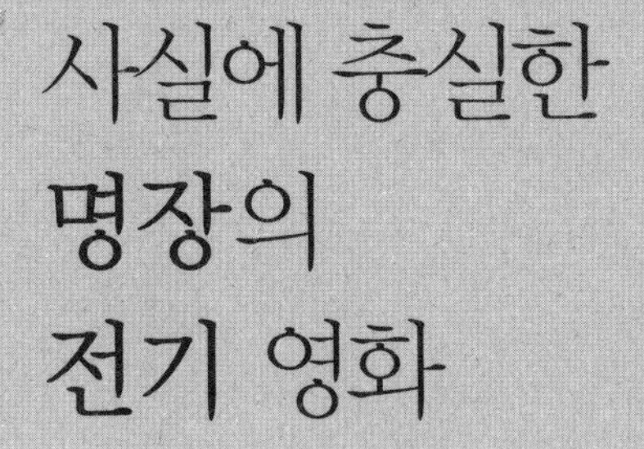

사실에 충실한 명장의 전기 영화

1942년 6월 북아프리카 사막에서 독일군의 인솔 하에 일단의 영국군 포로들이 대오를 지어 이동하고 있다. 영국군이 포격을 가해 오자 대오가 흩어지고 통솔이 어려워진다. 그러자 독일군 소령이 포로 중 최고 계급인 중령에게 휴전 깃발을 들고 가서 영국군 포로가 희생되고 있으니 포병대에게 포격을 중지하도록 하라고 이른다. 그렇게 할 수 없다고 하자 이것은 명령이며 불복종 시에는 복종하도록 하겠다고 위협한다. 자신은 포로이며 명령을 들을 필요가 없다고 중령은 항변한다.

이렇게 조그만 옥신각신이 벌어지자 근처에 있던 지휘관이 소령을 불러 무슨 일이냐고 묻는다. 소령이 자초지종을 보고하자 지휘관은 포로의 말이 옳다고 말해 준다. 그 지휘관이 야전 사령관으로서 최전선을 시찰 중인 롬멜 장군임을 알게 된 중령은 자기를 구해 준 그에게 경례를 부친다. 롬멜 장군의 명성은 영국군 사이에서도 자자했고 '사막의 여우'라고 두려워하고 있는 터였다. 이 년 후 독일은 롬멜 장군이 부상으로 인해 사망했다고 발표했다. 그러나 갖가지 뜬소문이 돌고 있었고 독일의 공식 발표가 거짓투성이임은 누구나 알고 있었다.

전쟁이 끝난 후 소령은 준장으로 제대하였고 곧 롬멜 사망의 진상을 천착하기 시작한다. 그는 독일로 건너가 롬멜 부인과 아들을 만나 대화를 나누고 자료를 얻었다. 또 롬멜의 군대 동료 및 롬멜과 싸웠던 영국군 관계자를 찾아서 취재했다. 그리하여 『사막의 여우, 롬멜』이란 전기를 내어 베스트셀러가 되었는데 영화는 이 전기에 바탕을 둔 것이다. 저자는 데스먼드 영(Desmond Young) 준장이고 영화에서도 이 과정이 첫머리 장면으로 나온다.

1942년 12월 23일 영국군은 이집트의 엘알라메인에서 총공격을 개시했다. 당시 귀국 입원 중이던 롬멜은 급히 달려와 현장 지휘에 임했다. 탱크라고는 사십 대 뿐이었지만 히틀러는 승리 아니면 죽음뿐이라며 후퇴 불가를 명령하였다. 그러나 롬멜은 중세적인 발언이라며 부하 장병들을 후퇴시켰다. 튜니시아에서 주력 부대가 영미불 연합군에게 무조건 항복했다는 소식이 들어왔고 북아프리카에서 승패가 결정났다.

그러기 한 달 전 롬멜은 병이 악화되어 독일 병원으로 후송되었고 이때 오랜 친구이자 슈투트가르트 시장을 지낸 슈트롤린의 방문을 받는다. 그는 여러 가지 상황 분석을 하며 히틀러 정책을 비판하지만 롬멜은 적극 동조하지 않는다. 1943년 롬멜은 대서양 방어 전선의 지휘권을 받아 부대 검열에 나선다. 한 달 후 롬멜은 서부 전선 최고 사령관 룬트슈테트를 만나 해안선에서 상륙군을 맞아 공격하는 것이 좋겠다고 진언하나 수용되지 않는다. 히틀러가 모든 것을 장악하고 있었기 때문이다.

1944년 2월 롬멜이 가족과 함께 집에 있는데 슈트롤린이 다시 찾아온다. 히틀러 제거밖에 방법이 없다고 구체적으로 계획을 밝힌다. 그러나 롬멜은 상관 명령을 집행하는 것이 군인의 유일한 존재 이유이고 나머지는 모두 정치일 뿐이라며 군인임을 강조한다. 독일이 전멸되기를 원하느냐며 슈트롤린은 강력히 참여를 종용하지만 그의 제거가 유일한 길이냐며 롬멜은 개입을 주저한다. 롬멜은 아내가 슈트롤린과 얘기를 나눈 바 있음을 알고 놀란다. 극적인 긴장으로 차 있는 가장 흥미 있는 장면 중의 하나다.

1944년 6월 연합군은 노르망디 상륙 작전을 개시하고 독일군은 궁지에 빠진다. 연합군의 칼레 상륙을 확신하고 있던 히틀러는 십오 군단 구십 개 사단을 그곳에 배치, 대기시키고 서부 사령부의 진언에도 불구하고 부대 이동을 허용하지 않았다. 7월 롬멜은 히틀러를 직접 면담하고 군사적으로 패배했으며 이 주일 안에 연합군이 프랑스 깊숙이 진입할 것이라 말하지만 히틀러는 롬멜을 비겁한 패배주의자라며 우리에겐 계획이 있다고 호언장담한다. 전선으로 돌아가던 롬멜은 전투기의 공격으로 중상을 입고 병원으로 후송된다. 7월 20일 롬멜이 의식을 잃고 입원해 있는 사이 슈타우펜베르크 대령 주도의 히틀러 암살 계획은 실패로 끝난다.

시한폭탄은 폭발했으나 히틀러는 죽음을 모면했고 경상 치료차 입원한 사이 오천 명의 관련 용의자가 처형되었다. 그 후 삼 개월 동안 고립되어 있던 롬멜에게 부르크드로프 장군이 내방하여 반역죄 범인이란 문서를 보여 준다. 롬멜은 법정에서 말하겠다고 버티었으나 히틀러가 비공식 처리를 원한다며 그럴 경우 부인과 아들의 안전은 보장될 것이라고 통고한다. 사태를 파악한 롬멜은 결국 그들이 준비해 온 독약으로 자살하고 정부에서는 거짓 발표를 한다. 영화는 "비록 적이지만 우리의 경의에 값한다."라는 처칠의 롬멜 찬사로 끝난다.

영화는 부하에게 사랑받고 적의 존경을 받은 장군의 비극적인 말년을 역사적 사실에 맞추어서 박진감 있게 보여 준다. 우리는 근접 과거에 대한 세밀한 지식을 갖게 되고 아울러 이성과 판단력을 잃은 지도자가 초래하는 엄청난 재앙을 다시 실감한다. 그 황량한 시대에 롬멜 같은 장군이 있었다는 것은 그나마 위로가 된다. 재미와 교훈을 아울러 주는 격조 있는 영화로 롬멜 역의 제임스 메이슨의 연기가 빼어나다. 1951년 제작이지만 시간의 풍화 작용에서 초연하다.

위대한 독재자 The Great Dictator
(찰리 채플린, 1940)

독재자의
생태와 행태

영국의 사상가 아이제이어 벌린은 마르크스가 복지 국가와 파시즘을 예견하지 못했다고 말한 바 있다. '극단의 시대'에 대두한 공산주의 체제와 파시즘 체제는 20세기의 가공할 만한 역사적 산물이다. 두 체제가 제가끔 끔찍한 독재자를 낳고 그 독재자들이 그 체제를 가차 없이 운영했다. 차플린이 감독하고 주연하고 일인 이역을 맡고 있는 1940년 제작의 「위대한 독재자」는 히틀러를 그로테스크하게 풍자한 영화다. 그러나 영화가 보여 주는 것은 히틀러를 넘어서 모든 야심적 독재자들의 생태와 행태이다.

무대는 토매니아라는 가상국이다. 쌍십자 표지를 달고 콧수염을 기르는 독재자 힝켈이 히틀러임은 누구에게나 명백하다. 헤링이란 이름의 원수가 괴링, 내무 장관 겸 선전 장관 가비치가 괴벨스임도 분명하다. 한편 형제 독재자인 박테리아의 나폴리니가 각각 이탈리아와 무솔리니임도 명백하다. 오스텔리히란 인접국을 침략하고 합병하는데 이 또한 오스트리아일 것이다. 힝켈과 유대 인 이발사는 용모와 체구가 비슷해서 채플린이 맡고 있는데 두 사람의 용모와 체구가 비슷한 것은 우연의 일치라고 처음부터 알려 준다.

1차 대전 당시 전투 현장 장면으로 영화는 시작된다. 이발사 출신의 포병 사병이 사령관 슐츠의 생명을 구해 주고 두 사람은 비행기로 탈출하나 이내 비행기가 폭발한다. 슐츠는 무사했고 곧 휴전이 되지만 이발사는 부상 후유증인 기억 상실로 수년 간 군 병원에 수용되었다가 탈출해서 옛 집으로 돌아온다. 쌍십자의 표지 아래 자유는 배척되고 언론의 자유는 억압되어 오직 힝켈의 목소리 밖에 들을 수 없는 상황이 되었으나 이발사는 이러

© Bettmann

한 변화를 전혀 알지 못한다. 때마침 유대 인 박해 운동이 일어나 돌격 대원들에게 항거하다 이발사는 체포되어 길거리에서 교수형에 처해질 순간에 슐츠가 그를 구해 준다. 슐츠와의 만남을 통해 이발사는 기억을 회복하게 되지만 다시 돌격 대원에게 체포되는데 이번에는 유대 인을 옹호했다는 죄명으로 슐츠마저 체포된다.

두 사람은 수용소에서 탈출에 성공한다. 마침 오리 사냥을 갔던 힝켈은 배가 뒤집히는 바람에 물에 빠진 새앙쥐 몰골이 되었다가 탈주한 이발사로 오인되어 체포된다. 그러는 사이 슐츠는 이발사로 하여금 힝켈 행세를 하도록 한다. 그것이 목숨을 구하는 유일한 방법이라고 설득해서 이발사는 군인들을 상대로 오스텔리히 침공을 축하하는 연설을 하게 된다. 그의 연설은 독재를 타도하고 민주주의와 자유를 찾자는 일대 사자후가 된다. 그의 연설은 멀리까지 울려 퍼져서 토매니아에서 오르트리히로 망명해 온 이웃 처녀 한나도 그 소리를 듣고 감동하여 희망을 되찾게 된다는 정치적 우화요 희극이다.

영화에는 전통적 희극의 소도구와 정석이 망라되어 있다. 포신에서 스르르 빠져나와 바로 코앞에 떨어지는 불발탄, 계단에서 구르는 독재자, 허리띠를 졸라매자는 독재자의 연설에 실제로 허리띠를 졸라매는 심복, 온통 상의 전면을 가득 채운 훈장, 화가 난 독재자가 모조리 떼어 내는 심복의 훈장, 서로 우위를 차지하려 의자 높이를 올리다가 떨어지는 정경 등 시종 관객은 유쾌한 웃음을 금치 못한다. 또 독재자의 가련한 내면과 내막도 가차 없이 폭로된다. 선전 장관의 조언 없이는 판단을 내리지 못하는 무능, 절제를 모르는 감정의 폭발, 주책없이 드러내는 성적 발작, 상투 문구로 짜인 선동 연설 등 독재자는 병적이고 균형 잡히지 않은 인물로 그려져 있다.

힝켈의 연설도 파시즘의 정체를 간결하면서도 선명하게 드러낸다. "자유는 역겨운 것이고 언론의 자유는 창피한 것이다……. 자유와 민주주의는 국민을 우롱하는 말이다. 어떤 국가도 이따위 이념을 가지고는 발전하지 못한다. 이들은 행동의 장애가 될 뿐이다. 그러므로 우리는 자유와 민주주의를 폐기한다. 앞으로 절대적인 복종으로 각자 국가에 봉사해야 한다." 끝자락에서 이발사가 힝켈을 대신해서 펼치는 사자후는 인간에 대한 찬가이자 자유와 우애에 대한 송가이다. "여러분들은 이 삶을 자유롭고 아름답게 만들 힘을 가지고 있습니다. 이 삶을 놀라운 모험으로 만들 힘을 가지고 있습니다. 그 힘을 구사합시다. 모두 단결합시다. 새로운 세계, 사람들에게 일할 기회를 주고 젊은이에게 미래를 주며 노인들에게 안전을 주는 훌륭한 세계를 만들기 위해 싸웁시다……. 여러분 민주주의의 이름으로 단결합시다. 그리하여 새 세계로, 무지개로 날아갑시다."

히틀러는 온전한 교육을 받은 적이 없다. 친구도 없었고 아랫사람과 어울리는 것을 좋아했지만 혼자서 떠들 뿐이었다. 온전한 직업을 가진 적도 없었다. 무직자에서 수상으로 단숨에 뛰어올랐다. 그에게는 인간미가 없었다. 의지력, 대담성, 용기, 끈기 등과 같은 긍정적인 특성은 모두 '냉혹'한 면에 나타나 있다. 무모함, 복수심, 불성실, 잔인성과 같은 부정적인 성격은 말할 것도 없다. 이상은 세바스찬 하프너의 「히틀러 주석(註釋)」이 지적하고 있는 그의 인성적 특성이다. 우리는 이 영화에서 독재자의 생태와 함께 히틀러 개인의 특성이 잘 나타나 있음을 보게 된다.

거리의 떠돌이에서 세계적 배우로 성장하여 경(卿) 칭호를 받게 되는 찰리 채플린을 모르는 사람은 없다. 이 영화에 한나로 나오는 포렛 고다드는 그의 셋째 부인이기도 하다. 사십여 년을 미국에서 살았지만 시민권을 얻지 않아 미국인의 분개를 사기도 한 그는 아주 어린 여성과의 여러 번의 결혼으로 비난을 받기도 했다. 매카시즘의 회오리 때 미국을 떠났다가 아카데미 특별상을 받기 위해 돌아간 적이 있다.

주홍 글씨 **The Scarlet Letter**
(롤랑 조페, 1995)

청교도 사회에서의 사랑과 벌

영화 산업 분야에서 미국의 특산품은 말할 것도 없이 서부 영화다. 소재나 배경이나 인물 설정에서나 미국 냄새가 물씬 풍기는 대중 소비용 오락물이다. 1926년에서 1967년에 이르는 사십 년 간 할리우드 영화의 사분의 일 가량이 서부 영화라는 통계가 있다. 서부 영화의 전성기는 1950년대로 팔 백 편이 넘는 영화가 제작되었다. 그 후 관객을 잃어가면서 "서부 영화는 죽었다."란 말이 퍼지게 된다. 1990년대 들어서서도 이따금 괜찮은 서부 영화가 나오긴 하지만 옛날의 태평성대 복원을 기대하는 사람은 없다. 그런데 왜 이렇게 서부가 몰락하게 된 것일까? 소재가 탕진되었다는 국면도 있고 범죄 수사 영화를 비롯한 타 분야의 전투적 진출과 관련이 있을 것이다. 그런 가운데 베트남 전쟁을 소재로 한 영화가 서부의 영역을 병합해 버렸다는 관점도 있다. 이번에 「주홍 글씨」를 보면서 서부 영화의 부분적 흡수가 정통 서부 영화의 쇠퇴와 연관된다는 생각을 확인하게 되었다.

이 영화 크레디트 타이틀에는 너대니얼 호손의 『주홍 글자』를 자유롭게 각색했다는 말이 나온다. 주인공인 헤스터 프린, 그녀의 동반자 죄인인 목사 아서 딤즈데일, 그들의 소생인 펄, 그리고 헤스터의 본 남편인 로저 칠링워스란 인물 및 정황 설정은 소설을 따르고 있지만 세목에 있어서는 자유로운 가감승제가 두드러지다. 주요 작중 인물 네 사람과 간통 및 그 뒷얘기라는 점을 빼고는 모두 각색이라 생각하면 된다. 17세기 미국 청교도 사이에서의 엄격한 도덕률과 마녀 사냥은 아서 밀러의 연극 「시련」에도 나온다. 그런 마녀의 모티프와 서부극의 요소를 합성하여 재미있게 만들려고 한 의도가 쉬 간파된다.

성격상 「주홍 글씨」는 원작에 충실하려 할 때 영화 제작이 거의 불가능한 그런 작품이다. 미국의 비평가 라이어넬 트릴링은 너대니얼 호손과 카프카의 유사성에 주목하기를 촉구한 바 있다. 두 사람 모두 독자층과 괴리되어 있었고 개인적으로는 심약하고 부드러운 성품이면서도 작가로서는 까다롭고 고집불통이었다고 지적하고 있다. "생소한 세계에서의 인간의 캄캄한 편력."이라는 인생관으로 두 사람의 고정 관념을 설명하는 게 아주 적절하다는 점도 지적한다. 카프카 소설의 영화화가 가능할까 하는 것을 생각해 본다면 「주홍 글씨」가 원작에 충실할 수 없다는 것도 자명해진다.

영화는 난데없이 인디언 부족 추장의 장례로 시작한다. 화자 펄이 자기 부모의 삶의 역정을 들려주는 형식으로 영화는 진행되는데 장소는 매사추세츠 주이고 때는 1666년이다. 젊고 발랄한 헤스터 프린이 공포와 박해가 없는 삶을 꿈꾸며 영국을 떠난 지 삼 개월 만에 미국에 도착한다. 그녀는 여성 혼자 살면 안 된다는 지역 공동체의 규범을 어기고 혼자서 산다. 뒤따라올 남편의 부탁에 따라 미리 집을 마련해야 한다는 이유였지만 이때부터 완고한 청교도들의 눈 밖에 나게 된다.

안식일에 교회로 가던 헤스터는 마차가 진흙탕에 빠지는 바람에 어떤 남자의 말을 빌려 타고 교회에 가게 된다. 그 남자는 교회 목사였고 달변과 격정적인 설교에 헤스터는 강한 인상을 받게 된다. 주변 인디언 족과 가까운 사이이고 열성적인 독서가인 목사도 교육받고 진취적인 생각을 가진 헤스터에게 끌린다. 그러나 두 사람 모두 사랑의 감정은 억제한다. 그러다 인디언 족의 습격으로 배에 타고 있던 백인이 모두 살해되고 헤스터의 남편 유품이 목사의 손에 들어오게 된다. 헤스터와 목사는 이제 자기

제어의 구실을 잃어버리게 된 셈이다. 두 사람은 격정에 몸을 맡기게 된다.

공동체의 주류에서 동떨어져 사는 일단의 여성들이 있고 이들 가운데는 마녀의 혐의를 받는 여성도 있다. 헤스터는 이들과도 잘 어울리는데 그런 것이 주류에게는 눈의 가시다. 그녀의 발언이 빌미가 되어 이단으로 고소당해 심문을 받는다. 구역질을 한다는 소문에 대한 추궁이 있어 헤스터는 임신 사실을 시인한다. 아버지를 대라는 추궁을 거절하여 체포되고 오 개월 동안 구금된다. 그사이 양심에 가책을 받는 목사는 사실대로 실토하라고 권고하지만 헤스터는 그러면 모두 파멸이라며 거부한다.

딸아이를 출산한 후 교수대에 올라 심문을 받지만 헤스터는 끝내 아버지 이름을 대지 않는다. 그 결과 간통을 뜻하는 주홍 글자 A를 가슴에 차고 다니게 된다. 뿐만 아니라 북치는 아이가 딸려 가는 곳 마다 헤스터를 따라와 북을 쳐 댄다. 마지막엔 마녀로 고소되어 다른 여성과 함께 교수형에 처해질 순간 목사의 친구인 인디언의 협조로 원주민 부족이 달려와 총독을 살해하여 구출된다. 마지막엔 헤스터와 목사가 캐롤라이나로 가서 살다가 목사가 먼저 세상을 뜨는 것으로 얘기는 끝난다. 원작과 전혀 다르게 지순한 사랑이 승리하는 멜로드라마가 된 것이다.

원작에서나 영화에서나 헤스터의 전남편이 악역을 맡고 있다. 영화에서는 붉은 새가 에로스 충동 혹은 내면의 격정을 상징하면서 효과적으로 활용되어 있다. 데미 무어가 야무지고 아름답고 정열적이고 총명한 헤스터 역을 잘 해내는 것이 영화의 강점이다. 그러나 죄의식의 내면극(內面劇)과 복수의 집념을 심도 있게 다룬 원작의 훼손이 워낙 심해서 께름칙하다. 멀쩡한 사람을 마녀로 몰아 처형하는 행태는 삼백 년 전의 과거지사로 끝난 것은 아니다. 집단적 광기는 오늘도 여러 가지 형태로 서로 다른 명분 아래 세계 도처에서 피를 부르고 있다.

적과 흑 Le Rouge et le Noir
(클로드 오탕 라라, 1954)

젊은 야심가의 사랑과 죽음

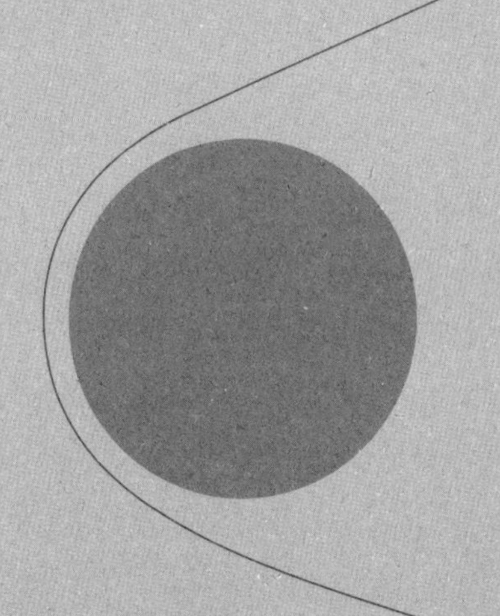

'1830년의 연대기'란 부제가 달린 스탕달의 『적과 흑』을 영화화한 문예 영화이다. 요즘 문예 영화란 말은 사라졌지만 문학 작품을 비교적 충실하게 영화화한 영화를 가리키는 말이었다. 특히 미국영화에서 문학 작품을 기반으로 했으되 자유롭게 각색한 작품이 많아지고 또 영화 장르가 다양해지면서 슬그머니 사라지게 되었다. 1954년에 제작된 이 색채 영화는 1950년대에 관람한 바 있지만 최근에 디브이디로 다시 구경했다. 역시 오래된 영화라 템포가 더디고 장면 변화가 굼뜨지만 그렇기 때문에 옛 영화 특유의 한가함을 느끼게 되는 것도 별미였다. 알몸의 베드 신이 없는 것도 옛 영화답다.

영화는 주인공 줄리앵 소렐이 재판정에서 최후 진술을 하는 장면으로 시작된다. "배심원 여러분, 나는 여러분에게 용서를 청하는 것은 결코 아닙니다. 죽음이 나를 기다리고 있으며 그 죽음은 당연한 것입니다. 나는 온갖 존경과 찬사를 받아 마땅한 훌륭한 부인의 생명을 빼앗을 뻔했던 것입니다. 드 레날 부인은 나에게는 어머니와 같은 분입니다. 나의 범죄는 잔혹한 것이며, 또한 그것은 계획적인 것입니다. 그러나 여러분들에게 있어 나의 죄는 하층 계급인 내가 기어오르려고 한 일입니다. 내 목을 자르는 것은 비천한 계급으로 태어나 요행히 교육 기회를 얻어 상류 사회에 들어가려는 모든 청년들을 처벌하는 것입니다. 여러분 가운데 노동자는 한 사람도 없습니다. 밭을 가는 이도 없습니다. 모두 부르주아들만 있을 뿐입니다." 일종의 계급 투쟁 선언이라 할 수 있는 이런 도전적인 발언이 용납될 리 없다. 귀족 계급의 호의를 갈망하는 검사들조차 제자리에서 펄쩍펄쩍 뛸 정도이다.

영화는 이어서 이십 대 초반인 주인공이 사형수가 되기까지의 자초지종을 보여 준다. 소도시 베리에르 출신의 줄리앵이 시장인 드 레날 집 가정 교사로 들어가게 된다. 야심만만하고 용의주도한 성격이지만 자기 신분에 대한 열등감으로 말미암아 수모에 대해서 매우 민감한 편인 그는 곧 드 레날 부인에게 끌린다. 두 자녀를 가진 부인은 모성애가 지극한 중년 부인이지만 줄리앵의 과감한 접근에 쉽게 몸과 마음을 열게 된다. 줄리앵을 연모하는 하녀가 청소를 하다가 침대에 숨겨 둔 나폴레옹의 초상이 있는 지갑을 열어 보다가 인기척이 나서 나가 버렸는데 줄리앵은 그것이 시장의 소행이라 생각한다. 그는 부인을 유혹함으로써 시장에게 복수해야겠다고 생각하고 어렵지 않게 뜻을 이룬다.

눈치가 멀쩡한 하녀는 모든 것을 알아차리고 시장 앞으로 익명의 편지를 보낸다. 곡절 끝에 줄리앵은 시장 집을 나와 이번엔 신학교에서 공부를 하게 된다. 뛰어난 재주가 있는 그는 동료 학생들의 시기로 외로운 처지가 된다. 마침 피라르 사제가 파리로 가게 됨에 따라 그의 추천으로 드 라 몰 후작의 비서로 일하게 된다. 재기 발랄하고 주위의 아첨꾼에게 염증을 내고 있던 후작의 딸 마틸드는 줄리앵에게 끌린다. 그녀는 밤에 사닥다리를 타고 자기 방으로 올라오라고 이른다. 한밤에 모험을 감행한 줄리앵은 마틸드의 방으로 가나 그녀의 심중을 헤아릴 길이 없다. 그녀의 일시적인 노리개가 된 것이 아닌가 하는 의혹에서 헤어나지 못한다. 그러나 용의주도한 그는 이번에도 어렵지 않게 마틸드를 사로잡는다.

줄리앵과 결혼하겠다는 마틸드의 말을 듣고 딸을 공작 부인으로 만들 작정이었던 드 라 몰 후작은 격노한다. 그러나 딸의 결심과 상황을 이해하고 양해할 형편이었으나 줄리앵의 전력을 폭로하는 편지가 온다. 고해 신부가 강요하다시피 해서 구술하는 대로 드 레날 부인이 편지를 적어 보낸 것이다. 신분 상승을 위해서 수단 방법을 가리지 않는 부도덕한 인물이란 취지다. 이를 안 줄리앵은 곧 베리에르로 내려가 미사에 참석 중인 부인에게 권총을 발사해서 상처를 입힌다. 곧 체포되고 정상 참작이 기대되는 상황이었으나 도전적인 최후 진술로 처형된다. 사형 확정 후 면회 와서 줄리앵의 뒤를 따르겠다는 부인에게 그는 새삼 애정을 확인하고 절대 그런 일을 않겠다는 약속을 받는다. 마틸드가 와서 줄리앵의 머리를 매장하고 드 레날 부인은 약속을 지키지만 그의 처형 사흘 후에 자연사한다.

줄리앵은 타산적이고 야망에 찬 청년으로 나오지만 마지막엔 사랑을 알게 된다. 또 일종의 오기로 재판정에서 비굴한 타협을 거부한다. 제라르 필리프의 연기가 좋은데 섬세한 미소가 일품인 그가 이 영화에선 거의 미소를 보여 주지 않는다. 그의 상대역인 드 레날 부인은 올드 팬에게 낯익은 다니엘 다리외가 맡아서 기품 있는 연기를 보여 준다. 사닥다리를 타고 2층 애인 침실로 오르는 장면이나 자기의 머리카락을 잘라서 사랑의 표지로 건네주는 장면이 고전적이고 낭만적인 풍취를 보여 준다.

문예 영화이기 때문에 이따금 스탕달의 아포리즘을 책장으로 보여 준다. 언어란 사람의 비밀을 감추기 위한 수단으로 마련된 것이라는 말도 나온다. 적이 장교의 적색 복장, 흑이 사제의 흑색 복장을 나타내는 것임은 영화에서도 확인하게 된다. 좋은 번역이 드문 것이 우리 쪽 사정이지만 『적과 흑』은 서울대 이동렬 교수의 훌륭한 번역본이 나와 있다. 원문 충실성에서나 가독성에서나 빼어나서 소설 읽기의 재미를 만끽할 수 있다. 오탕 라라 감독의 영화로는 「육체의 악마」가 유명하며 「글로리아」가 최후의 작품이다.

콰이 강의 다리 The Bridge on the River Kwai
(데이비드 린, 1957)

이적 행위임을 간과한 집단적 노력의 성취감

「콰이 강의 다리」를 구경하지 않았어도 「콰이 강 행진곡」을 아는 이들이 많을 것이다. 1950년대 후반에서 1960년대 초반에 걸쳐 우리 쪽에서도 흔히 들을 수 있었다. 다방에서도 자주 틀었고 확성기를 통해서도 익숙한 곡이었다. 영화를 관람한 사람들은 영국군 포로들이 행진하면서 휘파람으로 제창하던 첫머리 장면을 쉬 기억할 것이다. 이 영화 제작 때 새로 만든 것이 아니고 1차 대전 중에 연주되었던 「보기 대령」이 원곡이라 전한다. 영화가 나왔을 때 미국 시사 주간지 《타임》이 앨릭 기네스를 커버 스토리로 특집해서 이래저래 화제가 많이 되었다고 기억한다.

전쟁 영화로 분류할 수 있겠지만 무용담을 중심으로 해서 전투장면이 많이 나오는 여느 전쟁 영화와는 다르다. 집단적 노력이 이룩한 성취감과 전쟁의 와중이라는 상황 인식 사이의 갈등과 동요를 그리고 있는 흥미 있고 중후한 영화다.

인간 본성에 대한 탐구를 이만큼 보여 주는 것도 흔치 않다. 1943년 미얀마 국경에 인접한 태국의 밀림 속에 일본군이 관장하는 포로 수용소가 있었다. 태국의 방콕과 미얀마의 양곤을 잇는 철도 건설을 포로 사역을 통해 일본군이 진행하고 있는데 많은 포로들이 역병으로 사망하였다. 살아남은 미군 소령 시어즈와 호주군 위버는 포로 매장에 종사한다. 여기에 니컬슨 중령 휘하의 다수 영국군 포로가 도착한다.

수용소장 사이토 대령은 5월 12일까지 교량 건설을 완료하라는 상부의 지시를 받고 있는 처지다. 그는 새로 도착한 포로에게 장교도 병사와 함께 사역에 종사하라고 명령한다. 니컬슨은 포로에 관한 제네바 협약 27조에 위배된다면서 문서까지 보여 준다. 사이토는 교량 건설 시한이 가까워지고 있다며 니컬슨의 항의를 묵살하고 끝내는 장교들을 영창에 집어넣는다. 수용소 막사 옆에 조그맣게 마련한 개집 같은 영창인데 가마솥이라고 부르고 있다. 지휘관이 없는 포로들의 사역은 능률이 없어 공사는 진척되지 않는다. 일본군이 담당한 설계도 졸렬해서 교각이 잘 박히지 않는 정도였다.

시한에 쫓겨 다급해진 사이토는 3월 10일 육군 기념일을 빙자해서 장교 포로들을 사면했고 니컬슨은 교량 건설에 협력하기로 하고 설계와 감독을 영국군 장교가 담당하기로 했다. 노역을 통해서 해이해진 포로들의 사기를 높이고 명령 계통을 확립하자는 것이 니컬슨의 의도이다. 한편 수용소에서 도망친 시어즈는 원주민들의 도움으로 탈출에 성공하여 해군 병원에서 요양 중이었다. 영국군 특수 부대의 워든 소령은 철도 파괴의 명을 받고 현지 경험이 있는 시어즈에게 동행을 요청한다. 시어즈는 처음 완강히 거절했고 중령을 사칭했음을 실토한다. 그러나 그것이 범법 행위라는 협박에 넘어가 작전에 동행하기로 한다.

특수 작전 팀은 낙하산으로 현장 근처로 내려가 콰이 강으로 향한다. 남자가 모두 징발된 탓에 태국 여성들의 협조를 얻어 화약과 장비를 운반한다. 다리는 5월 12일엔 완성되었고 그 이튿날엔 일본군 요원을 태운 기차가 통과할 예정이었다. 영국군은 교량 완성을 축하하며 국가를 불렀고 니컬슨은 전쟁이 끝난 뒤 이 다리를 이용하는 사람들은 누가 어떻게 이 교량을 건설했는가를 기억할 것이라는 연설도 한다. 또 "이 교량은 영국군의 설계와 작업으로 준공된 것임. 1943년 2월부터 5월. 중령 니컬슨."

이란 장식판을 다리에 부착한다.

니컬슨은 군인들의 노력으로 교량이 완성된 사실에 긍지를 느낀다. 군인 생활 이십팔 년에 가정에 머무른 것은 십 개월밖에 안 되는데 무엇인가 만들어 낸 일이 없다고 생각하는 그는 뿌듯한 성취감을 느끼는 것이다. 그는 교량 건설이 결국 적군의 전쟁 노력에 도움을 주는 이적 행위란 사실은 생각하지 못한다. 13일 다리를 점검하는 사이토와 동행했던 니컬슨은 강물 위에 노출된 도화선을 발견하고 수상한 느낌을 받아 내려간다.

그는 폭파 장치가 되어 있음을 간파하고 도화선을 끌어올린다. 특수 작전 팀의 시어즈는 현장 폭발을 담당한 영국 청년에게 "죽여라."를 연발하지만 결단을 내리지 못한다. 니컬슨은 구면인 시어즈를 보고 "너냐?"라고 말하고 시어즈도 만찬가지다. 니컬슨은 마지막에 "내가 무슨 짓을 한 것이람."이란 깨달음을 가진다. 니컬슨은 폭발 장치에 엎어져 다리와 기차는 모두 폭파되고 작전 팀도 워든만이 살아남는다. 군의관 크립튼이 "미친 짓!"을 연발하는 것으로 영화는 끝난다.

영국군 포로들 제자리걸음 때의 해어진 신발이나 맨발, 폭파 장치를 운반하는 사람들이 능선을 따라 걷는 원경(遠景), 총소리에 놀라 하늘로 날아오른 새 떼 등의 영상이 일품이다. 포로들이 연출하는 쇼걸들의 춤 장면이나 명예롭게 살아남아 패배를 승리로 끝냈다는 니컬슨의 자축 연설이나 모두 인상적이다. 니컬슨 역의 앨릭 기네스가 보여 주는 연기는 걸음걸이로부터 눈짓까지 시종일관 압도적이다. 그가 이 영화로 아카데미 주연상을 탄 것이 당연해 보인다. 포로 수용소장은 직업 군인이 아니고 영국 유학 경험이 있는 인물로 나오는데 일본군 장교로서 혐오감은 주지 않는다. 전성기의 윌리엄 홀든도 믿음직스럽다.

강박 관념 **Ossessione**
(루키노 비스콘티, 1943)

이탈리아 네오리얼리즘의 효시

네오리얼리즘이란 말이 있다. 로셀리니 감독의 「무방비 도시」나 데시카 감독의 「슈샤인」, 「자전거 도둑」 같은 영화와 함께 알려지고 퍼진 말이다. 서민들의 구차한 일상을 가감 없이 그려 낸 이탈리아 영화를 이렇게 범주화했고 이 계열의 수작들이 1940년대에 많이 나왔다. 그러나 1950년대 초 경제적 조건이 향상되고 새 것을 추구하는 관객들의 취향에 따라 퇴조하였다. 네오리얼리즘이란 말은 루키노 비스콘티 감독의 「강박 관념」에서 시작된 운동에 대해서 이탈리아 영화 비평가들이 붙인 이름이다. 연극과 오페라 연출가로서도 다채로운 활동을 한 비스콘티의 영화 처녀작이다. 1943년 제작이니까 무솔리니 치하에 제작된 것이다. 따라서 비스콘티의 명성이 확립된 후 뒤늦게 외국에서 상영되었다.

시골 비포장 도로를 달리는 트럭이 길가 주유소에서 정거하는 장면으로 영화는 시작된다. 주유소 주인은 또 술과 음식을 파는 도로변 식당의 주인이기도 한데 중년의 뚱뚱보다. 트럭에는 한 뜨내기가 누워 있다가 내려서 곧장 식당으로 들어간다. 카운터에서 노크해도 반응이 없자 곧 주방으로 들어가 음식을 집어먹는다. 마루에 앉아 매니큐어를 하고 있던 젊은 여성에게 뚱뚱보와 무슨 관계냐고 묻는다. 남편이라고 하자 이런 아내를 가진 그는 참 행운아라고 비위를 맞추면서 연신 음식을 집어먹는다. 이런저런 사연 끝에 뜨내기 지노는 고장 난 차에서 회전축을 빼내고 부품을 사 와야 한다고 말한다. 주인은 부품을 구하러 출타하고 그사이 지노는 2층 침실에서 주인 아내 조반나와 정사를 나눈다. 조반나는 한눈에 반했다고 실토하고 지노는 눈빛으로 알았다며 함께 도망치자고 말한다.

처음 망설이던 조반나는 지노와 함께 집을 나서지만 중간에 되돌아온다. 안정감 없는 생활이 불안해서다. 얼마 후 세 사람은 이웃 고을의 축제장에서 다시 마주치게 된다. 세 사람이 탄 차를 술 취한 주인이 운전하다가 차가 전복해서 주인은 죽고 조반나와 지노는 무사하다. 경찰은 사고사로 결론짓지만 뒷조사는 계속한다. 식당을 팔고 다른 곳으로 가자는 지노와 밴드를 들여와 실속을 차리는 조반나 사이에 언쟁과 갈등이 생긴다. 그러던 중 남편이 보험에 가입한 사실을 알게 되고 그 때문에 보험금을 타게 되었다는 조반나의 말에 지노는 이용당했다며 언쟁이 벌어진다. 두 사람은 우여곡절 끝에 다시 화해하고 지노 측에서도 사랑을 확인한다. 두 사람이 자동차를 몰고 가는데 앞서 가는 화물차의 매연을 피해 추월하려다가 자동차가 추락하여 조반나는 죽고 지오는 추적 중이던 형사에게 연행되는 것으로 영화는 끝난다. 이스파란 또 한 사람의 뜨내기가 등장해서 떠돌이 세계의 일면을 보여 준다.

안정된 생활을 바라서 결혼했으나 인색하고 일만 시키는 남편에게 넌더리를 내던 조반나의 대담한 사랑 행각은 결국 세 사람의 파멸로 끝난다. 시종일관 대수롭지 않은 듯이 파멸에의 길로 접어드는 세 사람의 삶이 담담하고도 실감 있게 전개된다. 무대나 인물이나 별 희망이 없는 회색의 공간에서 전개되는 듯한 느낌이다. 적당히 교활하고 적당히 선량한 서민들의 가난과 생기 없는 나날의 삶과 그 세목이 화면에 그득해서 생활 현실 한복판에 들어와 있다는 느낌이 든다. 노래자랑이 벌어지는 술집이나 구닥다리 소형차나 남의 방을 엿보는 꼬마아이나 모두 질박하고 그럴 법하다. 이 한 편만 보고도 네오리얼리즘의 실체를 접했다는 감을 받을 것이다.

이 영화는 미국 작가 제임스 케인이 1934년에 발표한 소설 『포스트맨은 벨을 두 번 울린다』를 극히 자유롭게 각색한 작품이다. 케인은 헤밍웨이에 빚진 바 많다는 것을 실토하고 있는 작가로서 몰(沒)도덕적인 남성과 관능적인 여성들을 즐겨 다루었다. 이 소설을 기초로 한 영화는 서너 편이 있고 1940년대에 나온 미국 영화에서는 라나 타나가 여주인공으로 나와 호평을 받았다. 요즘엔 그렇지 않지만 미국에서 한동안 우체부가 우편물을 편지함에 넣고 나서 벨을 두 번 울리는 관행이 있었고 제목은 거기서 나온 것이다.

밀라노 귀족 가문에 태어난 비스콘티는 호강스러운 유소년 시절을 보냈다. 초등교육은 가정 교사에게서 받았고 중학 때는 모친에게서 음악, 영국인에게서 체육 교육을 받았다. 집에서 콘서트가 열려 모친은 피아노를 치고 부친은 바리톤으로 노래했다. 공작이었던 부친은 밀라노 예술 연극단을 만들었고 비스콘티는 이때부터 연극과 깊은 인연을 맺게 된다. 프랑스의 감독 장 르누아르를 만나 조수 노릇을 한 것이 큰 경험이 되었고 이때 만난 이들의 영향으로 정치적 좌파가 되었다. 자기 묘비명에 "셰익스피어와 체홉과 베르디를 사랑해 마지않았다."라고 써 주었으면 좋겠다는 말을 생전에 한 일이 있는 그는 임종 직전에 브람스의 교향곡 2번을 되풀이해 들었다는 등 많은 일화를 남겼다. 「강박관념」은 본래 '늪'이란 제목이었으나 바뀌었고 여주인 역은 안나 마냐니에게 맡겼으나 임신으로 클라라 카라마이가 맡았다.

데드 맨 워킹 Dead Man Walking
(팀 로빈스, 1995)

어느 사형수의 최후의 나날

미국 루이지애나 앙골라에 거주하며 흑인 빈민가에서 봉사 활동을 하는 헬렌 수녀는 주 형무소에 수감 중인 매슈 폰슬렛이란 사형수로부터 편지를 받는다. 자기에게 편지를 보내주거나 방문을 해 달라는 것이다. 수녀는 교구 신부와 상의한 후 형무소로 면회를 간다. 형무소 내의 고해 신부는 여기에 낭만은 없고 모두 사기꾼들이며 당신을 이용하려 들 것이니 조심하라고 수녀에게 이른다. 그리고 폰슬렛이 성폭행과 살인을 저지른 흉악범임을 상기시킨다.

폰슬렛은 두 평 남짓한 감방에 격리 수용되어 있으니 일종의 엘리트 죄수라고 자조적으로 생각한다. 잡아먹기 위해서 살찌우는 돼지 같다고 느낀다. 사형 당하는 꿈을 꾸었는데 크리스마스 때 주방장 모자를 쓴 하느님이 입맛을 다시며 자기를 빵가루에 굴렸다는 것이다. 수녀의 방문이 의외라고 생각한 그는 자기에게는 면회 오는 사람도 없다고 털어놓는다. 그는 살인을 하지 않았고 칼 비텔로가 시키는 대로 남자 아이를 돌아 눕혔을 뿐이며 비텔로가 사형수가 돼야 마땅하다고 말한다. 수녀가 상황에 대해 묻자 술과 마약에 취해있었고 이틀 동안 잠을 자지 않아 정신이 없었다며 맹세코 살인하지 않았다고 말한다. 딸 앨리가 있고 세 살 때 잡혔으니 열두 살이 된다고도 말한다.

사면 위원회와 연방 상고심 등 두 번의 기회가 있으며 상고심 신청서를 썼으니 제출할 수 있도록 도와달라고 폰슬렛은 요청한다. 수녀는 약속을 하고 변호사의 도움을 받게 된다. 그러나 사면 위원회에서 기각되고 또 연방 상고심에서도 기각된다. 마지막으로 주지사에게 감형을 요청하지만 결백하다는 명백한 증거가 없으면 감형할 수 없다는 반응이었다. 마침내 폰슬렛은 약물

주사로 처형된다. 죽음을 맞기 직전 그는 수녀의 배려와 "진리가 너희를 자유롭게 하리라."란 성서 대목에 이끌리어 월터란 남자를 살해하고 홉이란 여성을 성폭행했음도 시인하나 홉의 살해는 부정한다. 책임을 느끼며 간밤엔 그들을 위해 기도했다고도 말한다.

끔찍한 일을 저질렀으나 이제 고귀함을 얻었으며 아무도 그것을 빼앗을 수 없고 어엿한 하느님의 자녀라는 수녀의 말에 폰슬렛은 흐느껴 운다. 피해자 부모에게 자기 죽음이 위안이 되기를 바란다며 이제 사랑을 알게 됐고 사랑을 알려면 죽어야 하는 모양이라고 현자 같은 말을 남긴다. 찬송가를 듣고 싶다는 말에 수녀가 나지막하게 "나를 따르라, 두려워 말라, 쉬게 하리라."라고 노래하자 다시 운다. 이어 "부츠를 달라, 슬리퍼를 신고 죽을 수 없다."라고 소리치기도 한다. "사형수 입장."이란 구령이 떨어지고 처형장으로 가자 그는 용서를 빈다. 그러면서 덧붙인다. "살인은 나쁜 겁니다. 그 주체가 누구든 그게 나든 여러분이든 정부든 말입니다." 그러면서 자기의 정신적 조언자가 되어 준 수녀에게 '사랑한다'라는 말을 건넨다.

이렇게 요약하고 보면 흔히 있는 죄인의 참회록처럼 들리지만 영화는 충격적이고 중층적으로 구성되어 있다. 범죄 자체가 끔찍하다. 십팔 세의 월터와 십칠 세의 홉은 사랑하는 사이로 차 속에서 입을 맞추는 것을 폰슬렛과 비텔로가 끌어내어 숲 속으로 끌고 가 성폭행 후 살해하고 칼로 난자한다. 수녀가 폰슬렛의 상고 행위에 간여하는 것을 안 피해자 부모의 반응은 사뭇 격렬하다. 범행 현장이 너무 잔혹해서 시체 확인에 직접 참여하지 못하고 치과 의사인 동생을 보내어 홉의 신원 확인을 하게 했다는 부모는 사형 폐지론자였던 의사가 생각을 바꾸었다는 얘기도 한다. 홉의 어머니는 가정 방문을 온 수녀에게 나가 달라고 한다. 아들이 죽은 후 매일 묘지를 찾았다는 월터 부모는 결국 죽은 아들에 대한 대처 문제로 불화가 생겨 이혼한다. 자식을 잃은 부모의 칠십 퍼센트가 이혼한다는 것이다.

소작인의 아들이며 열네 살 때 아버지를 따라 술집에 갔다는 폰슬렛의 심리 과정도 복합적이다. 냉소적이고 수녀에게 성적 희롱도 마다않는 그는 모친에 대해서만은 지성이다. 그녀의 청문회 증언도 처음엔 거부한다. 모친은 울기만 할 것이며 자기 자존심이 허용하지 않는다는 것이다. 항시 희생자 시늉을 한다며 인종주의적 발언을 해서 흑인들의 격분을 사기도 한다. 수녀조차도 사건에 개입한 것을 후회할 정도다. 수녀가 혼절해서 방문을 못한 뒤 자기를 기만했다고 포악하는 장면 등도 실감 난다. 폰슬렛 가족에 대한 사회의 냉대와 적대시도 만만치 않다. 그의 동생 편지함에 죽은 다람쥐를 넣어 놀라게 한다. 또 주사 처형 과정이나 형무소의 규칙 세목이 상세히 드러나 있어 정보 획득량도 많다. 처형 장면은 피해자 가족이 참관한다. 처형 전 다리까지 면도하며 열 명이 경비를 서고 십오 분 간격으로 조사를 온다. 자살의 위험성을 방지하기 위해서다. 처형 당일 온 가족과의 면회 장면도 실감난다.

모든 장면이 용의주도하게 구성되어 있어 허술함이 없는 이 영화의 전언은 수녀가 화장실에서 중얼거리는 "이것은 계획된 살인이다."라고 한 말 속에 압축되어 있다. 충동적 살인과는 달리 사형은 계획된 살인이라는 것이다. 그것은 결코 추상적인 구호가 아니다. 영화를 보고 나면 그것을 실감하게 된다. 매우 어려운 일을 감당하는 수녀 역을 눈이 커서 경악과 슬픔과 곤혹스러움을 잘 표현하는 수전 서랜든이 능숙하게 맡아한다. 사형수 역의 숀 펜도 거침과 유약함의 극단 사이에서 그때그때 절실한 연기를 보여 준다. 전자가 1996년 아카데미 여우 주연상을, 후자가 베를린 영화제 남우 주연상을 받은 것은 당연해 보인다. '데드 맨 워킹'은 사형수가 처형장으로 들어설 때 교도관이 부르는 구령이다.

피아니스트 The Pianist
(로만 폴란스키, 2002)

살아남은 자의 기막힌 고난과 슬픔

로만 폴란스키 감독의 「피아니스트」는 고전적 감동이다. 영화의 예술성을 위엄 있게 보여 주고 있어 꼭 보아야 할 걸작이다. 유대 계 폴란드 인 슈필만이 2차 대전 중 바르샤바에서 살아남은 곡절을 적은 「피아니스트」를 대본으로 해서 같은 유대 계 폴란드 인 폴란스키가 감독한 영화다. 어느 장면 하나 소홀한 구석이 없는 가히 완벽한 작품이다.

1939년의 바르샤바 거리를 흑백으로 보여 주는 것으로 영화는 시작된다. 전차가 지나가고 바쁜 걸음의 행인들이 보인다. 이어 방송국에서 쇼팽의 야상곡을 연주하는 말끔한 주인공의 모습이 보이고 독일군의 공습으로 벽과 천장이 무너지며 주인공이 가벼운 찰과상을 입는 장면이 나온다. 1939년 9월 초의 일이다. 그 후 1945년 1월 바르샤바에서 독일군이 축출될 때까지 오 년 오 개월 동안 주인공이 겪은 연속적 구사일생의 자초지종이 숨막히게 전개된다.

영화의 첫 부분은 유대 인 집단에 대한 독일의 야만적 강제 조처의 세목을 생생하게 보여 준다. 유대 인의 표지로 완장을 차게 하고 전원을 게토로 격리 수용하고 마침내는 수용소행 열차를 태운다. 이런 과정은 다른 영화에서도 다루어 얼마쯤 익숙한 국면이긴 하다. 나치 독일의 체제적 폭력도 끔찍하지만 독일군의 개인적인 새디즘 행태도 끔찍하기 짝이 없다. 유대 인 주제에 인도를 걸었다고 노인을 때려눕히고 지시 사항에 대한 질문을 한다고 여인의 머리에 권총을 쏘아 즉사케 한다. 길거리에서 억지로 춤을 추게 하여 의족의 사내를 쓰러트린다. "제 남편 세르반을 못 봤나요? 회색 수염을 한 키가 큰 미남인데." 하며 행인을 붙잡고 호소하는 실성한 여인이 있는가 하면 "내가 왜 그랬을까?"를 되풀이하며 울부짖는 여인도 있다. 은신처에서 아기가 소리를 낼까 봐 목을 조르는 바람에 꼬르륵 소리가 나서 잡히게 된 어머니다. 처참한 경우는 이루 다 말할 수가 없다.

수용소행 열차를 타려는 순간 독일에 협력하는 유대 인 경찰의 호의로 슈필만은 빼돌려진다. 이 장면도 박진감이 있다. 폭력적으로 다루면서 얼떨떨해하는 슈필만에게 살려주는 것이니 빨리 빠져나가라 한다. 그가 달려가자 뛰지 말라고 이른다. 표 나게 굴지 말라는 조언이다. 이후 슈필만은 알음이 있는 가수와 그녀의 배우 남편, 그리고 친한 사이였던 여류 첼리스트의 도움으로 은신처에서 조마조마하나 비교적 편안한 도피 생활을 한다. 그러나 마지막 은신처가 독일군 본부 근처여서 저항 세력의 공격 대상이 되고, 결국 경찰의 수색을 받고 도망쳐 나와 파괴된 건물 한구석에서 은신 생활을 계속한다. 긴장된 은신 생활 과정의 세목이 기막히게 리얼리스틱하고 소루한 구석이 전혀 없다.

영화의 클라이맥스는 독일군 대위와의 극적 대면이다. 주스통조림을 따려다 엎질러서 낭패감에 빠진 주인공의 눈에 웬 장화가 보이고 이어 자기를 내려다보는 독일군 장교의 얼굴이 보인다. 봉두난발에 거지꼴을 한 슈필만에게 장교는 "무얼 하고 있느냐?"라고 묻는다. 얼이 빠져 대답을 못하자 다시 직업이 무어냐고 묻는다. 피아니스트라고 현재형으로 말하다 말고 그는 피아니스트였다고 과거형으로 말한다. 장교는 따라오라며 피아노가 있는 곳으로 데리고 가 아무거나 연주해 보라 한다. 탈진한 처지이나 슈필만은 혼신의 힘을 다해 쇼팽의 발라드를 연주를 한다. 장교는 그의 은신처를 확인한 뒤 빵을 갖다 주며 도와준다. 부대가 바르샤바를 떠나기 직전 마지막으로 은신처를 찾은 대위는 다시 빵을 갖다 주고 소련군이 당장이라도 공세에 나설 것이니 희망을 잃지 말라고 격려해 준다. 그렇지만 어떻게 시가전의 와중에서 살아남을 수 있겠느냐는 말에 장교는 말한다. "당신과 내가 이 지옥을 오 년 넘게 버티어 냈다면 그것은 신의 뜻이오. 어쨌거나 우리는 그걸 믿어야지요." 그리고 입었던 외투를 벗어 준다. 한 달여 후인 1월 15일 바르샤바는 해방된다. 슈필만이 다시 방송국에서 쇼팽의 야상곡을 치는 장면으로 영화는 끝난다.

생존자의 실제 경험에 토대를 두었기 때문에 영화의 리얼리즘이 더욱 감동적이다. 독일군 장교가 등장하면서 조마조마한 암담함을 뚫고 주인공의 삶에는 서광이 비치기 시작한다. 일급의 예술만이 줄 수 있는 인간 묘사와 화면이 계속된다. 장교의 배려 행위가 생색을 내는 티가 없어 극히 예사로운 것도 돋보인다. 유대 인의 집단적 수난이란 맥락에서 볼 때 주인공의 구조는 한갓 우연한 요행일지도 모른다. 그러나 거기 세계 구원의 가능성이 있고 희망의 전언이 있다. 똑같이 수용소에서 살아남은 빅톨 프랭클은 극한 상황에서 삶을 견디어 낼 수 있었던 것은 가족을 만나 보아야겠다는 열망, 종교, 흘낏 눈에 들어오는 자연이었다고 적고 있다. 가족을 모두 잃은 슈필만의 경우엔 음악이 삶의 의미요 버팀목이었다. 다시 한 번 연주를 해 보아야 한다는 열망이 그를 버티게 했던 것이다. 그는 살아남았지만 생명의 은인 호젠펠트 대위를 구해 주지 못한 것은 그의 슬픔이요 회한이었다. 폴란스키는 여덟 살 때 부모가 수용소에 수감되어 모친은 거기서 사망하고 부친은 열두 살 때 재회하게 된다. 그 역시 파란 많은 삶을 살아 그 곡절은 영화 팬에게 널리 알려져 있다.

원작자에 관해 몇 마디 첨가한다. 슈나벨 아래서 피아노 수업을 한 슈필만은 종전 후 1963년까지 폴란드 라디오 음악 부문 책임자로 있었다. 많은 작곡을 남기기도 했는데 2000년에 세상을 떴다. 슈필만의 회고록은 1946년에 『도시의 죽음』이란 표제로 간행되었다. 그러나 스탈린의 앞잡이들이 곧 판매 금지시켰다. 독일 점령지에서의 폴란드 인과 우크라이나 인의 부역 행위 등이 부담스러웠기 때문이다. 아직 전쟁과 악몽의 상처가 생생히 남아 있던 1945년에 쓰인 이 책은 드물게 감정을 억제하고 냉정을 유지하고 있어 이례적이다. 그러나 당시엔 독일 장교를 용감하고 인간적인 인물로 그린다는 것은 불가능했다. 그래서 자기를 살려 준 이를 오스트리아 인으로 만들었다. 당시엔 '오스트리아 인 천사'는 그리 고약하지 않은 것으로 생각되었기 때문이다. 20세기 말에 나온 재판에서야 제대로 독일 장교로 나오고 표제도 『피아니스트』로 바꾸었으며 여러 나라 말로 번역되었다.

슈필만을 구해 준 호젠펠트 대위는 직업이 교사였고 1차 대전 때는 중위로 참전한 이력이 있다. 2차 대전 때는 아마 나이가 많아서 바르샤바 체육 시설의 책임자로 있었던 게 아닐까 추정되고 있다. 종전 직전에 소련군 포로가 된 그는 1952년 볼고그라드의 포로 수용소에서 참사한다. 그는 죽음의 수용소로 가는 열차에서 용케 탈출한 젊은이에게 신분증을 만들어 주고 관할하는 스포츠 센터에 일자리를 주었다. 저항 그룹이 독일군을 사살했다고 해서 현장 주변의 주민을 모두 검거하여 처형장으로 끌고 가는 트럭에서 사람이 필요하다며 한 명을 구해 주기도 했다. 이들은 모두 전후에 호젠펠트 가족을 방문하여 감사를 표시하고 있다. 그중 한 사람의 아들은 뒷날 함부르크 주재 폴란드 영사가 된다. 대위가 전시에 적은 일기가 포함된 노트 두 권을 가족이 보관하고 있다. 1944년 8월 11일자 일기 마지막은 이렇게 끝난다. "우리의 동방 정책은 파산했다. 바르샤바의 파괴로 우리는 파산한 정책에 대한 마지막 기념비를 세우고 있다." 그의 많은 인명 구조가 우발적 행동이 아님을 보여 주고 있다.

생전의 슈필만은 호젠벨트 대위의 구명에 실패한 것을 몹시 부끄러워했다고 한다. 구명을 위해 폴란드에서 가장 흉악한 인물로 호가 난 악당에게 호소했으나 쓸모가 없었다고 시인 비어만에게 털어놓았다. 「피아니스트」에는 또 비어만의 발문이 보인다. 영국에서 동양학을 연구한 슈필만의 아들은 현재 일본의 지방 대학 교수로 있다.

저자 후기

이 책의 산실은 인사동 어느 한식집이다. 저녁을 먹고 나서 우리는 격의 없는 환담을 나누고 있었다. 얘기가 영화 쪽으로 번져가 흘러간 영화가 화제에 올랐다. 좋게 본 영화나 좋아한 배우를 얘기하면서 실은 속절없이 잃어버린 시절을 떠올리고들 있었다. 지나간 세월에 원한이 없다 할 수 없는 나도 덩달아 수다를 떨었던 것 같다. 남달리 많이 본 것은 아니지만 구경한 영화는 대충 기억하고 있고 배우 이름도 좀 아는 편이다.

얼마 후 인사동 회식 자리에 동석했던 조용호 형의 전화를 받았다. 짤막한 영화 에세이를 써 보지 않겠느냐는 유혹이었다. 이 나이에 안 하던 짓을 해도 되나 내심 주저되었으나 학교를 나와 시간도 생긴 참이어서 못 이기는 척 넘어갔다. 당초 일 년을 상한선으로 생각했는데 이럭저럭 칠십 회까지 갔다. 그 이상은 버거워 내 편에서 손을 놓았다. 이렇게 2006년 5월에서 이듬해 10월까지 주 일 회 세계일보에 연재한 글이 이 책이 되었다.

영화는 다른 예술 분야에 비해서 작품의 질과 관객 선호도 사이의 긴장이 적은 편이다. 그래서 좋은 영화의 성공 가능성은 좋은 소설이나 그림의 성공 가능성보다 훨씬 높다. 오래전 일이긴 하지만 영화를 두고 "책 못 읽는 이들을 위한 삶의 그림책"이라 한 말도 그래서 생겼을 것이다.

고도로 예술적이고 첨단적인, 난해한 영화도 있다. 그것은 훈련된 관객을 요구한다. 그러나 이 책에서 다룬 영화는 작품의 질과 관객 호응이 대체로 일치하는 것들이다. 그 점에 의지해서 마음 놓고 이 글을 썼다. 오래전에 본 영화를 얘기하다 보니 착오가 있을 것이다. 고의성 없는 착오는 삶의 한 형식인 회상의 불가피한 속성이라 생각하고 양해해 주기 바란다. 등장인물의 이름을 그대로 적은 경우도 있지만 배우 이름으로 대신한 것도 많다. 영화 얘기할 때 흔히들 하는 일이니 역시 양해해 주기 바란다.

독후감이나 예술 향수 경험을 흉허물 없이 교환하는 것은 이 세상 낙의 하나다. 1930년의 시점에서 영화가 예술이 아니라고 말했던 토마스 만도 1971년에 제작된 비스콘티 감독의 「베니스에서의 죽음」을 보았다면 자기 발언을 수정했을 것이다. 막강한 가능성과 위험성을 아울러 지닌 영화의 미래를 예측할 능력도 의향도 내게는 없다. 영화의 고전은 빠른 속도로 명멸하고 변하겠지만 당대 사회 반영도가 기막히게 직접적이라는 점에서 대중 예술로서 영화의 생명력은 강인할 것이다. 디브이디나 유튜브 같은 동영상 사이트의 등장은 우리가 '놀라운 신세계'에 살고 있다는 실감을 더해 준다. 삶의 향유 가능성이 커지는 것은 좋은 일이다.

부담 없이 자유롭게 써내려 갔지만 참조한 책이 있다. 여석기 교수의 『씨네마니아』, 사토다다오(佐藤忠男)의 『일본 영화사』(전4권), 그리고 이프럼 캐츠의 『영화 백과사전(The Film Encyclopedia)』 등이 큰 도움이 되었다. 계기를 마련해 준 세계일보와 출판을 맡아 준 민음사, 그리고 일본인 저자의 증정본을 서슴없이 빌려 준 외우 신우식 형께 두루 고마움을 표한다.

2009년 6월

柳宗鎬

1판 1쇄 찍음 | 2009년 5월 29일
1판 1쇄 펴냄 | 2009년 6월 5일

지은이 | 유종호
펴낸이 | 박근섭, 박상준
편집인 | 장은수
펴낸곳 | (주)민음사

출판 등록 | 1966. 5. 19. 제16-490호
주소 | 서울시 강남구 신사동 506번지 강남출판문화센터 5층(135-887)
대표전화 | 515-2000 / 팩시밀리 515-2007
www.minumsa.com

ISBN 978-89-374-2662-9 (03800)

in the GRASS
WRITTEN BY WILLIAM ING
NATALIE WOO
Jean
cteau's